D0885007

Nous remercions le ministère du Patrimoine canadien,
la SODEC et le Conseil des Arts du Canada
de l'aide accordée à notre programme de publication

 **Patrimoine** **Canadian**
**canadien** **Heritage**

  **Conseil des Arts** **Canada Council**
**du Canada** **for the Arts**

ainsi que le gouvernement du Québec
– Programme de crédit d'impôt
pour l'édition de livres
– Gestion SODEC.

Nous reconnaissons l'aide financière
du gouvernement du Canada
par l'entremise du Programme d'aide au développement
de l'industrie de l'édition (PADIÉ) pour ce projet.

Illustration de la couverture :
Julie Rocheleau

Conception de la maquette :
Mélanie Perreault et Ariane Baril

Montage de la couverture :
Grafikar

Édition électronique :
Infographie DN

Membre de l'Association nationale des éditeurs de livres

ASSOCIATION
NATIONALE
DES ÉDITEURS
DE LIVRES

Dépôt légal : 1er trimestre 2009
Bibliothèque nationale du Canada
Bibliothèque nationale du Québec

1234567890 IML 09

Copyright © Ottawa, Canada, 2009
Éditions Pierre Tisseyre
ISBN 978-2-89633-117-8
11339

# Les oubliettes de
# *La villa des Brumes*

**Catalogage avant publication
de Bibliothèque et Archives Canada**

Vanier, Lyne

    Les oubliettes de *La villa des Brumes*
    (Collection Conquêtes ; 118. Roman)
    Pour les jeunes de 12 ans et plus.
    ISBN 978-2-89633-117-8

    I. Rocheleau, Julie II. Titre III. Collection : Collection
    Conquêtes ; 118. IV. Collection : Collection Conquêtes.
    Roman

PS8643.A698O93 2009      jC843'.6      C2008-942610-X
PS9643.A698O93 2009

# Lyne Vanier

# Les oubliettes de
# *La villa des Brumes*

*Une enquête de*
Cédric et Mégane Grandmaison

**ÉDITIONS**
**PIERRE TISSEYRE**
www.tisseyre.ca

9300, boul. Henri-Bourassa Ouest, bureau 220
Saint-Laurent (Québec) H4S 1L5
Téléphone : 514-335-0777 – Télécopieur : 514-335-6723
Courriel : info@edtisseyre.ca

## DE LA MÊME AUTEURE
## AUX ÉDITIONS PIERRE TISSEYRE

### Collection Sésame
*Pierrot et l'été des salamandres,* roman, 2006.
*La réglisse rouge de grand-maman,* roman, 2007.
    Sélection Communication-Jeunesse

### Collection Papillon
*Les malheurs de Pierre-Olivier,* roman, 2006.
    Sélection Communication-Jeunesse
*Monsieur Édouard et mademoiselle Jasmine,* roman, 2008.
    Sélection Communication-Jeunesse

### Collection Conquêtes
*Maximilien Legrand, détective privé,* roman, 2005.
    Sélection Communication-Jeunesse
*Les anges cassés,* roman, 2006. Prix littéraire Ville de Québec
    2008 et sélection Communication-Jeunesse

### Collection Ethnos
*Chimères,* roman, 2007. Sélection Communication-Jeunesse
French Kiss *ou l'amour au pluri*elles, roman, 2008.

## AUX ÉDITIONS PORTE-BONHEUR

### Série Victor-Emmanuel hors du temps
Tome 1 : *Aller simple pour la Nouvelle-France,* 2007.
Tome 2 : *Chapelière et pirate à la rescousse,* 2007.
Tome 3 : *Un été en Nouvelle-France,* 2007.
Tome 4 : *De la visite de Nouvelle-France,* 2007.
Tome 5 : *Les geôles du temps,* 2008.
Tome 6 : *Périls aux îles du Vent,* 2008.

*À la demande spéciale de Sébastien.*
*En souhaitant que cette aventure*
*soit à la hauteur de tes espérances !*
*Avec amour, maman.*


*Un gros merci à Mélanie Perreault,*
*une éditrice à la touche magique…*
*à Julie Rocheleau,*
*une illustratrice inspirée*
*et à Marie Théorêt,*
*une correctrice à l'œil aiguisé.*

« *Tout livre a pour collaborateur son lecteur.* »
*Maurice Barrès*

*Prépare-toi à faire fonctionner tes méninges, cher lecteur !*

# Prologue

*Dans un vieux château de la campagne française, début du dix-huitième siècle.*

— Tout est-il à votre convenance, messire?

Le grand homme voûté qui venait de prononcer ces mots portait des habits sombres qui lui donnaient un air sévère. Il avait un visage parcheminé à demi caché par une longue mèche de cheveux gris qui tombait devant ses yeux.

— C'est encore mieux que dans mes rêves les plus fous! s'écria le jeune comte aux cheveux blonds comme les blés. Tout ça juste pour moi! Cet endroit est absolument magique.

L'homme en noir esquissa un petit sourire cruel qui échappa au garçon. Puis, il s'effaça pour laisser entrer le jeunot dans une pièce décorée comme pour une grande réception. Partout, des buffets croulaient sous les confiseries et les gâteaux. Des candélabres et des torches éclairaient généreusement la salle, faisant oublier qu'elle était dépourvue de fenêtres. Il n'y avait aucune trace d'un quelconque invité. Ce qui ne parut surprendre ni le vieil homme ni son jeune compagnon.

L'adolescent potelé se précipita vers une longue table chargée des desserts les plus extravagants. Sans même se donner la peine d'utiliser les jolies assiettes et les couverts mis à sa disposition, le gourmand se servit à pleines mains sur un plateau de pâtisseries dégoulinantes de chocolat et de crème. Il engouffra trois petits gâteaux en quelques secondes.

— Je vous laisse donc, messire, susurra son accompagnateur. Vous me ferez signe si vous avez besoin de moi.

Le petit goinfre continua de s'empiffrer et hocha paresseusement la tête. Des miettes de pâte feuilletée tombèrent sur sa veste de velours. Il ne les épousseta pas, emporté par sa gloutonnerie.

L'homme au visage tout ridé s'éloigna en silence. L'air extrêmement satisfait, il referma la porte de la salle de banquet derrière lui et s'y adossa quelques secondes, se frottant les mains de ravissement. Puis, il s'attaqua à la montée d'un interminable escalier en colimaçon. Ahanant, grimaçant, il s'aidait de sa canne et pestait contre ses vieux os qui le faisaient tant souffrir.

Enfin, il atteignit la dernière marche. Bizarrement, l'escalier abrupt se terminait dans un placard situé à un étage peu fréquenté du château. La porte de ce cagibi était fermée à clef de l'intérieur. Le grimpeur la déverrouilla. L'escalier disparut entièrement. Le vieil homme ne sembla pas s'en étonner et sortit de la petite pièce sans se retourner. Lentement, comme si chaque enjambée lui coûtait un effort surhumain, il se rendit à la chambre qu'il avait occupée au cours de son séjour au château. Il récupéra sa valise posée sous le lit et y jeta ses maigres possessions. Enfin, il descendit au rez-de-chaussée, un hall éclairé par des flambeaux fichés dans les murs. Il y croisa une femme élégante, aussi blonde que l'adolescent qu'il venait de quitter. Le vieillard s'inclina devant elle.

— Bonjour, messire, le salua la dame. Vous partez donc ? commenta-t-elle en désignant la valise que portait son interlocuteur. Vous n'avez pas changé d'avis ?

— Non, madame. J'ai fait tout ce que je pouvais. Le devoir m'appelle ailleurs.

— Mon fils vous a terriblement déçu, non ? se désola la comtesse, aussi maigre que son rejeton était potelé.

Sans attendre la réponse, elle enchaîna :

— Vous ne seriez pas le premier professeur privé qui se laisse décourager par la mollesse de Nathaniel.

— Qu'allez-vous croire là, madame ! Nathaniel est un enfant adorable. À son contact, j'ai eu l'impression de rajeunir de plusieurs années.

La mère du jeune comte retint difficilement une exclamation de surprise. Ce précepteur avait l'air aussi vieux que Mathusalem. Si côtoyer Nathaniel avait été sa fontaine de jouvence, cela ne se voyait guère. Courtoise, elle garda ses réflexions pour elle et reporta son attention sur les propos du professeur, qui avait continué de s'expliquer :

— Je vous avais pourtant prévenue. Souvenez-vous. Quelques mois d'enseignement, aux termes desquels je reprendrais la route.

— Quel dommage, soupira la dame. Pendant votre séjour, j'ai senti Nathaniel se passionner pour les études comme jamais auparavant. Surtout pour votre fameux projet secret. Dès qu'il en était question, des feux d'artifice s'allumaient dans ses yeux. Me direz-vous enfin de quoi il s'agissait, maintenant que vous nous quittez ?

— Je préfère que Nathaniel s'en charge lui-même, madame. Il y met actuellement la touche finale. Je ne voudrais pas gâcher la surprise.

— Toujours aussi prévenant, le complimenta la comtesse. Vous nous manquerez.

— Je me souviendrai longtemps de votre famille. Soyez-en assurée. Transmettez mes respectueuses salutations au comte, votre époux, déclara le précepteur avant d'ouvrir la porte du château et de sortir sur le large perron de pierres.

Avisant le pas traînant du vieil homme, sa canne, sa grosse valise et son air très fatigué, la châtelaine sourcilla.

— Vous êtes sûr que vous ne voulez pas que je fasse atteler la voiture ? Le cocher vous emmènera au village et vous prendrez une diligence de là.

— Non, merci. Ça ira. Un peu de marche me fera le plus grand bien.

La comtesse n'insista pas. Elle le regarda s'éloigner quelques instants, puis, lorsqu'un tournant de la route le dissimula à sa vue, elle rentra dans sa demeure.

○

Parvenu au couvert de la forêt, le précepteur jeta un dernier coup d'œil au château où il ne reviendrait jamais. De ses iris bleu pâle, si pâles qu'ils en paraissaient laiteux, il examina la belle propriété. Une mèche de cheveux gris tomba sur ses yeux. Il la rejeta en arrière d'un geste machinal. Pendant une fraction de seconde, son front dégagé révéla une étrange tache de naissance, en forme de croissant de lune. La mèche rebelle la recouvrit bientôt. L'homme marmonna quelques paroles inintelligibles, tournoya sur lui-même et disparut brusquement dans un bruit sec qui ressemblait à l'explosion d'un pétard.

○

À la fin du jour, la comtesse s'inquiéta que Nathaniel ne se soit toujours pas manifesté. L'heure du goûter était largement passée, ce moment que chérissait particulièrement le jeune gourmand. Une vérification dans la chambre de l'adolescent ne révéla que quelques dragées vermeilles, cachées sous les coussins des fauteuils ; aucun signe de l'occupant.

La mère de Nathaniel envoya alors la gouvernante fouiller l'immense garde-manger du château. Car elle se rappelait cet épisode loufoque, survenu quelques années auparavant, au cours duquel on y avait retrouvé le garçon endormi. À l'époque, on l'avait découvert tout au fond de la dépense, le visage et les doigts barbouillés de beurre et de sucre. Il ronflait, repu, la tête posée sur une boîte de beignets désormais vide, comme sur un oreiller. Cet incident avait alimenté la chronique pendant plusieurs jours, chacun ayant une petite plaisanterie à faire sur le sujet. Glouton, mais plein d'humour, le jeune comte avait accueilli ces blagues avec le sourire. Par la suite, il avait pris la précaution d'emporter ses larcins dans sa chambre, où il pouvait les savourer en toute sécurité. *Peut-être est-il revenu à ses premières fredaines,* avait songé la châtelaine en suggérant à sa domestique d'aller voir dans la dépense. Pas de chance, cette fois, la gouvernante revint bredouille du garde-manger.

Arriva l'heure du souper ; toujours pas de Nathaniel. Tout le personnel du château fut réquisitionné pour participer aux recherches. On mit la demeure sens dessus dessous. Rien. Le soleil se coucha. On alluma des torches et on parcourut le vaste jardin, mètre par mètre. Néant. Un palefrenier dégourdi se lança même dans l'étang et tâta le sol vaseux de ses mains et pieds nus. Un cercle d'observateurs se forma autour du petit plan d'eau. Chacun retenait son souffle, priant pour que le garçon d'écurie ne ramène pas le corps du jeune comte, noyé. Leurs prières furent exaucées. Nathaniel ne se trouvait pas au fond de l'étang. Le mystère demeurait entier. Chacun s'interrogeait : où diable était passé le jouvenceau ?

○

Alors que l'on s'affairait à chercher l'adolescent, l'homme qui avait été son précepteur étincelait de santé regagnée. Telle une plante desséchée que l'on arrose enfin, le vieillard paraissait s'épanouir en accéléré. Ses rides s'estompèrent. Le gris se retira de ses cheveux qui reprirent une teinte noir jais. Ses douleurs l'abandonnèrent, sa démarche redevint souple. Si un barbon perclus de rhumatismes avait quitté le château, c'était dorénavant un fringant trentenaire qui progressait sur la route d'un pas sautillant. Quelques éléments ne changeaient pas, cependant : sur son visage, une expression arrogante et cruelle, des yeux si pâles qu'ils semblaient de glace et, au front, une tache en forme de croissant de lune.

○

Pendant que l'ancien professeur renaissait, le malheureux Nathaniel dépérissait sans même s'en apercevoir. Il semblait pris de gourmandise comme d'autres sont brusquement pris de fièvre. Il ne terminait une tarte aux prunes que pour s'attaquer à un plateau de *dariolettes*[1] et de massepains, passait sans faire de pause d'une crème brûlée à une grosse part de pâte de coing. Même si un peu de sagesse lui était soudain revenue et qu'il eût songé à rejoindre les siens, jamais le pauvre garçon n'aurait retrouvé la sortie puisque l'escalier en colimaçon avait disparu. Cet escalier qu'il avait emprunté tant de fois avec son précepteur, à l'époque où ils préparaient la salle aux merveilles…

Néanmoins, emballé par autant de friandises, Nathaniel ne se rendit pas compte de ce qui lui arrivait. Il ne pensait qu'au bon tour qu'il jouait à sa mère, cette femme bien gentille, mais qui lui faisait parfois des remarques assassines sur son embonpoint. Grâce à cette pièce fabuleuse, il prenait sa revanche. Dorénavant, c'était lui qui décidait. Du moins le croyait-il.

En moins de deux, Nathaniel perdit le teint frais de la jeunesse. Sa peau se plissa. De blonds, ses cheveux devinrent grisâtres. Il se voûta ; il se ratatina. On aurait dit que, pour lui, le temps s'était

---

1. Dariolettes : tartelettes au fromage ou à la crème très en vogue aux seizième et dix-septième siècles.

subitement mis à défiler à toute vitesse. La totalité des dommages inévitables que cause une vie prolongée l'accablèrent en quelques courtes journées. Alors qu'à des lieues de là, son vieux maître rajeunissait à vue d'œil, le petit comte se transforma en vieillard. Puis, un matin, Nathaniel tomba tout bonnement en poussière. Par un prodige diabolique, les années volées à l'un s'étaient transférées à l'autre.

○

On chercha Nathaniel des jours durant. On tenta également de retrouver le précepteur. Hélas, celui-ci semblait s'être envolé. L'enquête révéla qu'il n'avait jamais atteint le village, ni pris de diligence. La comtesse se reprocha amèrement de ne pas l'avoir fait accompagner le jour où il avait quitté le château. Il lui était apparu si frêle et si vulnérable ! Pourquoi diantre n'avait-elle pas obligé un serviteur à l'escorter jusqu'au bourg ? Elle imagina le vieillard assommé par des bandits, détroussé, jeté au fond d'un ravin, puis dévoré par les loups. Elle crut que la disparition de son fils était une punition que lui envoyait Dieu pour avoir manqué de charité envers une vieille personne. Son mari ne parvint pas à la raisonner. Elle sombra dans une funeste mélancolie dont elle ne se releva plus.

Les jours se changèrent en semaines, puis en mois, puis en années. L'histoire du pauvre garçon disparu devint légendaire et le manoir acquit une sombre renommée. Deux cents ans plus tard, transformé en attraction touristique, le château attirait encore de nombreux visiteurs. Surtout au moment de l'Halloween et de la Toussaint, la fête des Morts. Car à cette époque de l'année, on organisait des soirées spéciales au cours desquelles les amateurs de frissons et de sensations fortes devaient retrouver l'un des participants, dissimulé quelque part dans la grande demeure, avec la complicité des organisateurs. Au fil de ces étranges parties de cache-cache au flambeau, on mit à contribution jusqu'au plus modeste placard et jusqu'au plus discret recoin, de la cave au grenier. Pourtant, on ne découvrit jamais cette salle mystérieuse dans laquelle Nathaniel avait pris son dernier goûter. Comme si elle n'avait jamais existé.

○

*Longtemps plus tard, au royaume de Maärval, un lieu inconnu des humains.*

— Accusé, veuillez vous lever pour recevoir votre sentence.

L'interpellé, un grand homme vêtu d'un long manteau sombre, attendit quelques secondes, puis se mit debout très lentement, délibérément, en se croisant les bras sur la poitrine dans une attitude de défi. Il y avait foule au tribunal ce matin-là et son insolence suscita des murmures désapprobateurs.

L'accusé se retourna d'un bloc. D'une main amaigrie, il repoussa d'abord une mèche de cheveux qui tombait devant ses yeux, dévoilant quelques instants la tache de naissance qu'il avait au front ; une tache rouge vin en forme de croissant de lune. Il fit ensuite glisser son regard froid tel celui d'un

17

serpent sur les sorciers et sorcières réunis pour assister à la conclusion de son retentissant procès pour usage malveillant de la magie. Comme prisonniers de ces prunelles mauvaises, les spectateurs ne purent retenir des frémissements d'effroi. Ils sentirent un fiel glacé parcourir leurs veines. Les iris de l'accusé étaient d'un bleu tellement délavé qu'ils en paraissaient presque blancs. Ils semblaient avoir le pouvoir de percer les âmes à jour. Sous ce regard, on se sentait nu. À travers lui, l'enchanteur s'insinuait dans la tête de ceux qu'il scrutait et se faufilait jusque dans leurs pensées les plus intimes. Il farfouillait sans gêne dans les désirs profondément enfouis, et se servait de cette connaissance pour imposer sa volonté à ses proies. Plus d'un aurait accepté de faire n'importe quoi pour que ce mage maléfique relâche son emprise sur eux.

Le président de la Cour abattit sa paume avec fracas sur son pupitre, faisant sursauter les magistrats qui siégeaient à ses côtés ce matin-là. L'inquiétant magicien pivota mollement vers lui et le considéra à travers ses paupières mi-closes. Enfin libérés de son regard hypnotisant, les spectateurs respirèrent mieux.

— Accusé, le haut tribunal de Maärval vous reconnaît coupable d'usage malveillant de la magie ayant entraîné la mort de plusieurs victimes innocentes. Sans compter tous les infortunés dont les fins atroces ne nous ont peut-être pas été signalées. En conséquence de quoi, vous êtes condamné à la réclusion à perpétuité dans les geôles de Sandhomme. Ce jugement est exécutoire et sans appel.

Des chuchotements excités accueillirent ce verdict et la punition exemplaire de l'arrogant magicien. La réputation de la prison de Sandhomme était abominable.

— Vous ne comprenez rien ! rétorqua le sorcier, blanc de rage. Ces prétendues victimes étaient parfaitement consentantes. Dans bien des cas, ce sont même elles qui ont fait les premiers pas vers moi. Si ces enfants ne voulaient pas que je m'intéresse à eux, ils n'avaient qu'à ne pas aiguiser ma curiosité. Aucun ne m'a supplié d'arrêter. Au contraire ! Ils aimaient ça. Pour une fois qu'un adulte les traitait en égal. Je réalisais leurs rêves les plus fous. Entre mes mains, ils devenaient des princes et des princesses. S'ils ont choisi de donner leur vie pour toucher à cet immense bonheur, allez-vous me le reprocher ? Est-ce ma faute s'ils se sont laissé séduire par mes enchantements ? En tout temps ils auraient pu mettre fin à ce jeu. Ils ont sciemment décidé de ne pas le faire. Est-ce ma faute ? répéta-t-il, furieux. Et aujourd'hui, vous allez me punir, moi ?

Un tollé s'éleva de la salle bondée. Le juge en chef ramena le silence d'un coup de maillet sur la haute table derrière laquelle il était assis.

— Accusé, vos tentatives de justification sont pitoyables. À vous écouter, on vous donnerait l'absolution et on courrait dans l'au-delà chercher ces malheureux enfants pour les emprisonner à votre place ! «Ils aimaient ça.» «Ils ont fait les premiers pas.» Franchement ! Vous rendez-vous compte de ce que vous avancez ? Vous leur avez volé leurs vies. Vous n'êtes qu'une espèce de vampire. Un fou ! Soyez heureux que nous ne vous condamnions pas à mort.

Le sorcier eut un ricanement diabolique.

— Ah, vous croyez vraiment pouvoir m'imposer vos lois et m'enfermer ? railla-t-il. Je n'ai que faire de vos sentences. Je ne vous reconnais aucune autorité sur moi. J'ai œuvré seul pendant une éternité avant de m'associer à votre communauté. Je ne sais toujours pas ce qui m'a pris de venir à Maärval... Ce fut une terrible erreur : je croyais qu'à plusieurs, nous pourrions accomplir de grandes choses. Prendre le pouvoir. Dominer tous les mondes. Mais vous n'êtes que des poltrons et des lâches. Vous avez peur de votre ombre. Voilà pourquoi vous vous êtes réfugiés dans cet univers parallèle, à l'abri des humains, ces créatures mollasses et insignifiantes. Si ces larves savaient à quel point vous les craignez, elles se tordraient de rire !

Il leur lança un regard dégoulinant de tant de mépris que les cinq juges eurent l'impression qu'on leur avait craché dessus. Se redressant de toute sa hauteur, il reprit la parole :

— La communauté du Cristal n'est bonne qu'à faire de la magie en amateur. Continuez donc de tirer des lapins de vos ridicules chapeaux ! Vous pensez me condamner ? Me mettre au ban de votre société ? Vous vous trompez. C'est moi qui vous quitte.

Un tourbillon de vent fit bruisser les documents disposés devant les juges et les éparpilla aux quatre coins de la salle d'audience. Une noirceur surnaturelle tomba sur la pièce. Il ne faisait pas simplement noir ; en fait, c'était comme si la lumière n'avait jamais existé. On entendit soudain un petit bruit sec, telle une explosion de pétard. Des marmonnements effrayés montèrent de l'assistance. Il y eut un début de bousculade, chacun cherchant à atteindre aveuglément la sortie. On se piétina, on se poussa. La confusion grandit. Enfin, aussi brusquement qu'il avait disparu, le soleil entra de nouveau par les fenêtres. Un rayon de lumière s'accrocha au banc des accusés, n'illuminant que le vide : le mage s'était volatilisé. On s'entreregarda avec inquiétude. Comment le sorcier déchu avait-il pu faire de la magie en ces lieux où de puissants envoûtements en empêchaient habituellement l'usage ? Il fallait qu'il fut bien puissant. Savoir un tel ensorceleur libre de vagabonder comme bon lui semblait n'était pas rassurant du tout.

Des officiers de discipline furent dépêchés à la poursuite du dangereux hors-la-loi. Hélas, les mondes sont innombrables. Outre ceux des humains et des sorciers, on trouve celui des elfes, celui des anges, celui des sylphides, celui des créatures du feu, celui des êtres de l'air, et sûrement bien d'autres encore à découvrir. Le sombre magicien pouvait s'être réfugié à tant d'endroits… Les visiter tous aurait pris une éternité. Après de longues recherches, tous les traqueurs rentrèrent, fourbus et frustrés. On dut se résigner à effectuer une surveillance à distance.

Dans les rapports qu'elle produisait régulièrement pour l'administration du royaume, la milice chargée d'observer l'univers des hommes ne signala rien de suspect. Il ne semblait plus y avoir de victimes de mauvais sorts. Et comme c'était dans ce monde qu'avait sévi le criminel, on se crut finalement débarrassé de lui. Naïvement, plusieurs membres de la communauté du Cristal se dirent que la peur de la prison avait peut-être fait son œuvre, ou alors, que le sinistre enchanteur était mort. Ils conclurent que l'on n'avait plus à s'inquiéter.

Ce fut comme si tout le royaume de Maärval poussait un long soupir de soulagement. En effet, par ses actions criminelles, le sorcier diabolique avait mis en péril leur quiétude patiemment conquise. Car pendant longtemps, les magiciens avaient vécu parmi les humains, comme l'attestent de nombreux ouvrages historiques. Mais depuis toujours, les hommes craignent ce qu'ils ne comprennent pas. Plutôt que de s'émerveiller, ils voient du mal dans ce qui est hors de l'ordinaire. Et forcément, des êtres capables de lancer des sorts, de parler avec les animaux et les plantes ou de guérir des maux réputés incurables avaient tout pour susciter une méfiance meurtrière.

Pendant des siècles, les inoffensifs enchanteurs avaient fait les frais de cette étroitesse d'esprit : persécutions, exécutions, tortures et bûchers de l'Inquisition avaient eu raison de leur amour du pays des hommes. Les plus puissants d'entre eux avaient uni leurs talents et créé de toutes pièces le royaume de Maärval, un monde invisible aux humains où les sorciers étaient à l'abri. Il suffisait toutefois qu'un abruti comme le vil magicien attire l'attention sur leur existence pour que le fruit d'années d'efforts vole en éclats. Les hommes n'ont peut-être pas de pouvoirs magiques, mais effrayés et en colère, ils deviennent pleins de ressources et leurs instincts guerriers s'avèrent redoutables. Fâchés que l'on s'en prenne à leurs petits, ils poursuivraient les sorciers et n'auraient de cesse de les anéantir jusqu'au dernier. Le royaume de Maärval avait beau être invisible, il n'en était pas pour autant totalement inaccessible aux autres peuples. La question du secret y était donc primordiale.

Ainsi, certains mages bien avisés résolurent de garder l'œil ouvert et se mirent discrètement au travail. Leur regroupement ne s'appelait pas la communauté du Cristal pour rien. Ils possédaient un moyen de guetter ce qui se passait ailleurs que dans leur univers. Mus par leur souci du bien commun ainsi que par des motivations tout à fait personnelles, trois de ces enchanteurs jurèrent de rester particulièrement vigilants. Brianna, Khan et Dioggan avaient raison de se méfier. Car avant de disparaître, le magicien maléfique aurait le temps de faire une dernière victime. Toutefois, les circonstances particulières dans lesquelles cette tragédie se déroulerait feraient que cet ultime acte de malveillance passerait d'abord pour un banal accident. Un malheur affligeant, certes, mais dans lequel le surnaturel ne semblerait pas être intervenu.

Et une fois ce drame survenu, il s'écoulerait encore plus de cent ans avant que de jeunes curieux éventent l'affaire…

○

*Plusieurs années plus tard, très loin du royaume de Maärval, aux abords d'un charmant village dans la campagne québécoise.*

L'étranger sentit son cœur s'accélérer quand il lut le nom du village où il venait d'arriver. Il le trouvait si rempli de délicieuses promesses qu'il ne put se retenir de se lécher les lèvres. Son contentement se décupla quand il aperçut le clocher d'un collège, tout près, au détour de la route.

Beaucoup de temps avait filé depuis qu'il avait enfermé le jeune Nathaniel dans la salle magique. Mettant à profit sa jeunesse retrouvée, le sorcier avait vécu partout de par le monde, abusant de la confiance des uns, volant carrément les autres, s'amusant à user de ses ensorcellements pour un oui et pour un non. Il était attentif cependant à ne pas trop laisser de traces. Il se doutait bien que les officiers de discipline du royaume de Maärval avaient été lancés à ses trousses. Tout en les méprisant, il ne voulait quand même pas leur faciliter la tâche en commettant de stupides erreurs. S'il avait réussi à s'évader du tribunal, il savait que s'échapper des geôles de Sandhomme serait une tout autre histoire. Les envoûtements isolant cette forteresse du reste du monde étaient si puissants que même ses pouvoirs énormes seraient complètement inutiles. L'enchanteur ne se faisait pas d'illusions : une fois jeté au cachot, il n'y ferait pas long feu. Surtout que les provisions de temps qu'il avait dérobées au malheureux petit comte commençaient à s'épuiser.

De nouveau, sa peau s'était ridée ; ses cheveux avaient grisonné ; son dos se voûtait de plus en plus. Pour l'heure, il n'avait pas encore l'air d'un vieillard, plutôt d'un sage sexagénaire. Pourtant, cela ne tarderait plus. Ses iris très pâles continuaient de faire tressaillir ceux sur qui ils se posaient. Néanmoins, le vieil homme avait appris à atténuer leur froideur par de faux sourires. Les pattes d'oie qui se creusaient alors aux coins de ses yeux lui donnaient une apparence plus indulgente. Il trompait presque tout le monde.

Le marcheur distinguait de mieux en mieux le toit de tôle du collège. Tout en avançant, il préparait son petit discours. Avec les vastes connaissances que son existence démesurément longue lui avait permis d'accumuler, le magicien se disait qu'il n'aurait aucun mal à se faire engager comme professeur dans cette école campagnarde. En fait, le sorcier prévoyait même qu'on l'accueillerait à bras ouverts : ils ne devaient pas être nombreux les maîtres compétents intéressés à œuvrer dans un tel trou perdu. Et puis, si le manque de personnel et ses grandes qualités professionnelles ne parvenaient pas à convaincre le directeur de l'engager, le mage disposait toujours de moyens hors de l'ordinaire pour séduire son interlocuteur. Un petit sortilège de rien du tout et le tour serait joué.

Il accéléra le pas, jetant un regard distrait à quelques résidences cossues. À une centaine de mètres des grilles du collège, il avisa une splendide maison victorienne que ses propriétaires aimaient au point de lui avoir donné un nom. Une enseigne joliment sculptée annonçait en effet qu'il s'agissait de *La villa des Brumes*. Le sorcier renifla avec dédain. Ce romantisme lui levait le cœur. Comme les hommes pouvaient se montrer ridicules. *Prendre la peine de baptiser un banal assemblage de planches et de briques. La villa des Brumes! Quelle prétention! Grotesque!* se dit-il en esquissant une moue suffisante.

Lorsqu'il arriva devant l'école, une dizaine d'adolescents dévalèrent les marches de l'institution et le bousculèrent au passage. Ils s'excusèrent à peine, pressés de rentrer chez eux après une longue journée de classe. Tel un ogre flairant la chair fraîche, l'effroyable enchanteur se délecta de toute cette jeunesse à travers laquelle l'attendait innocemment sa prochaine victime. *Ce serait qui?*

*Ce grand blond au regard angélique? Ce costaud au nez un peu épaté? Ce rouquin gauche et tout empêtré dans ses affaires d'école? Quel choix déchirant!* jubilait intérieurement le prédateur. Quand se fut tari le flot d'élèves, le magicien monta le court escalier et poussa la porte. Adoptant des manières trop polies pour être sincères, il demanda au concierge de lui indiquer le bureau du directeur.

Trente minutes plus tard, il était engagé. Bientôt, il pourrait amorcer la construction de son piège. Il lui suffisait pour cela de dénicher un jouvenceau crédule, puis de gagner traîtreusement sa confiance. S'insinuant dans l'esprit de son nouvel «ami», il découvrirait ses aspirations cachées. Ce serait ensuite un jeu d'enfant : il prétendrait pouvoir lui offrir le moyen de réaliser ses plus profonds désirs. Personne ne résistait à ça. L'enchanteur avait aussi comme projet de raffiner son traquenard, de transférer aux lieux mêmes dans lesquels il l'installerait cette glaçante capacité de percevoir les rêves de ceux qui en franchiraient le portail. La machination n'en serait que plus efficace et le dispenserait des efforts de camaraderie avec ses proies que sa technique actuelle requérait. Il en serait soulagé, car rien ne lui répugnait davantage que ce commerce obligé avec ces cloportes d'humains.

Comme toujours, une fois entré de plein gré dans cette salle aux chimères, sa victime perdrait tout sens commun. Le monde extérieur ne compterait plus pour elle. Sans se douter qu'elle était la proie d'un puissant mirage, elle resterait à jamais dans cet univers illusoire. Par un abominable sort, ce temps volé à l'un passerait dans le sablier de l'autre. Le mage reprendrait alors sa route, jeune de nouveau, pour quelques années.

# 1

## *La villa des Brumes*

*Sainte-Perpétue-de-Toutes-les-Grâces,
années actuelles; dimanche, premier jour.*

**D**ebout sur le perron d'une splendide demeure,
Cédric et Mégane Grandmaison regardaient s'éloigner la voiture de leurs parents. Enseignants en
sciences à l'école secondaire, ces derniers profi-
taient de la semaine de relâche du printemps pour
s'offrir une virée de quelques jours à New York.
Johanne, leur mère, s'était pratiquement faufilée
en entier à travers la fenêtre côté passager et les
saluait comme si elle ne devait plus jamais les revoir :
elle agitait frénétiquement les bras et leur soufflait
une tornade de baisers. Plus mesuré, Marc
Grandmaison se contenta de baisser un peu sa vitre
et de remuer légèrement la main, en clignant de
l'œil dans son rétroviseur. L'automobile dépassa
les grilles bordant la propriété. Quelques mètres
encore et elle disparut. Le vent siffla et souleva un
nuage de poudrerie.

— Alors, les jeunesses! s'exclama un vieil homme qui se tenait aux côtés des adolescents. On reste ici à grelotter ou on entre se réchauffer au bord d'un bon feu?

D'un geste tendre, il ébouriffa les crinières rousses des jumeaux, délogeant du même coup les écouteurs de iPod fichés dans les oreilles de Mégane. L'adolescente parvint à retenir la protestation qui s'apprêtait à franchir ses lèvres, mais pas à dissimuler une expression irritée.

— À ta place, oncle Charlemagne, je ferais vraiment attention au iPod de ma sœur, le prévint Cédric. C'est sa ligne de survie. Tu la débranches, elle meurt. Regarde. Je te fais une démonstration.

Un coup d'œil furieux de Mégane qui avait replacé ses écouteurs dans ses oreilles fit reculer l'adolescent.

— Euh… Peut-être une autre fois, d'accord? proposa prudemment Cédric à Charlemagne. Parce que là, elle a vraiment l'air de mauvais poil. Avant de mourir, elle pourrait bien réussir à m'assassiner. Ce serait dommage. Pauvre toi! Tu te retrouverais tout seul pour la relâche.

Mégane ferma les paupières, plissa le nez et augmenta le volume de sa musique. Même à deux mètres, on entendait distinctement la voix d'un célèbre *rappeur* qui racontait une triste histoire de violence, de drogue et de pauvreté.

— C'est d'être chez moi pour la semaine qui met ta sœur dans cet état? s'informa Charlemagne Grandmaison, pas qu'un peu chagriné par l'évidente mauvaise humeur de la jeune fille.

— Ne le prends pas personnel, oncle Charlemagne, s'empressa de lui confier Cédric. Je crois que ça ne va pas fort entre Mégane et son copain, ces temps-ci. Mes parents lui ont même offert de les accompagner à New York et elle a refusé. Alors, tu vois bien. Elle ne t'en veut pas à toi.

Comme pour lui donner raison, Mégane enleva ses écouteurs, mit le iPod hors fonction et le rangea au fond de sa poche. Elle se tourna vers son grand-oncle et le gratifia d'un sourire un peu piteux.

— Pardonne-moi, oncle Charlemagne. J'ai les nerfs en boule depuis ce matin. Je ne sais pas pourquoi. Et toi, Cédric Grandmaison, laisse un peu tomber tes stupides théories. Zacharie n'a rien à voir là-dedans. O.K.? Ce n'est pas parce que j'écoute de la musique que je ne t'entends pas.

Cédric haussa les épaules avec une mine narquoise. Mégane l'ignora et prit plutôt son grand-oncle par le coude.

— On rentre? Tu ne parlais pas d'un bon feu, toi, tout à l'heure? Ça ferait drôlement du bien. On gèle aujourd'hui.

— Excellente idée, acquiesça Charlemagne. Suivez-moi. Je suis frigorifié. Quel étrange mois de mars! Pour un peu, on se penserait encore en février. Difficile d'imaginer que ce sera le printemps dans deux semaines, se plaignit-il en contemplant d'un air navré son jardin recouvert de neige.

Au moment où ils allaient pousser l'épaisse porte de chêne, Cédric remarqua qu'un camion de déménagement arrivait devant la maison d'à côté.

— Tes voisins s'en vont vivre ailleurs? demanda-t-il à son grand-oncle.

— Pas que je sache, s'étonna Charlemagne en rougissant. Mademoiselle Ju... Ju... Juliette ne m'a rien mentionné à ce sujet, ajouta-t-il, d'une voix légèrement étranglée.

Les jumeaux échangèrent un bref regard amusé, avant de reporter leur attention sur leur grand-oncle qui tirait sur le col de sa chemise, comme s'il manquait soudain d'air. Le magnifique nœud papillon que le coquet arborait jour après jour se retrouva tout de guingois.

Ayant apparemment oublié la présence de ses invités, Charlemagne se lamentait à voix basse :

— Juliette déménagerait-elle sans m'en avertir ? Pluie de gadelles... C'est impossible.

Il extirpa son monocle de son gousset et l'ajusta sur son œil pour mieux voir ce qui se passait. Apercevant deux gaillards qui descendaient de grosses boîtes du camion, monsieur Grandmaison poussa un soupir de soulagement. Les caisses paraissaient très lourdes.

— Ah ! Je me disais aussi. Mademoiselle Juliette ne déménage pas. Elle reçoit du nouveau mobilier.

Charlemagne s'épongea délicatement le front où l'émotion avait fait perler de fines gouttes de sueur malgré le vent glacial. Puis, il sifflota, comme pour montrer que tout cela ne l'avait pas ému au plus haut point.

Cédric et Mégane durent se mordre les joues pour ne pas éclater de rire. En effet, toute la famille connaissait le grand amour que portait Charlemagne à Juliette, sa très vieille voisine. Tendre sentiment que le pauvre homme n'avait jamais trouvé le courage d'avouer à la principale intéressée et qu'il croyait avoir réussi à dissimuler aux autres. Pareillement timide, Juliette avait elle aussi gardé le secret sur l'affection que lui inspirait son charmant voisin. Ainsi, depuis plus de cinquante ans, ces Tristan et Yseult nouveau genre se jouaient mutuellement la comédie. La famille Grandmaison faisait les paris les plus fous sur le moment où les deux amoureux se révéleraient enfin leur passion. Des sommes astronomiques avaient déjà été englouties dans cette affaire. Charlemagne ignorait tout de ces gageures. Dans la famille Grandmaison, si on aimait bien s'amuser, on savait aussi se montrer discret. Les paris ne se prenaient donc qu'en coulisses.

Le septuagénaire, inconscient que les jumeaux lisaient en lui comme dans un livre ouvert, afficha soudain une mine réjouie :

— Voilà Ju… Ju… Juliette, justement ! Elle fait entrer les livreurs.

Au même moment, la vieille voisine leva la tête, parut remarquer Charlemagne et le salua modestement. Le feu aux joues, le grand-oncle esquissa un tout petit sourire gêné, si petit en fait que la bonne dame ne l'aperçut probablement pas. Avisant la demoiselle rondouillarde qui émouvait tant son grand-oncle, Mégane se demanda pour la centième fois ce que Charlemagne pouvait bien lui trouver. Car Juliette n'avait rien de spectaculaire.

Souhaitant couper court à cette situation divinement embarrassante, Charlemagne fit signe aux adolescents d'entrer. Puis, il referma la porte sans un regard de plus vers sa douce Juliette. Enfin en sécurité à l'intérieur, monsieur Grandmaison s'accota au chambranle et mit de l'ordre dans son nœud papillon, avant de déclarer comme si de rien n'était :

— Je suis tellement content que vous ayez accepté mon invitation ! Presque une semaine avec mes petits-neveu et nièce adorés ! C'est une bien belle invention que la relâche. J'espère seulement que vous n'êtes pas trop déçus que vos parents soient allés à New York sans vous.

Les jumeaux firent ceux qui n'avaient rien remarqué de spécial. Puis, avec une belle coordination, ils firent la moue.

— Bof, l'opéra, les comédies musicales sur Broadway, les musées d'Art Moderne... Ça ne nous intéresse pas beaucoup, commença Cédric.

D'un hochement de tête, Mégane signifia son approbation. Cédric conclut, sur le ton de la confidence :

— Et puis, Marc et Johanne ont décidé de visiter le musée de sciences naturelles. Il paraît qu'on y expose un squelette de dinosaure géant. Moi, je préfère voir ça en photo. En vrai, ces monstres me donnent la trouille.

À ces mots, sa jumelle leva les yeux au ciel. *Pauvre, pauvre Cédric ! pensa-t-elle. Quel poltron ! Treize ans et encore peur de son ombre...*

— Évidemment, un jour, nous irons avec eux, même au musée de sciences naturelles, spécifia Mégane qui ne voulait pas donner l'impression de partager les peurs de son frère. Mais pour cette année, non merci. Nous laissons les galeries d'art branchées et le *Met*[2] à nos parents. Ça leur changera les idées. Tous les élèves du secondaire ne sont pas aussi gentils que nous, affirma-t-elle en tentant de paraître sérieuse, et je crois que Marc et Johanne ont bien besoin de se reposer un peu. Tu sais, oncle Charlemagne, on pense toujours

---

2. *Met :* diminutif par lequel on désigne parfois le *Metropolitan Opera,* une célèbre salle de concert de New York dans laquelle se produisent les plus grandes troupes d'opéra du monde.

que la semaine de relâche a été inventée pour les élèves ; moi, je crois que c'est pour les enseignants.

— Et pour les grands-oncles comme moi, se réjouit monsieur Grandmaison. Vous mettrez un peu de vie dans cette demeure. *La villa des Brumes* avait très hâte de vous revoir, dit-il en désignant d'un geste ample la maison assurément immense.

*La villa des Brumes,* qui s'était vu attribuer ce nom un peu pompeux dès le début de sa construction, appartenait à la famille Grandmaison depuis cinq générations. Construite sous le règne de la reine Victoria d'Angleterre, elle ressemblait à un petit château avec ses tourelles, son belvédère sur le toit, sa longue galerie couverte encerclant tout le pourtour et ses balustrades si ouvragées qu'elles paraissaient fabriquées de dentelle de bois. À l'intérieur, ce n'étaient que boiseries, moulures de plâtre et hautes fenêtres souvent ornées de vitraux. De quoi enflammer l'imagination de quiconque en franchissait le seuil. Surtout celle de Cédric qui, s'il craignait les monstres du Crétacé et du Jurassique, avait une fascination sans bornes pour les maisons et les meubles anciens.

De son côté, même si elle ne l'admettrait jamais publiquement, Mégane aurait préféré rester en ville et garder un œil sur son copain de l'heure, le volage Zacharie, qui faisait les yeux doux à Gabrielle Picard depuis quelques semaines. Mais pas question que ses parents la laissent seule dans leur appartement urbain, et encore moins avec Cédric. Pris isolément, chacun des jumeaux avait déjà une fâcheuse tendance à attirer les catastrophes. Ensemble, leur pouvoir de déclencher des calamités croissait de façon exponentielle. Comme Marc et Johanne tenaient à récupérer leur logement en un morceau, ils avaient exigé que Mégane choisisse : soit un séjour à *La villa des Brumes,* soit un exténuant parcours culturel à travers les rues de la Grosse Pomme[3]. L'adolescente n'avait pas hésité longtemps.

— Accompagnez-moi à la cuisine, proposa Charlemagne aux arrivants. Un petit goûter de bienvenue s'impose.

Les adolescents poussèrent leurs bagages sous une table au dessus de marbre. Après quoi, ils traversèrent le hall d'entrée à la suite de leur grand-oncle, contournèrent le majestueux escalier en bois d'acajou qui s'élançait à la conquête des étages supérieurs et atteignirent une cuisine vieillotte au carrelage en damier noir et blanc. Charlemagne se lança dans la préparation de chocolats chauds bien onctueux, une de ses nombreuses spécialités. Levant le nez sur les mélanges instantanés, le digne cuisinier prit le temps de faire fondre du vrai de vrai chocolat avant d'y ajouter du lait et un peu de crème. Il fouetta le tout puis versa la boisson mousseuse dans trois tasses de fine porcelaine. Il plaça celles-ci sur un grand plateau, ajouta quelques petits gâteaux et proposa de s'installer à la bibliothèque où il avait allumé un beau feu dans la cheminée. Alléchés par le parfum délicieux de la collation, Cédric et Mégane lui emboîtèrent le pas.

Quelques enjambées et ils accédèrent à une tourelle greffée au sud-ouest de la maison. Dans cette pièce hexagonale, quatre murs se couvraient d'étagères grimpant à plus de six mètres, jusque sous les poutres soutenant le plafond. À mi-hauteur, une galerie de bois bordée d'une balustrade faisait le

---

3. Grosse Pomme : nom par lequel on désigne parfois, affectueusement, la ville de New York.

tour de la pièce. On accédait à cette mezzanine par un escalier en colimaçon et, de là, on pouvait atteindre aisément les livres juchés sur les rayonnages supérieurs. Une échelle coulissante complétait le tout. Des fenêtres haut perchées éclairaient généreusement l'endroit.

L'un des murs accueillait une immense cheminée où, comme l'avait promis Charlemagne, crépitait une flambée des plus réconfortantes. Le sol était jonché d'épais tapis persans. Des meubles ayant déjà une longue histoire en occupaient chaque centimètre carré : des canapés, des bergères recouvertes de velours aux teintes un peu passées et des tables de travail en bois foncé sur lesquelles s'alignaient des lampes aux abats-jours de verre émeraude. Un peu en retrait, un mignon secrétaire disparaissait sous des amoncellements de volumes empilés n'importe comment, offrant une ressemblance frappante avec la célèbre tour de Pise. Tout ici contribuait à créer une atmosphère de vieux manoir anglais un peu négligé. Ce désordre bon enfant ne rendait les lieux que plus charmants encore.

Cédric, Mégane et Charlemagne se laissèrent tomber dans des fauteuils profonds et moelleux.

— Qu'est-ce que c'est que ça ? protesta aussitôt Mégane en se trémoussant.

Elle glissa sa main entre son siège et l'accoudoir rembourré et en retira un livre dont la couverture rigide lui avait piqué les côtes.

— Oh ! *L'Énéide* de Virgile ! s'exclama Charlemagne en apercevant le bouquin. Voilà bien une semaine que je le cherche. Je le croyais perdu. Grand merci, mademoiselle !

Avant de le remettre à son grand-oncle, Mégane tourna rapidement les pages du vieux volume. Il contenait des poèmes écrits dans une langue qu'elle ne connaissait pas.

Avisant son air perplexe, monsieur Grand-maison précisa :

— C'est du latin. J'imagine qu'on ne vous enseigne plus cela de nos jours…

L'adolescente secoua la tête.

— Quel dommage, une langue si précise… Que certains osent déclarer morte. Les ignares ! Saviez-vous qu'en Finlande, chaque semaine, un vieux couple d'originaux diffuse une émission de radio en latin ?

Les jumeaux firent signe que non. Leur grand-oncle reprit :

— D'accord, elle ne dure que dix minutes, mais quand même. J'aimerais tellement entendre ça. Souhaitez-vous que je vous donne quelques leçons de latin pendant les prochains jours ? offrit-il. Quand vos parents verront à quoi nous avons occupé nos vacances, ils seront drôlement fiers.

Horrifiés par cette perspective, Mégane et Cédric pâlirent et sentirent leurs cœurs manquer deux ou trois battements. Le sourire fendu jusqu'aux oreilles, Charlemagne se leva et leur tapota le dos.

— Un peu d'humour, jeunes amis ! Je ne suis pas sérieux. Vous êtes en congé, je ne l'oublie pas, dit-il en se rassoyant.

— Tu me rassures ! pouffa Mégane. Un instant, j'ai vraiment cru que tu voulais nous mettre à l'étude…

Charlemagne joignit son rire à celui de sa nièce. Changeant subitement d'humeur, la jeune fille reprit :

— Dis, est-ce que beaucoup de tes livres sont écrits en latin ? demanda-t-elle en lorgnant vers les bibliothèques, la mine assombrie par l'idée de toutes ces belles histoires hors de sa portée.

— Si, plusieurs. Mais ne te chagrine pas avec ça, la consola-t-il. Je ne crois pas que tu risques de manquer de lecture ici, lui promit-il en désignant les tablettes remplies à craquer. Il traîne certainement plusieurs centaines de bouquins écrits en français. Je suis sûr que tu dénicheras un ou deux volumes à ton goût !

— Ouf ! Je respire mieux, s'amusa Mégane. Est-ce que tu sais combien d'ouvrages tu possèdes, oncle Charlemagne ? s'informa-t-elle, un peu envieuse, car elle aimait les livres encore plus que la musique.

— Je l'ignore. Peut-être pourriez-vous m'aider à faire l'inventaire de ma bibliothèque pendant votre séjour ? Je me disais justement qu'il fallait remettre les registres à jour. Et classer tout ce fatras dans l'ordre alphabétique, proposa le vieux pince-sans-rire, l'air de nouveau terriblement sérieux.

*Il oublie vite, notre grand-oncle. Il y a deux secondes, il disait qu'il nous savait en vacances. On jurerait que ça lui est déjà sorti de l'idée,* songea Cédric qui lança un regard furibond à sa sœur. Répertorier une tonne de vieux volumes poussiéreux : quelle occupation ingrate pour la relâche scolaire ! Peut-être aurait-il dû choisir d'affronter sa peur des monstres après tout. Mégane grimaça ; manifestement, elle ne se sentait pas plus excitée que son frère à la vue de cette montagne de travail fastidieux. Alors que les jumeaux cherchaient une manière élégante d'exprimer leur désaccord avec ce projet d'archivage, Charlemagne gloussa :

— Décidément, vous êtes faciles à attraper. Je plaisantais. Toutefois, si vous acceptiez de démêler quelques-unes des caisses qui encombrent le bas des armoires, je l'apprécierais beaucoup. Il y a bien cinquante ans que personne n'a mis son nez dans ces affaires-là. Si jamais vous tombiez sur un trésor, eh bien, je vous le céderais volontiers. Ce serait votre salaire. Qu'en dites-vous?

Cédric écarquilla les yeux, ravi. Qui pouvait savoir ce qu'ils allaient découvrir dans une aussi vieille maison que la villa? Surtout si personne ne s'était intéressé à ces dessous d'armoires depuis un demi-siècle. Il brûlait d'envie de commencer les fouilles à l'instant même.

Mégane afficha d'abord une expression un peu plus réservée. Elle paraissait se dire que si farfouiller dans des boîtes remplies de pacotille plaisait tant à son frère, il n'aurait qu'à faire comme bon lui semblerait. Quant à elle, elle choisirait un gros bouquin, du moment qu'il n'était pas en latin, et se plongerait dans une belle histoire qui lui ferait oublier la traîtrise de Zacharie. Finalement, à l'idée de pouvoir se gaver de lecture des heures durant sans interruption, elle esquissa un sourire aussi lumineux que celui de Cédric. Charlemagne la crut séduite par le projet, comme son jumeau.

Les voir si réjouis réchauffa le cœur du vieil homme. Des souvenirs de son enfance lui revinrent en tête: comme il avait aimé explorer les recoins de cette demeure chargée d'histoire! Les plus modestes placards s'étaient transformés en cachots impénétrables, la cave mal éclairée en caverne d'Ali Baba, le grenier sous les combles en lieu enchanté, peuplé de fantômes vaguement inquiétants. Tant d'années s'étaient écoulées depuis ces jours insouciants. Monsieur Grandmaison les avait presque gommés de sa mémoire. La réaction de Cédric et de Mégane le ramenait des décennies en arrière. Il se félicita d'avoir eu l'idée de recevoir ses petits-neveux pour ce long congé. C'était comme revivre sa jeunesse une seconde fois.

Pendant que leur grand-oncle se berçait de ces agréables pensées, Mégane et Cédric se levèrent et firent lentement le tour de la bibliothèque. Ils tombèrent en arrêt devant le portrait à l'huile d'un jeune rouquin d'environ dix-sept ou dix-huit ans. Le contempler leur procura d'étranges sensations : c'était presque comme se regarder dans un miroir. Même frimousse parsemée de taches de son, même peau laiteuse, mêmes yeux aux teintes alliant la topaze et le caramel, et, surtout, même crinière rousse et indisciplinée.

— C'est la première fois que je vois ce tableau, fit remarquer Mégane. Tu viens de l'acheter ? demanda-t-elle à monsieur Grandmaison qui les avait rejoints devant le portrait.

— Absolument pas. Imagine-toi donc que je l'ai repêché au grenier ; il était caché derrière une vieille commode déglinguée. Je l'ai descendu la semaine dernière. Il me semble qu'il est vraiment à sa place, ici. N'est-ce pas ? dit Charlemagne en caressant le cadre de bois du bout du doigt.

— Tout à fait, l'assura Cédric. C'est qui ?

Le grand-oncle se troubla un bref instant. Il fit courir son index sur la peinture dans un geste très tendre, comme on le ferait pour consoler quelqu'un qui souffre.

— Il s'agit de Médérick Grandmaison, votre arrière-arrière-grand-oncle.

— Il n'a pas l'air si vieux que ça, plaisanta Cédric.

Mégane secoua la tête, les yeux au ciel. Charlemagne Grandmaison sourit tristement.

— En effet, il n'avait que dix-sept ans sur cette peinture. Et vous ne trouverez jamais de tableau le représentant sous les traits d'un homme âgé. Le pauvre Médérick n'a pas eu la chance de vieillir : il est mort, quelques mois seulement après avoir posé pour ce portrait.

Cédric avala de travers.

— Oups. Désolé, balbutia l'adolescent. Ma blague était d'un goût douteux. Je ne savais pas qu'on avait un ancêtre mort si jeune. Qu'est-ce qui lui est arrivé ?

— Il a péri dans un terrible incendie, lui apprit monsieur Grandmaison. Voyez-vous, votre arrière-arrière-grand-oncle adorait la chimie. Il voulait devenir médecin et faire des recherches médicales. Aidé par un professeur du collège, il avait même transformé un vieux hangar derrière la villa en laboratoire. On raconte qu'ils y passaient des heures à travailler, ce professeur et lui. Et puis, un jour, alors que Médérick se trouvait là, seul, il semble que l'une de ses expériences ait mal tourné. Une violente explosion a provoqué un épouvantable incendie. Le malheureux n'a jamais pu s'échapper du brasier.

Mégane et Cédric échangèrent un regard troublé, émus du sort de ce garçon à peine plus âgé qu'eux.

— Le professeur du collège a dû s'en vouloir affreusement, souffla Mégane.

— Oh que oui ! lui répondit Charlemagne. Selon la rumeur, ce maître a eu si honte qu'il s'est enfui. On ne l'a plus jamais revu dans la région.

— Étrange réaction, fit remarquer Cédric en sourcillant.

— Pas tant que ça, si on se reporte à l'époque, le contredit son grand-oncle. Ce professeur n'enseignait pas depuis très longtemps au collège. Il a probablement eu peur qu'on lui fasse de sévères reproches. Qu'on dise que c'était sa faute si son étudiant se livrait à des expérimentations dangereuses. Plutôt que d'être congédié, il aura choisi de prendre la porte lui-même.

— C'est quand même lâche, insista Cédric. Il faut un peu plus de courage que ça dans la vie.

— Écoutez donc qui parle de courage ! se moqua Mégane. Qui a peur d'animaux morts depuis des millions d'années ?

L'adolescent rougit. Charlemagne vola à son secours.

— Les tyrannosaures me font frissonner moi aussi, soutint-il.

Mégane soupira. *Tel grand-oncle, tel petit neveu,* paraissait-elle se dire. *Tu peux bien avoir peur de saluer ta jolie voisine, oncle Charlemagne.*

Ne poussant pas plus loin la discussion sur les sauriens préhistoriques, Charlemagne Grandmaison s'approcha des rayons. De toute évidence, il cherchait un livre précis. Après quelques instants, il lâcha un petit cri de triomphe.

— Ah ! Ah ! Et voici, et voilà ! dit-il en retirant de l'étagère un épais bouquin à la reliure de cuir fanée.

Cédric et Mégane le rejoignirent.

— *Splendeurs et misères des passions,* par Camille Grandmaison, lut l'adolescente.

— Camille Grandmaison ? répéta Cédric.

— La jeune sœur de Médérick. Votre arrière-arrière-grand-tante. Il semble que la mort de son frère l'ait beaucoup affectée et qu'elle lui ait inspiré cet ouvrage.

— On a une ancêtre écrivaine? s'extasia Mégane qui rêvait en secret de devenir la prochaine J.K. Rowling.

— Pas qu'écrivaine, jeunes gens! Également diplômée en philosophie, leur révéla monsieur Grandmaison. Car j'ai l'honneur de vous apprendre que notre charmante aïeule fut la première Canadienne admise à l'université dans cette auguste discipline. À la célèbre Sorbonne de Paris, s'il vous plaît.

*Que de surprises en une seule petite heure!* songea Mégane. *Un aïeul passionné de chimie qui meurt brûlé vif, une arrière-arrière-grand-tante essayiste, ayant fait ses études à Paris. Vivement la suite!*

L'adolescente échangea un regard entendu avec son frère. Elle avait soudain aussi hâte que lui de dresser l'inventaire des vieilleries empilées derrière les portes closes des antiques bibliothèques.

# 2

# Une charmante invitation

*Sainte-Perpétue-de-Toutes-les-Grâces,*
*années actuelles, lundi, deuxième jour.*

Le lendemain matin, Cédric s'éveilla au son de la pluie qui tambourinait sur la fenêtre de sa chambre. Il se précipita au carreau, observa le ciel uniformément gris et conclut qu'il n'y avait aucun risque que Charlemagne leur propose des activités extérieures.

— Super ! s'exclama-t-il pour lui-même. À l'attaque de la bibliothèque !

Il s'habilla en quelques secondes et se dépêcha d'aller réveiller Mégane dans la pièce qu'elle occupait de l'autre côté du palier. L'adolescente rouspéta à l'idée de s'extirper d'un lit si douillet. Cédric lui rappela les fameux ancêtres au sujet desquels les dessous d'étagères révéleraient peut-être de croustillants secrets.

— Bof… Je ne sais pas trop, grommela Mégane.

Sa mauvaise humeur était revenue au galop pendant la nuit et elle était incapable de se souvenir de ce qui avait pu lui paraître si passionnant dans leur projet de fouilles quasi archéologiques. *Se salir les mains dans de vieilles caisses pleines de bricoles juste bonnes pour la poubelle. Pouach!* pensa-t-elle en bougonnant.

— Qu'est-ce qui te prend? grogna son frère. Tu te couches toute contente et tu te lèves en rogne! Mégane, tu es vraiment difficile à suivre. Faudrait te brancher, ma vieille. Je comprends Zacharie de regarder ailleurs.

Cédric ne vit pas arriver le coussin joufflu qui le frappa en plein visage. Il battit précautionneusement en retraite.

— Je descends à la cuisine. Fais donc ce que tu veux, maugréa-t-il avant de déguerpir.

Sitôt la porte refermée, Mégane se laissa retomber dans ses oreillers et dans de sombres pensées. Entendre le prénom de Zacharie avait fait ressurgir dans toute sa force le cauchemar qui avait hanté son sommeil et qui était responsable de son irritation. Dans son rêve, son copain dansait avec Gabrielle Picard et n'avait d'yeux que pour cette chipie voleuse de petit ami. Mégane avait beau essayer d'attirer l'attention du garçon, on aurait juré qu'elle n'avait pas plus de substance qu'un fantôme. Même ses cris demeuraient silencieux. Torturée par la jalousie, elle avait été contrainte de contempler son malheur sans pouvoir intervenir. Quand ils avaient quitté la piste de danse, bras dessus, bras dessous, Zacharie et Gabrielle étaient passés à travers elle sans la voir. Quelle humiliation! Il y avait de quoi vouloir en découdre avec la terre entière.

Peu désireuse de se rendormir et de courir le risque d'être replongée dans la suite de cette abomination, Mégane décida de se lever. Elle enfila un jean et un chandail en coton ouaté, dont elle laissa le large capuchon retomber sur son visage. Elle ficha les écouteurs de son iPod dans ses oreilles et poussa le volume aussi fort qu'elle pouvait le supporter. Les poings serrés et poussés tout au fond de ses poches, elle descendit d'un pas traînant au rez-de-chaussée. Il ne lui manquait qu'une pancarte autour du cou annonçant «Attention, chien méchant!» et le look hérisson aurait été complet.

○

Charlemagne avait placé sur la table de la cuisine tout ce qu'il fallait à ses invités pour leur petit déjeuner. Parmi les croissants et chocolatines, il avait aussi laissé un billet à leur intention.

*J'espère que vous avez passé une bonne nuit! Mangez, puis venez me rejoindre à l'orangerie. Bisous, oncle Charlemagne.*

Cédric tenait ce message à la main quand sa sœur entra dans la pièce. Un coup d'œil à la harpie lui suffit pour conclure qu'il valait mieux se taire. En silence, il se servit donc un grand verre de jus, coupa un croissant en deux et le farcit d'un demi-pot de confiture avant de l'engouffrer en trois bouchées. Dodelinant de la tête au son de sa musique reggae, et ignorant son frère avec superbe, Mégane choisit une brioche au chocolat. Elle sépara la délicate pâte feuilletée de la crème de chocolat qui la garnissait. Puis, elle mangea vite la pâte, gardant pour la fin les bouchées de cacao fondant. Apparemment ragaillardie par cette gourmandise, Mégane se lécha les lèvres avec un léger sourire. Cédric, qui détestait la chicane, espérait que cela marque la fin des hostilités. Il s'enhardit, souleva l'un des écouteurs de sa sœur et lui demanda :

— Tu viens avec moi à l'orangerie ? On va dire à Charlemagne qu'on s'attaque aux dessous d'armoires de la bibliothèque.

— Parle pour toi, répliqua l'adolescente. Les archives, je te les laisse. J'ai plutôt envie de lire.

Elle replaça l'écouteur dans son oreille et s'en fut à la bibliothèque.

Cédric haussa les épaules, déposa son assiette dans l'évier et partit rejoindre son grand-oncle.

À quelques pas de la cuisine débutait un petit couloir qui le mena vers l'arrière de la demeure, dans un solarium ajouté au siècle dernier par un passionné d'horticulture. De longues tables s'étiraient d'un bout à l'autre de la pièce, couvertes de plantes éclatantes de santé. Du plafond pendaient des paniers de fougères et autres végétaux au feuillage retombant. De discrets haut-parleurs diffusaient un air de Mozart ; les notes délicates paraissaient caresser les plantes. L'air était chaud, humide et de grandes flaques d'eau s'étalaient sur le sol dallé d'ardoise. Ça sentait bon la terre mouillée. À première vue, aucun signe de l'oncle Charlemagne dans cette jungle exubérante.

— Hou ! Hou ! Il y a quelqu'un ? lança Cédric en direction d'une rangée de géraniums.

— Ici, lui répondit Charlemagne du fond de la serre.

La tête de son grand-oncle apparut d'abord, des feuilles mortes et des pétales plein les cheveux. Il se déplia lentement, une main sur le bas du dos, tenant un sécateur de l'autre.

— Approche, approche! l'encouragea-t-il, mes amies ne vont pas te manger.

Cédric avança à petits pas, restant à distance respectueuse des plantes inconnues. Il n'oubliait pas que la saison dernière, Charlemagne s'était subitement pris d'affection pour les fleurs carnivores.

— Aucun risque de morsure, tu me le jures? s'informa l'adolescent.

— Ne crains rien, le rassura le jardinier. De toutes façons, mes dionées ne t'auraient pas mordu. Balivernes que ces légendes! Les fleurs carnivores se contentent de piéger les insectes. Néanmoins, je n'en garde plus. Des demoiselles un peu trop capricieuses à mon goût.

Le vieux monsieur pouffa de rire.

— Dorénavant, je cultive les orchidées. Avoue qu'elles sont diablement plus jolies, affirma-t-il en désignant une fleur rose bonbon aux pistils jaune or qui avait des allures de lutin malicieux. Elles valent bien des petits soins.

Cédric acquiesça poliment. Car même si le garçon ne connaissait rien à l'horticulture, il lui semblait évident que Charlemagne se délectait de ses plantations et qu'il aurait donc été peu délicat de rester impassible. Le grand-oncle essuya ses mains sur un tablier sous lequel il portait des vêtements plutôt chics : pantalon de gabardine, veston de tweed, veste de velours olive, chemise blanche immaculée et sempiternel nœud papillon. Le vieil homme croyait à l'élégance en toute circonstance : l'été venu, il tondait même le gazon ainsi vêtu… au grand plaisir des gamins qui dévalaient la rue à vélo en se moquant de ce drôle de zigoto.

— Mégane n'est pas avec toi ? demanda le dandy, s'avisant subitement de l'absence de la jeune fille.

— Elle boude un peu, pour faire changement. Je ne sais pas ce qui se passe avec elle, se plaignit Cédric. Sûrement quelque chose en rapport avec son fameux Zacharie.

— Zacharie ?

— C'est son grand amour en ce moment, le copain dont je te parlais hier.

— Ah ! L'amour ! soupira le vieil homme. Ce peut être l'enfer, ou le paradis…

Il parut sur le point de s'envoler dans ses rêveries, mais se raccrocha aux petites choses du quotidien.

— Tu as mangé ?

Ayant obtenu une réponse affirmative, monsieur Grandmaison présenta à son hôte le programme de la journée :

— Ce matin, je dois m'occuper de mes charmantes pensionnaires, apprit-il à Cédric en écartant les bras comme pour embrasser tous les végétaux qui les entouraient. Si tu le souhaites, tu peux me donner un coup de main. Sinon, il y a toujours la bibliothèque et ses affreux dessous d'armoires poussiéreux, le taquina-t-il.

— Je ne voudrais pas abîmer tes belles plantes. J'irai plutôt faire le ménage des armoires.

Charlemagne sourit avec indulgence.

— Hmm, hmm. Je vois. Comme tu veux. Toutefois, cet après-midi, j'apprécierais que Mégane et toi m'aidiez à cuisiner une petite collation. J'ai invité ma… ma… mademoiselle Ju… Ju… Juliette à prendre le thé avec nous, bégaya-t-il, les joues soudain cramoisies.

48

Cédric resta bouche bée : Charlemagne avait convié sa douce voisine à la villa ? Le timide grand-oncle se montrait bien audacieux tout à coup. La présence des adolescents semblait lui insuffler une énergie nouvelle. Cédric songea que ceux qui s'amusaient à parier sur la date de la déclaration d'amour de Charlemagne paieraient cher pour obtenir cette information. Pourtant, en neveu loyal, il résolut de garder le secret.

— Nous t'aiderons, oncle Charlemagne. Pour le moment, je te laisse bichonner tes copines, plaisanta gentiment Cédric, qui constata avec amusement que la simple mention du mot *copine* avait fait rougir son grand-oncle encore davantage.

Il quitta le vieux monsieur qui camoufla aussitôt son embarras en se replongeant dans de frénétiques activités horticoles. On n'entendait plus que le «schlik, schlik» du sécateur. Après quelques minutes, le jardinier ralentit un peu la cadence. Les notes de musique recommencèrent à voleter partout dans l'orangerie. On entendit presque les plantes chanter leur soulagement.

○

— Trésors, en garde ! lança Cédric en déboulant dans la bibliothèque au pas de course.

Sa sœur ne daigna même pas réagir à son arrivée. Affalée dans un fauteuil, la musique de son iPod à plein volume, Mégane était plongée dans le livre de Camille Grandmaison. Cédric n'en revenait pas qu'elle réussisse à se concentrer malgré un tel vacarme. Persuadé qu'elle n'en verrait rien, il lui tira la langue. Sa sœur rétorqua de la même manière, preuve que rien ne lui avait échappé malgré ses yeux baissés. L'adolescent ne put s'empêcher de rire. Il remarqua que Mégane se forçait pour ne pas l'imiter. Les coups de gueule de sa jumelle n'étaient habituellement que des feux de paille. D'une minute à l'autre, Cédric pressentait qu'elle allait redevenir agréable. Il n'insista pas. Dans ces moments fragiles entre la mauvaise et la bonne humeur de Mégane, un rien pouvait tout faire déglinguer. L'important était qu'elle sauve la face. Cédric détourna le regard et se concentra sur la bibliothèque.

La grisaille du dehors ne laissait pas pénétrer beaucoup de lumière à travers les baies vitrées décorées de morceaux de verre coloré. Mais, prévenant, leur grand-oncle avait allumé tous les luminaires et préparé un feu dans la cheminée. Les flammes jetaient des taches cuivrées qui dansaient dans la pièce et la baignaient d'une douce lueur ambrée. Les volumes aux reliures de cuir et aux titres gravés en lettres d'or semblaient inviter à de somptueuses découvertes.

Cédric s'accroupit, ouvrit une première porte d'armoire et y plongea les deux bras. Il en extirpa une lourde caisse remplie de cahiers à l'allure austère et la renversa sur le tapis. Un nuage de poussière s'en échappa et le fit éternuer. Assis en tailleur, l'adolescent examina les papiers un à un. Il était tombé sur des livres de comptes ennuyeux à mourir et sur un catéchisme en pièces détachées sous forme de questions et de réponses. Pendant un bref instant, Cédric se sentit un peu dépité. Puis, il se ravisa en se disant qu'un trésor trop vite trouvé perdrait de sa valeur. Il releva le menton et chassa son début de désillusion, surtout qu'il se savait examiné par sa jumelle mine de rien. Il ne lui donnerait pas le plaisir de le voir déçu.

L'adolescent évita donc de croiser le regard de sa sœur. Il replaça les cahiers noirs et le livre démantibulé dans le cageot de bois où ils avaient dormi plusieurs années et relégua le tout au fond de l'étagère. Il tira sur une autre boîte, espérant qu'elle présente davantage d'intérêt. Il s'exclama :

— Oh ! D'anciennes cartes postales ! Comme elles sont belles !

— Laisse-moi voir, fit Mégane, soudain agenouillée à ses côtés.

— Tiens ! Tu as fini de bouder ? lança Cédric, oubliant toutes ses bonnes résolutions.

L'adolescente hésita une seconde, semblant osciller entre le désir de riposter et celui de quitter les marécages de cafard dans lesquels elle se vautrait depuis son lever. Le bon sens l'emporta. Elle sourit, de ce sourire qui faisait valser ses taches de rousseur et étinceler ses prunelles.

— Oui, pour le moment. Note que je me réserve le droit de recommencer n'importe quand, affirma-t-elle, l'air sévère.

— C'est si intéressant que ça ? osa demander Cédric qui se rendit compte, un peu tard, qu'il poussait drôlement sa chance.

— Ça dépend. Parfois, oui. Tu devrais essayer.

À la suite de quoi elle élargit encore son sourire. Cédric s'esclaffa et lui tendit la moitié de la pile de cartes postales.

Ils grimpèrent chacun dans une bergère et s'y calèrent pratiquement jusqu'au cou. Leurs pieds appuyés sur un pouf de cuir, ils examinèrent leurs trouvailles.

— Regarde un peu, s'émut l'adolescente en tendant à son frère l'image d'une jeune femme très élégante qui servait le thé dans une tasse tout en finesse. Lis le joli message.

— « Dans mon petit parterre, je viens te cueillir une fleur ; en la recevant, reçois aussi mon cœur. De ton frère, Médérick. » Et celle-là ! continua Cédric, remettant à Mégane une carte postale représentant *La Provence,* un transatlantique impressionnant.

Le message datait de 1912 et disait simplement : « Avant de partir, je t'envoie, ma chère Camille, mon souvenir sincèrement affectueux. » La signature s'avérait malheureusement illisible.

Les jumeaux ne virent pas le reste de la matinée passer, emportés dans un monde d'images délicieusement surannées. Ils attribuèrent à Camille, à son mystérieux correspondant et à Médérick des histoires d'amour compliquées, des séparations déchirantes et des soupirs mille fois étouffés. Quand Charlemagne se présenta à la porte de la bibliothèque à l'heure du dîner, il les trouva complètement absorbés dans une autre époque. Son arrivée les fit sursauter, les ramenant tout d'un coup à la réalité.

— Dire que nos parents s'obligent à visiter des musées. Avec tout ce qu'on trouve ici. Les pauvres ! les plaignit Mégane, sa mauvaise humeur loin derrière elle.

Cédric l'approuva sans réserve.

○

Après un léger repas composé de fruits, fromage et craquelins, Charlemagne invita ses jeunes compagnons à disputer une partie de Monopoly. Mégane et Cédric auraient préféré continuer leurs recherches dans la bibliothèque, mais leur oncle semblait tellement content de sa proposition qu'ils n'eurent pas le cœur de le décevoir.

Ils déballèrent le jeu sur la table de la cuisine et se livrèrent une lutte impitoyable. Achats, échanges et autres transactions financières les absorbèrent entièrement.

Soudain, la vieille horloge grand-père qui trônait dans le hall d'entrée sonna quatre heures. Monsieur Grandmaison bondit sur son siège comme si une plante carnivore échappée de l'orangerie venait de lui croquer un mollet.

— Citronnelle et déluge de gadelles! Ma... ma... mademoiselle Ju... Ju... Juliette doit arriver dans trente minutes! Vite! Au boulot! Nous reprendrons cette partie plus tard.

Mégane, à qui son frère avait omis d'apprendre la grande nouvelle, arrondit la bouche de surprise. Cédric en profita pour lui décocher une petite pointe, tout bas pour que son grand-oncle ne risque pas de l'entendre:

— Il s'en passe des choses, hein, pendant que mademoiselle fait du boudin?

L'adolescente fit celle qu'aucune insulte ne pouvait atteindre. Cédric se désintéressa.

Pendant ce temps, Charlemagne avait mis de l'eau à bouillir. Après quoi, il ouvrit la porte du frigo à la volée. À mesure qu'il trouvait les denrées dont il avait besoin, monsieur Grandmaison les lançait par-dessus son épaule sans regarder. Repoussant le règlement de leur différend à plus tard, Mégane et Cédric firent équipe pour attraper qui les concombres et les tomates, qui le beurre et le pain de blé entier. Ils y mirent autant de détermination qu'un duo de joueurs de tennis défendant leur titre de champions en double. Rien ne leur échappa. La récolte des ingrédients complétée, le vieil homme se tourna vers eux et leur fit signe de déverser le tout sur le bloc de boucher. En un clin d'œil, il confectionna une montagne de petits sandwichs fort appétissants. Cédric se rendit à toute vapeur dans la section des herbes aromatiques du jardin d'hiver, cueillit quelques brins de persil ainsi que de coriandre et en décora l'assiette. Quant à Mégane, elle disposa une serviette de table fleurie au fond d'une corbeille en osier et arrangea joliment un assortiment de biscuits gourmands. La bouilloire siffla. Charlemagne prépara le thé.

Ils venaient tout juste de poser la théière fumante et le reste du goûter sur une table basse de la bibliothèque quand retentit le carillon annonçant l'arrivée de mademoiselle Juliette.

Un dernier coup d'œil à son reflet dans le miroir du vestibule, une mèche de cheveu promptement replacée et hop! monsieur Charlemagne Grandmaison fit entrer son invitée. Presque aussi large que haute, la replète Juliette n'était que fossettes et bouclettes. Elle évoquait ces anciennes poupées de porcelaine aux joues rosies et constamment souriantes. Cherchant à s'effacer pour lui céder le passage, Charlemagne renversa un pot de fleurs posé sur une console et ne le rattrapa qu'*in extremis*. Un jet d'eau en jaillit et aspergea copieusement les bottillons de la vieille dame. Le pauvre homme se confondit en excuses, bégayant affreusement. Juliette sautilla pour échapper à l'inondation, faisant virevolter son parapluie tel un javelot menaçant, tout en tentant de rassurer son hôte. Ses bottes étaient trempées avant même cet incident, gracieuseté du temps exécrable qui sévissait ce jour-là, cherchait-elle à lui faire comprendre. À la toute dernière minute, elle intercepta de sa main restée libre une jolie lampe de vitrail que sa lance improvisée avait délogée d'une commode.

Blottis derrière le chambranle de porte menant à la salle à manger, les bras croisés, Cédric et Mégane observaient la scène avec un mélange d'amusement et d'exaspération. Gauches comme des adolescents trop vite grandis, les yeux brillants, le discours emprunté et entrecoupé de rires gênés, les septuagénaires paraissaient dans leurs petits souliers. N'y tenant plus, les jumeaux se hâtèrent à leur secours. Les deux timides les accueillirent avec un soulagement évident.

— Bonjour, Mégane ! Bonjour, Cédric ! Comment allez-vous ? s'informa Juliette en s'avançant avec beaucoup d'enthousiasme.

Son parapluie dégoulinant était pointé droit devant elle et donc directement vers les adolescents.

— Il y a bien longtemps que je vous ai vus. Laissez-moi vous faire la bise ! continua-t-elle en accélérant.

Les petits-neveux de Charlemagne firent un bond de côté et réussirent miraculeusement à s'esquiver, échappant de peu à la mort par harponnement. Mademoiselle Juliette, emportée par son élan, termina sa course dans la bibliothèque, à quelques pas de la cheminée. Souhaitant éviter toute catastrophe supplémentaire, elle se laissa sagement tomber dans un fauteuil, le parapluie à ses côtés. Un éclat de rire général couronna cette arrivée pour le moins spectaculaire. Cela eut l'heur de détendre l'atmosphère.

Le thé versé, les sandwichs et petits gâteaux distribués, le grand-oncle s'informa avec une nonchalance étudiée de ce que Juliette avait fait livrer chez elle, la veille. Connaissant l'inquiétude dans laquelle la vision du camion de déménagement avait plongé leur grand-oncle, Cédric et Mégane se mordirent la joue pour retenir leur hilarité. Charlemagne tenait indubitablement à s'assurer que sa voisine ne planifiait pas un brusque changement de domicile.

La vieille dame serra les dents, l'air exaspérée.

— Ne m'en parlez même pas, Charlemagne. Je suis au désespoir. Figurez-vous que mon neveu s'est mis en tête d'emménager chez moi.

— Comment ? s'offusqua le grand-oncle. Sans votre permission ?

Mademoiselle Juliette écarta les bras en signe d'impuissance.

— Il vient de se casser un poignet. Le voilà donc en congé forcé. Car voyez-vous, il est serrurier. Un métier pour lequel il est préférable de disposer de deux mains valides…

Elle expira bruyamment et poursuivit :

— J'ai accepté de le recevoir en convalescence quelques semaines en me disant que c'était la moindre des choses. Ma maison est si grande et j'y suis si seule… Mais le voilà maintenant qui prétend s'ennuyer à mourir à la campagne. Il dit qu'il ne survivra pas sans son système de son, son cinéma-maison et son écran géant. Il les a fait transporter de la ville. Mon salon est tout chamboulé.

Sachant combien sa voisine appréciait le calme, l'ordre et la musique classique, Charlemagne devina l'ampleur du drame auquel elle devait faire face.

— Pauvre Ju… Ju… Juliette! bredouilla-t-il, tout émotionné. Ce resquilleur a-t-il l'intention de vous importuner longtemps?

— Je l'ignore… Le temps que sa fracture guérisse, j'imagine.

— En attendant, vous… vous… n'avez qu'à venir chez moi aussi souvent que vous le souhaiterez!

— Oh! Merci, cher ami! Je viendrai. Certainement. Je viendrai, accepta la demoiselle rougissante.

Charlemagne semblait sur le point d'exploser de joie. Il n'était pas peu fier d'avoir osé lancer une telle invitation. Les joues cramoisies lui aussi, il se dépêcha d'attiser le feu pour se donner une contenance.

— Alors, Cédric et Mégane, comment avez-vous occupé votre première journée de congé? s'enquit Juliette en se tournant vers les adolescents qui avaient assisté avec grand intérêt à l'échange des aînés.

Malgré leur honnêteté, les jumeaux commençaient à se demander s'ils ne devraient pas monnayer ces précieux renseignements auprès des parieurs familiaux. Il y avait certainement une belle somme à retirer de ces informations confidentielles. Car, à leur connaissance, jamais Charlemagne ne s'était montré aussi entreprenant. La déclaration d'amour n'était sans doute pas chose faite; néanmoins, le chemin pour y parvenir semblait plus court que jamais.

Un sursaut de droiture fit toutefois reculer Cédric et Mégane. Les adolescents ravalèrent leurs pensées mercantiles et montrèrent plutôt à l'invitée de leur grand-oncle les jolies cartes postales qui avaient fait leur bonheur toute la matinée. Juliette et Charlemagne les lurent à voix haute et évoquèrent avec nostalgie cette époque où n'existaient pas encore Internet, ni les fax, ni même le téléphone. Les lettres pouvaient mettre des semaines à atteindre leur destinataire. La vie se déroulait à un rythme tranquille. Mégane et Cédric les écoutaient avec étonnement. Monsieur Grandmaison et sa voisine semblaient presque parler d'une autre planète. Le temps passa fort agréablement. Quand la visiteuse quitta le manoir deux heures plus tard, ce fut avec la promesse de revenir souvent prendre le thé dans les jours suivants.

Après le départ de Juliette, Charlemagne se mit à aller et venir dans la pièce. Il paraissait en transe. Il replaçait des coussins que personne n'avait utilisés et réalignait des livres pourtant déjà fort bien rangés. Mégane le fixait, bouche bée. Pendant deux ou trois secondes, elle aurait même juré qu'il flottait à quelques centimètres au-dessus du sol. *Mon Dieu! Est-ce que je ressemble à ça quand je pense à Zacharie?* Elle gloussa, plutôt embarrassée à cette idée. Comme s'il savait à quoi songeait sa jumelle, Cédric la gratifia d'un clin d'œil.

○

*Nord de l'Écosse, fin du dix-huitième siècle.*

Les trois magiciens lancés à la poursuite de leur ancien associé se regardèrent en soupirant. Brianna, Khan et Dioggan avaient chevauché sans relâche depuis le lever du jour et, tout comme leurs montures, ils étaient crottés. Hélas, malgré leurs efforts, ils rentreraient bredouilles. Celui qui s'était enfui du tribunal, évitant ainsi les geôles de

Sandhomme, leur échappait obstinément. Le mage en chef, aussi régent du royaume de Maärval, serait très déçu. Tourbillonnant sur eux-mêmes, entraînant leurs chevaux dans une folle sarabande, les sorciers récitèrent quelques paroles dans un jargon incompréhensible. Des bruits secs ressemblant à des explosions de pétard se firent entendre et les trois cavaliers disparurent.

○

*Royaume de Maärval,*
*quelques instants plus tard.*

— Comment ça, « rien trouvé » ? tonna Türken, le mage en chef. Le cristal ne ment jamais. Il y avait d'incontestables signes de magie noire dans ce château écossais.

— Certes... Mais par malheur, le temps que nous repérions ces manifestations, la piste s'était refroidie. Sur place, on nous a raconté qu'un enfant avait mystérieusement disparu là-bas, sauf que ça remontait à il y a deux siècles, déclara Dioggan, un sorcier à l'allure farouche. Il nous a suffi de mettre les pieds dans ce château pour sentir que d'effroyables maléfices avaient effectivement été utilisés. Cela ressemble fort à l'histoire du malheureux petit Nathaniel.

— Et vous n'avez pas réussi à remonter à l'origine de ces sortilèges ?

— Ce n'est pas faute d'avoir essayé, sire Türken, dit placidement Brianna, une grande sorcière à l'épaisse chevelure couleur vif-argent. Mais deux cents ans ont passé. Une éternité pour le démon que nous pourchassons. S'il s'agit bien de lui, ajouta-t-elle à regret. Nous n'avons aucune preuve, seulement des soupçons.

— De forts soupçons ! éructa Khan, le dernier membre du trio de justiciers, faisant sursauter ses interlocuteurs. Mais même si ces crimes sont le fait de celui que nous cherchons, dit-il d'un ton radouci, ils sont aussi de l'histoire ancienne. Suivre cette piste nous aurait finalement menés aux forfaits qu'il a commis par la suite et que nous connaissons : entre autres, au manoir où vivait Nathaniel, puis au tribunal où nos juges l'ont déjà condamné… Ce tribunal dont notre fugitif s'est échappé et au-delà duquel nous avons complètement perdu sa trace. Tant qu'il ne se manifeste pas dans le présent, nous sommes réduits à tourner en rond.

Celui qui venait de s'exprimer ainsi portait d'amples vêtements qui le camouflaient presque entièrement aux regards. On ne voyait de lui que son visage, si ridé que personne ne se serait étonné s'il avait affirmé avoir déjà rencontré Noé.

— Notre cristal n'est pas tout à fait au point, concéda Brianna. Il nous signale correctement les cas d'usage de magie noire, mais il les situe mal dans le temps. S'il continue de nous envoyer à droite et à gauche comme ça, nous n'arriverons à rien de bon. Il faudrait que Calixte travaille là-dessus.

Calixte était le sorcier en charge des améliorations techniques. Un vrai génie dont plusieurs communautés de magiciens s'arrachaient les services. Pour parvenir à l'engager, il n'existait qu'un seul moyen : lui soumettre un problème tellement complexe qu'il ne pouvait résister au défi.

— Convaincs-le de travailler pour nous, dit Türken.

— J'en fais mon affaire, déclara la grande magicienne.

Türken se caressa la barbe d'un air songeur.

— Je vous demande pardon à tous les trois de m'être énervé. Je sais que vous ne ménagez pas vos efforts. Il n'y a qu'à vous jeter un coup d'œil pour en être convaincu, ajouta-t-il avec un sourire espiègle, le regard dirigé vers les flaques de boue qui s'élargissaient aux pieds des traqueurs qui n'avaient même pas pris le temps de se changer avant de venir lui faire leur rapport.

Il tapa dans ses mains. Apparurent aussitôt plusieurs serviteurs.

— Accompagnez ces braves à leurs appartements et assurez-vous qu'ils aient des torrents d'eau chaude à leur disposition.

Puis, se tournant vers Brianna, Dioggan et Khan, il conclut :

— Lorsque vous aurez fini votre toilette, rejoignez-moi à la salle à manger. Vous devez mourir de faim. Après, quand vous serez bien restaurés, nous parlerons. L'avenir est sombre, mes amis. Je n'ai pas besoin de vous rappeler quelles calamités cet infâme sorcier risque d'attirer sur nous. Il faut agir.

Brianna, Dioggan et Khan inclinèrent brièvement la tête avant de s'engager à la suite des laquais.

Une fois seul, Türken se rendit à la fenêtre et contempla le magnifique paysage de Maärval. Le soleil couchant semblait embraser jusqu'au plus modeste brin d'herbe. Les toits du village resplendissaient autant que s'ils avaient été fabriqués d'or pur. Partout des familles de mages et de magiciennes savouraient tranquillement les dernières heures de la journée. Assis sur des bancs de pierre aux portes de leurs maisons, ils devisaient entre voisins, buvaient du thé tout en croquant des pâtisseries inconnues des autres mondes. Des enfants jouaient à cache-cache. Avec leurs pouvoirs magiques, ils parvenaient souvent à se fondre si bien dans leur environnement que les parties duraient des heures, au grand dépit de celui ou celle que le sort avait désigné comme leur traqueur. Türken sourit en apercevant un jeune coquin qui avait réussi à prendre la couleur du buisson au cœur duquel il se dissimulait, oubliant toutefois d'étendre le sortilège de verdissement à son chapeau pointu, d'un jaune éclatant. *Celui-là se fera vite attraper,* songea le régent.

Le mage en chef sentit son cœur se serrer à la pensée que toute cette quiétude pût leur être enlevée. Il faisait partie des fondateurs de ce havre de paix situé hors des frontières temporelles et spatiales connues des humains. C'était il y a bien longtemps, quand, las d'être constamment persé-cutés, une poignée de magiciens avaient eu l'idée lumineuse de créer cet univers parallèle, loin de l'intransigeance et de l'intolérance des hommes. Türken ne pouvait accepter qu'un sorcier sans foi ni loi mette tout cela en péril. Quel pervers plaisir prenait donc cette créature maléfique à voler leur vie à ses victimes ? L'immense longévité dévolue à tous les habitants de Maärval ne lui suffisait donc pas ? Il lui fallait plus ? La possession totale ? Le contrôle absolu ?

Bien sûr, dès que l'on franchissait les limites du pays magique, le temps recommençait à s'écouler au rythme habituel. Ce méchant mage semblait trouver son contentement à évoluer dans le monde des hommes, là où il était omnipotent. Pas étonnant donc qu'il ait besoin de refaire le plein d'années à intervalles réguliers. Mais au-delà de ces considérations pratiques, Türken soupçonnait une soif de puissance plus ignoble.

Tôt ou tard, ce mage malfaisant se trahirait. Face à une mystérieuse disparition d'enfant, un humain plus futé que les autres comprendrait que quelque chose de surnaturel était à l'œuvre. On ne pouvait user impunément de magie sans finir par attirer l'attention. La chasse aux sorcières reprendrait. Les quelques magiciens rebelles qui s'étaient obstinés à rester du côté des hommes seraient les premiers à être capturés. Sous la torture, ils ne réussiraient pas tous à tenir leur langue. L'existence de Maärval serait dévoilée au grand jour. On obligerait ensuite les délateurs à utiliser malgré eux leurs pouvoirs magiques pour ouvrir le passage vers le royaume enchanté. Des hordes d'Inquisiteurs franchiraient les frontières et sèmeraient la désolation. Les paupières closes, Türken eut la vision de sa contrée couverte de bûchers vers lesquels on traînerait sorciers et sorcières, jeunes et vieux, telle de la vulgaire vermine. On les brûlerait jusqu'au dernier.

Le régent rouvrit brusquement les yeux, l'estomac noué. Tout en lui rejetait ces images apocalyptiques. Il se promit que, lui vivant, le Mal n'atteindrait jamais son pays. Brianna, Khan et Dioggan le seconderaient sans faillir. Assistés par le cristal magique, ils finiraient par localiser le sombre mage. Surtout si Calixte réglait le problème de la trop grande inexactitude temporelle de la sphère enchantée. Et alors, ils mettraient le malfrat hors d'état de nuire. Les juges l'avaient condamné aux geôles de Sandhomme. *Mais personne n'est à l'abri d'un accident,* se disait Türken avec un sourire féroce. *Il pourrait lui arriver malheur pendant son transfert vers Maärval... Le genre de malheur dont on ne se relève pas vivant...*

Réconforté par cette pensée, le régent se détourna de la fenêtre. Il tapa derechef dans ses mains. Une flopée de domestiques se matérialisa illico. Il leur ordonna de préparer un bon repas pour ses trois amis et lui, ainsi que des litres de *guayava*, une boisson aux mille vertus, dont celle d'ouvrir les esprits et d'éloigner le sommeil. Ils ne dormiraient qu'une fois leur ennemi terrassé.

# 3

# Le journal de
# Camille Grandmaison

*Sainte-Perpétue-de-Toutes-les-Grâces,*
*années actuelles, fin du deuxième jour.*

**P**endant que leur grand-oncle rapportait le plateau du goûter à la cuisine, le cœur plein d'affectueuses pensées pour la charmante Juliette et décidé à la réinviter pour prendre le thé, les adolescents demeurèrent à la bibliothèque. Ils entreprirent l'examen d'une troisième caisse de vieux documents. Elle était coincée tout au fond de l'armoire et Cédric dut s'arc-bouter pour la tirer. Il sentit enfin quelque chose céder et un bruit de papier qui se déchirait le fit grimacer.

— J'espère que je n'ai rien brisé de précieux, bredouilla-t-il.

Dans la boîte, rien d'abîmé. L'adolescent avança sa tête à l'intérieur du meuble, tentant de découvrir ce qui avait produit ce bruit. Rien à faire, c'était tout noir. Il se résigna donc à farfouiller de la main. Il n'aimait pas trop ça, craignant de tomber sur quelque chose de pourri. Il se connaissait : si cela advenait, il ne parviendrait pas à s'empêcher de crier. Et sa jumelle se moquerait impitoyablement de lui. D'ailleurs, le voyant procéder avec circonspection, Mégane ricana :

— N'aie pas peur, Cédric ! Aucun risque qu'un squelette de dinosaure te morde là-dedans.

— Tu te penses drôle ? Fouille donc toi-même, mademoiselle-je-n'ai-peur-de-rien !

*Sauf qu'on me vole mon cherrrr Zacharie,* ajouta-t-il pour lui-même.

Mégane s'approcha, prête à prendre le relais.

— Mais non, je blaguais, crâna Cédric, tout en continuant son exploration et priant pour que rien d'insolite ne le fasse sursauter.

Quelques secondes plus tard, ses doigts rencontrèrent quelque chose qui ressemblait à un petit cahier. Il avait glissé entre la tablette et le panneau arrière de l'armoire. Cédric le dégagea avec le plus de délicatesse possible. La couverture cartonnée du mince livret était fraîchement déchirée. Pas de doute qu'avec les années, elle s'était collée à la caisse posée par-dessus. En tirant sur la grosse boîte quelques minutes plus tôt, Cédric l'avait partiellement arrachée. Heureusement, le reste du cahier paraissait intact.

— Qu'as-tu trouvé là ? le questionna Mégane.

— Je ne sais pas trop, commença par lui répondre Cédric, tout en jetant un coup d'œil à la première page. Oh ! On dirait un journal intime. «Ce cahier appartient à Camille Grandmaison. CONTENU STRICTEMENT PRIVÉ ! » lut-il avec grand intérêt.

Mégane fronça les sourcils.

— Je me demande s'il s'agit de la Camille Grandmaison dont nous parlait oncle Charlemagne hier, s'interrogea-t-elle.

— Si c'est le cas, c'est vraiment un vieux journal.

— Tu me laisses voir? On découvrira peut-être une date.

Au même moment, Charlemagne passait le seuil de la bibliothèque. Sans vraiment réfléchir, Cédric glissa le carnet dans sa poche de pantalon, à l'insu de monsieur Grandmaison.

— Vous avez repris vos recherches? constata le grand-oncle en désignant la caisse posée devant ses invités. On examine ça ensemble?

— Sois le bienvenu! lança Mégane.

Le grand-oncle s'assit sur un pouf et se joignit aux archivistes en herbe. Cette fois, ils étaient tombés sur d'anciens manuels scolaires et sur des cahiers de notes remplis d'une écriture soigneusement fignolée. Quelqu'un y avait transcrit des poèmes, rédigé des dissertations philosophiques et même collé certains articles de journaux dont le contenu l'avait intéressé.

— Les vieilles affaires d'école de Camille Grandmaison! s'écria Charlemagne. La sœur du pauvre Médérick dont je vous racontais l'histoire hier soir. Pluie de gadelles! Les manuels de ma grand-tante. Ils datent du tournant du dix-neuvième siècle. Vous vous rendez compte?

Ému, le grand-oncle tourna doucement les pages d'un petit cahier.

— Celui-ci remonte à l'époque à laquelle Camille commençait à fréquenter l'université. Ça me fait tout drôle de voir ça. Quelle belle plume, quand même! Plus personne n'a une telle calligraphie de nos jours.

— Est-ce que tu as déjà rencontré Camille? s'enquit Mégane.

— Absolument. Une érudite tout à fait charmante. Elle avait quatre-vingts ans quand elle est morte subitement. J'en avais vingt-quatre. Son décès m'avait beaucoup chagriné. J'adorais discuter avec elle. Son frère, mon grand-père Barthélémy, était également très agréable. Ils évoquaient souvent avec moi ce que Médérick aurait pu devenir s'il n'avait pas perdu la vie dans ce stupide accident de laboratoire. Je crois qu'ils ne s'étaient jamais totalement remis de la tragique disparition de leur aîné.

Charlemagne avait l'air songeur. Il tourna les pages du cahier, puis le rendit à son neveu.

— Si vous souhaitez conserver ces documents, ne vous gênez pas. Comme vous l'avez constaté, ces effets ne semblent pas intéresser grand monde. Témoignages touchants du passé ou pas. Et maintenant, j'ai une course à faire. Il me manque du gingembre pour ma sauce, vous m'accompagnez à l'épicerie?

Les adolescents acquiescèrent. Avant de partir, ils glissèrent dans l'armoire la caisse de matériel scolaire de Camille Grandmaison. Au fond de la poche de Cédric reposait désormais le journal intime de l'étudiante que les jumeaux se promettaient de lire à la première occasion.

○

La nuit était tombée depuis longtemps. Cédric et Mégane ne dormaient toujours pas. Confortablement installés dans la chambre de l'adolescente, ils discutaient ferme. Mégane s'était approprié le journal de Camille et l'avait mis sur ses cuisses. Posées à plat sur la page couverture, ses mains en interdisaient l'accès.

— J'ai eu le temps de réfléchir depuis cet après-midi, annonça-t-elle à son frère, et je ne suis pas certaine que lire ceci soit une bonne idée.

— Et pourquoi donc ? s'offusqua Cédric, qui mourait de curiosité.

— On voit bien que tu ne tiens pas de journal intime, toi.

— Berk ! Non ! Qui a du temps à perdre avec ça ?

Avisant la mine vexée de sa sœur, l'adolescent s'esclaffa :

— Non… Tu ne vas pas me dire que *tu* écris ton journal ?

— Et puis après ? Si c'était le cas ? Ça te dérangerait ?

— Pas du tout ! gloussa Cédric. Au contraire. J'adorerais savoir ce que tu écris au sujet de Zacharie. Dis, tu les caches où, tes mémoires ?

Mégane avala de travers, décidée à se procurer un coffre-fort blindé dès leur retour de la relâche. Car l'espace entre le sommier et son matelas, où elle dissimulait pour le moment son propre recueil de pensées intimes, lui paraissait soudain beaucoup moins sécuritaire. S'il fallait que son jumeau le découvre… Elle mourrait de honte. Cette idée la ramena instantanément à la situation présente.

— Tu sauras, Cédric, que c'est très personnel ce qu'on inscrit dans ce type de carnet. Si Camille était encore vivante, elle détesterait qu'on fouille comme ça dans ses souvenirs.

— Nous n'allons pas livrer ces informations à un journal à potins. C'est de notre famille qu'il s'agit, tout de même ! Motus et bouche cousue ! Promis. Ça restera entre nous.

L'adolescent se rendit compte que son argumentation ébranlait les résistances de sa jumelle. Il poursuivit, sûr de toucher la fibre de bonne élève de Mégane :

— Je te rappelle l'intérêt historique de notre découverte, plaida-t-il avec éloquence.

Mégane pesa rapidement le pour et le contre. Elle souleva les mains, libérant le cahier à la couverture déchirée.

— D'accord. Mais je t'avertis : si ça devient trop personnel, on arrête.

Cédric opina du bonnet. *S'il le faut, je trouverai bien le moyen de te convaincre de continuer, chère sœur,* songea-t-il.

L'adolescente commença à lire à voix haute, immédiatement happée par les confidences de leur aïeule. C'était comme reculer un siècle en arrière et parler avec une jeune fille de leur âge. Un délicieux sentiment de proximité envahit les deux curieux. Une fois plongés dans le cahier sentant le vieux papier, il ne fut plus question de s'interrompre…

○

*15 septembre 1895*

*C'est mon anniversaire aujourd'hui. J'ai eu quatorze ans. Mon frère Médérick m'a offert ce petit cahier. Il dit que c'est pour écrire mon journal. Mon Dieu ! Qu'est-ce que je vais bien pouvoir y raconter ?*

Ma vie est d'une platitude absolue. Pour rire, j'ai répondu à mon grand frère qu'il aurait mieux fait de me donner une nouvelle jambe, pour remplacer celle que j'ai plus courte que l'autre. Si tu l'avais vu pâlir. On aurait juré que je venais de le poignarder. J'ai tenté de le rassurer : « Médérick, tu prends tout beaucoup trop au sérieux ! » J'ai bien vu que cela ne le consolait pas. Alors, j'ai ajouté : « Je plaisantais ! Elle ne me dérange plus, ma petite jambe. J'y suis habituée main-tenant. Il y en a qui ont bien plus souffert de la polio que moi. Je pourrais être morte. Au fond, je peux me considérer comme chanceuse. » Médérick a poussé un long soupir et m'a serrée dans ses bras. Il est vraiment fort, mon frère. Il a dix-sept ans. Il m'a quasiment étouffée. Il a chuchoté dans mon oreille : « Un jour, petite sœur, je te promets qu'il y aura un vaccin contre cette affreuse maladie. Je deviendrai médecin et je découvrirai le moyen d'empêcher que la poliomyélite brise le corps des pauvres enfants. Hélas, je ne pourrai jamais te redonner une bonne jambe. » Il avait l'air accablé. Quelle façon de le remercier de son cadeau ! Je suis parfois terriblement écervelée. Faire de la peine à mon frère préféré...

Les adolescents levèrent les yeux du cahier.

— Camille avait souffert de poliomyélite ? Comme c'est triste, se désola Mégane.

— Qu'est-ce que c'est que cette maladie ? s'enquit Cédric.

— Une inflammation de la moelle épinière causée par un virus, qui touchait surtout les enfants. Ça pouvait les tuer, ou les laisser avec des membres paralysés ou plus petits que la normale.

— Ouach ! On risque encore d'attraper ça, de nos jours ? demanda le garçon, se retenant pour ne pas se palper les mollets, question de vérifier s'ils étaient bien de la même grosseur.

— Mais non, espèce d'ignare ! Maintenant, on nous vaccine.

— Médérick a tenu sa promesse ? Il a mis au point un vaccin ?

— Franchement, Cédric ! Tu es sûr d'être mon jumeau ? Médérick est mort à dix-sept ans. Il n'a pas eu le temps de devenir médecin. Encore moins de découvrir le Sabin.

— Le Sabin ?

— Un vrai perroquet ! se moqua Mégane. Arrête de répéter tout ce que je dis. C'est énervant à la longue.

— Si tu cessais de donner tes informations au compte-goutte, ça irait mieux, protesta Cédric. Allez, la savante ! Explique-moi ce qu'est le Sabin.

— C'est le nom du vaccin contre la polio.

— Comment fais-tu pour savoir tout ça ? fit Cédric, un tantinet froissé.

— J'écoute dans les cours de bio, moi, au lieu de perdre mon temps à regarder les dessins de dinosaures.

— Ha! Ha! Ha! Très amusant! rouspéta Cédric.

Mais l'adolescent n'argumenta pas car il était vrai qu'en classe, il consacrait beaucoup d'énergie à tenter de vaincre sa peur des sauriens préhistoriques en contemplant leurs représentations dans ses livres de science. Sa mère, férue de psychologie, appelait ce processus la désensibilisation progressive : une expression compliquée qui décrivait une méthode par laquelle on s'habitue peu à peu à l'image de ce qui nous effraie avant de s'exposer à la vraie chose. Dans le cas de Cédric, des illustrations de tyrannosaures avant de passer aux vrais dinosaures. Enfin... avant de passer aux vrais squelettes de vrais dinosaures. Il n'avait pas envie de se lancer dans une longue explication. Il changea donc élégamment de sujet, attirant l'attention de sa jumelle sur un détail troublant.

— Si Médérick Grandmaison a déjà dix-sept ans quand il offre ce carnet à sa sœur, c'est qu'il ne lui reste pas longtemps à vivre. Je me demande si Camille parle de cet événement...

Mégane afficha un air sombre.

— Probablement. On continue à lire?

Au hochement de tête approbateur de son jumeau, l'adolescente poursuivit :

*Je suis parfois terriblement écervelée.*
*Faire de la peine à mon frère préféré...*

— Oups! J'ai déjà lu ça, s'excusa Mégane. Elle reprit au bon endroit :

*... Dans un coin du salon, Barthélémy*
*se moquait de nous en faisant des simagrées.*

J'ai poussé Médérick du coude en lui désignant ce traître du doigt. J'ai compté tout bas : un, deux... À trois, nous nous sommes rués sur la petite fripouille. Jambe courte ou pas, quand arrive le temps de régler son compte à un fâcheux, je n'ai pas ma pareille. Une minute plus tard, Barthélémy implorait grâce. Il a fallu que papa et maman choisissent exactement ce moment pour apporter le dessert. Barthélémy, ce gros bébé de douze ans, a fait comme si nous l'avions rossé. Mes parents ont exigé que Médérick et moi lui présentions nos excuses. Franchement ! Comme si c'était nous qui avions commencé. Pour acheter la paix, nous avons cédé. Mais je lui revaudrai ça, à ce Barthélémy de malheur. Il ne perd rien pour attendre.

Ensuite, réconciliation familiale autour d'un superbe gâteau d'anniversaire, divisé en cinq parts : la plus grosse pour moi, évidemment. Finalement, comme je l'avais exigé, nous avons dégusté le reste de mon repas d'anniversaire d'une manière non conventionnelle : après le dessert sont donc venus les fromages, puis le saumon en croûte et pour finir, le potage. C'était très bien ainsi : pour une fois qu'on avait commencé par le *meilleur, alors que tout le monde avait bon appétit. Cette idée de repas à l'envers était géniale. Nous avons beaucoup ri. Médérick, Barthélémy et moi avons juré de récidiver à la première occasion. Maman ne semblait pas tout à fait d'accord. Fais-moi confiance, nous l'aurons à l'usure.*

*C'est drôle ! Moi qui croyais n'avoir rien à écrire. Voilà que j'ai rempli des pages pleines. À ce rythme, Médérick devra me donner un autre carnet à Noël.*

— Un repas inversé ! Quelle idée du tonnerre ! s'écria Cédric. On devrait proposer ça pour notre anniversaire.

— Ce serait pas mal, admit Mégane. Surtout si on commençait par un praliné-mousse-aux-trois-chocolats. Décidément, ce journal est une vraie mine d'informations, ajouta l'adolescente en parcourant derechef le passage dont ils venaient d'achever la lecture. Ça fait quand même bizarre d'entendre parler de nos ancêtres de cette manière, tu ne trouves pas ? On les imagine toujours en vieux personnages un peu guindés.

— Effectivement ! Par exemple, le jeune Barthélémy dont il est question est forcément le grand-père de Charlemagne, donc notre arrière-arrière-grand-père à nous. C'est amusant de penser qu'il a déjà eu notre âge.

— Hum, hum... Parlant de Barthélémy... J'aurais préféré descendre de Camille, se plaignit

Mégane. Avoir «un gros bébé» pour aïeul ne m'enchante pas du tout.

— Barthélémy peut avoir changé en vieillissant. Laisse-lui une chance.

Mégane considéra son jumeau d'un air interrogateur. Elle avait la nette impression qu'il s'identifiait à cet ancêtre un peu poltron. Qu'il voulait lui donner, et du coup se donner à lui-même, la possibilité de s'amender. Elle décida de se montrer gentille, se disant qu'une fois n'était pas coutume.

— D'accord, répondit-elle à voix haute. À toi de lire, digne descendant de Barthélémy Grandmaison.

*30 septembre 1895*

*Médérick n'arrête pas de parler de son nouveau professeur de chimie, Godefroy Poupart. Quel nom bizarre! Avoue. Pourtant, jamais je n'oserais dire une telle chose devant mon frère. Il serait épouvantablement offusqué. Médérick prend les mouches dès qu'on fait mine de critiquer son nouvel ami. Ils passent beaucoup de temps ensemble, dans les laboratoires du collège. J'aimerais ça, moi aussi, pouvoir réaliser des expériences de chimie. Rien de tel au couvent. Jamais de la vie! Encore beau qu'on nous enseigne le français. Si cela ne tenait qu'à elles, je crois que les religieuses se contenteraient de nous initier à la broderie et à la belle conversation. Peut-être nous*

*apprendraient-elles un peu de musique aussi,*
*pour divertir nos futurs maris. J'aurais*
*mieux aimé être un garçon. Au moins,*
*on leur montre des choses utiles, à eux.*

Mégane fit la moue. Apparemment, la situation des filles avait bien changé depuis la fin du dix-neuvième siècle. Elle tenta de s'imaginer confinée à des activités de salon. Elle en serait morte de frustration. Ces considérations féministes ne semblèrent pas effleurer Cédric qui s'exclama :

— Le professeur de chimie ! Penses-tu que Camille parle de celui qui s'est sauvé après l'incendie ?

— Ça se pourrait bien, acquiesça l'adolescente, contente de la diversion. Reprenons le récit. Je lis.

*17 octobre 1895*

*Médérick a emmené monsieur Poupart*
*souper à la maison. Je lui trouve une drôle*
*d'allure, à ce bonhomme. Une soixantaine*
*d'années, des vêtements sombres et démodés,*
*une curieuse tache en forme de croissant de*
*lune sur le front. Il la cache derrière une*
*mèche de cheveux gris, cependant, il arrive*
*qu'on l'aperçoive quand même. Mais le plus*
*surprenant chez ce monsieur Godefroy,*
*ce sont ses iris d'un bleu si délavé qu'ils en*
*paraissent quasiment inhumains. Quand il a*
*posé ses yeux sur moi, j'ai eu l'impression de*

77

me remplir de glace. Jamais je n'ai ressenti quelque chose d'aussi déplaisant. C'était comme si quelqu'un d'autre était dans ma tête et savait tout ce que je pensais. J'ai évité son regard le reste de la soirée. De leur côté, papa, maman, Barthélémy et Médérick n'ont pas semblé remarquer quoi que ce soit d'inhabituel. C'est peut-être moi qui m'invente des histoires. Après le départ de monsieur Godefroy, j'ai essayé de parler à Médérick de l'effet que son professeur avait produit sur moi. Mon frère ne m'a même pas laissé finir ma phrase. «Il faudra t'y faire, Camille ! Parce que monsieur Poupart passera beaucoup de temps ici dorénavant : lui et moi allons transformer le vieux hangar en labora- toire de chimie. C'est une chance pour toi d'ailleurs. Ne me disais-tu pas que tu m'enviais de pouvoir faire des expériences scientifiques ? Quand il sera prêt, je t'y inviterai. » Je me suis jetée à son cou. Je lui ai quand même murmuré : «J'irai seulement quand ton professeur ne sera pas là, Médérick. Il me fait trop peur. » Mon frère a reculé et m'a tenu par les épaules : «Peur ? Godefroy Poupart te fait peur ? Allons donc, Camille ! Il serait tellement déçu de savoir que tu as de tels sentiments à son égard.

Penserais-tu différemment si je t'apprenais que l'idée de t'inviter dans notre futur laboratoire vient de lui ? » « De lui ? » me suis-je écriée. Médérick a hoché la tête, puis il a déclaré : « Absolument ! Juste au moment où il enfilait son manteau, il m'a proposé de t'inclure dans certaines de nos soirées d'expérimentation. Votre sœur adorerait se joindre à nous, j'en mettrais ma main au feu. Malgré tout le respect que je porte aux bonnes sœurs du couvent, l'enseignement de ces pieuses dames doit paraître bien insipide à l'esprit aiguisé d'une jeune fille telle que Camille. Voilà ses propres mots. Ça t'en bouche un coin. Pas vrai ? » Mon frère attendait ma réaction. J'ignorais quoi répondre. D'un côté, je me sentais flattée qu'un savant personnage comme maître Godefroy me juge digne de me joindre à eux. De l'autre, je frissonnais. Avait-il réellement le pouvoir de lire dans les pensées ? Sinon, comment avait-il pu deviner mes désirs secrets ? Finalement, je me suis contentée de hocher la tête.

— Brrr ! Ça fout la trouille, cette histoire, balbutia Cédric.

Mégane leva ironiquement les sourcils. L'adolescent toussota.

— Hummm… Je n'ai rien dit.

Sa sœur recommença la lecture.


*18 décembre 1895*

Je t'ai bien négligé, cher journal. Je t'en demande humblement pardon. Vois-tu, j'ai été terriblement occupée ces dernières semaines. Une longue composition à remettre en classe de français, plusieurs pages de catéchisme à apprendre par cœur et puis, surtout, une prodigieuse entreprise de tricot dans laquelle je me suis lancée pour mon grand frère adoré. Ce sera Noël dans une semaine et j'ai bien cru que je ne terminerais pas mon cadeau à temps. Toutefois, je viens de déposer mes aiguilles et je peux enfin contempler mon chef-d'œuvre : je suis certaine que Médérick va adorer cette belle veste de laine. Elle le tiendra au chaud dans son laboratoire tout plein de courants d'air. Car papa a beau y avoir installé un poêle deux-ponts, on gèle dans ce vieux hangar. Il ne me reste plus qu'à coudre les jolis boutons de nacre et d'argent que j'ai achetés au magasin général avec maman samedi dernier. Il y a un petit voilier gravé sur chacun : ils sont si beaux qu'on pourrait croire des bijoux. Médérick

sera content. J'ai encore quelques pelotes de
laine. Je pense que je vais confectionner
un cache-col pour Barthélémy. Sinon,
il risque d'être jaloux ! C'est plus simple
qu'un cardigan, je devrais avoir suffisamment
de temps.


26 décembre 1895

Mes frères étaient très heureux de leurs
cadeaux. Papa et mumun ont prétendu
bouder quand ils ont constaté que je n'avais
pas de tricots pour eux. J'ai dû leur promettre
de remédier à cette injustice le plus tôt possible.
Je viens de passer l'après-midi avec
Médérick et Godefroy Poupart dans le
hangar-laboratoire. Je ne m'habitue pas
vraiment à cet homme. Pourtant, je vois
bien qu'il essaie de se montrer aimable.
Je n'y peux rien, ses yeux me remplissent
toujours d'effroi. Je m'arrange pour le
regarder le moins possible. Il faisait glacial
aujourd'hui. Le vent sifflait et s'engouffrait
par les interstices entre les planches.
Nous avons trop bourré le poêle.
La cheminée est devenue toute rouge.
Papa était furieux. Il nous a accusés
d'avoir presque mis le feu. Médérick et

Godefroy Poupart se sont excusés.
Quand ils pensaient que je ne les écoutais pas,
ils ont chuchoté qu'ils seraient bien mieux
dans « l'autre laboratoire, le vrai de vrai ».
Je me demande de quoi ils parlaient.
D'une salle de l'école sans doute.


10 janvier 1896

Médérick me ment. Ah ! Le sale
hypocrite ! Maman m'a envoyée lui porter
des chocolats chauds cet après-midi.
Elle avait pitié de lui parce qu'il faisait au
moins cent cinquante sous zéro. Il était
supposé travailler dans son laboratoire avec
maître Godefroy. Eh bien, ces fourbes n'y
étaient pas. Le hangar était absolument vide.
Le poêle ronflait toutefois. La fumée s'échappant de la cheminée faisait croire à tout le
monde que la cabane était occupée. Je n'ai
pas voulu causer d'ennuis à Médérick, alors,
quand maman m'a demandé si tout allait
bien au laboratoire, j'ai dit oui. J'ai même
ajouté que mon frère et son professeur la
remerciaient pour les chocolats chauds.
Mais Médérick aura affaire à moi.
Où diable se cache-t-il ?

*11 janvier 1896*

Médérick a l'air de plus en plus fatigué.
Il travaille trop. Tout à l'heure, j'ai réussi
à le coincer et à exiger des explications.
« Tu disparais des jours entiers ! Où passes-tu
tout ton temps ? » « Dans le laboratoire !
Qu'est-ce que tu crois ? » a-t-il répondu en
jetant des œillades inquiètes aux alentours.
« Menteur ! ai-je sifflé. J'y suis allée, hier.
Il n'y avait personne. » Mon frère est resté
bouche bée avant de contre-attaquer.
« Tu m'espionnes, maintenant ? » « Pas du
tout ! » ai-je riposté et je lui ai raconté pourquoi je m'étais rendue au hangar. Il a eu
l'air mal à l'aise. D'une voix à peine audible,
il m'a affirmé que quelque chose d'extraordinaire se préparait et que j'en serais la
première informée. Il n'a pas voulu en
révéler davantage. Ma curiosité est piquée.
Que trame mon grand frère ?


*15 janvier 1896*

Godefroy Poupart passe de plus en plus
de temps ici, à La villa des Brumes.
Médérick et lui prétendent toujours œuvrer
dans le laboratoire-hangar. Personne
d'autre que moi ne se doute qu'il s'agit d'un

mensonge éhonté. Je ne les trahirai pas.
Mon frère m'assure que mon attente tire à
sa fin, que ma patience sera bientôt récompensée. Il affirme aussi que maître Godefroy
a hâte de me faire partager leur grand secret,
que ça changera ma vie. J'ai répondu à mon
frère que j'espérais que le professeur ne s'était
pas mis en tête de m'offrir une jambe de la
bonne grandeur, que j'en avais assez de deux.
Comme d'habitude, Médérick a hésité avant
de rire. Il ne comprend pas mon humour.
Je crois qu'il le trouve un peu grinçant.


27 janvier 1896

Je commence à trouver le temps long.
Je soupçonne mon frère de me jouer dans le
dos. Ce midi, je l'ai menacé de tout dire à
nos parents. Ça semble l'avoir ébranlé.
Après le souper, Médérick a glissé un petit
papier entre mes doigts. « Ne mentionne
jamais à Godefroy que je t'ai donné ça,
a-t-il grondé, avec un ton sévère. Tu le liras
dans ta chambre. » Tout excitée, j'ai empoché
le billet avec un clin d'œil. Je viens juste de
lire le message de mon frère : « Tempus
fugit »… Ah ! le gredin ! Il m'écrit en
latin maintenant. Comme si on m'apprenait

le latin, au couvent ! Qu'est-ce que je suis
censée comprendre ?


28 janvier 1896

J'ai coincé de nouveau mon grand
frère. « Tu ne me donnes aucun indice sur ta
fameuse surprise. J'en ai assez », ai-je déclaré
en tapant du pied, pour l'impressionner.
Ça n'a pas marché. Médérick s'est contenté
de sourire et de prononcer quelques vagues
paroles : « Pas d'indice ? Tu en es sûre,
sœurette ? » Puis il est parti rejoindre son
précepteur.


29 janvier 1896

Il y a une formidable tempête aujour-
d'hui. Par la fenêtre de ma chambre, je vois
à peine à quelques pieds. Médérick et maître
Godefroy se sont éclipsés tout de suite après
le dîner, soi-disant pour aller au hangar.
Il est vrai que la cheminée fume. Quoique
cela ne signifie pas qu'ils sont là. Désormais,
je connais leurs petits subterfuges. Quand il a
vu que je m'apprêtais à bouder, Médérick
m'a fait remarquer qu'il portait le beau
cardigan que je lui ai tricoté pour Noël.

*« C'est comme si tu étais un peu avec moi, Camille ! » S'il pense me consoler avec des mots doux. Je veux savoir ce qu'il fabrique. Je veux y participer, en personne, pas par le biais d'un stupide tricot. Il me l'avait promis...*

*Pendant que j'écris, les rafales se sont brièvement atténuées, je vois quelqu'un entrer dans le hangar. S'agit-il de maître Godefroy ? De Médérick ? Impossible à savoir. La neige brouille tout.*

*Mon Dieu ! Que se passe-t-il ? On dirait qu'il y a le feu !*

— Se pourrait-il qu'il s'agisse de l'incendie qui va tuer Médérick ? gémit Mégane.

— Franchement stressant, ce journal ! Je vais faire des cauchemars. On aurait peut-être dû attendre à demain pour en commencer la lecture. En pleine nuit, c'est pas mal angoissant.

La sœur de Cédric expira bruyamment.

— Bien quoi ? Tu ne sembles pas très rassurée toi non plus, la tança l'adolescent.

— Je peux toujours lire dans ma tête si tu préfères. Je te ferai un résumé version cœurs sensibles, suggéra Mégane.

— Sans commentaire, ronchonna Cédric. Donne-moi ce cahier. Je me charge de la suite.

*2 mai 1896*

— 2 mai ? s'étonna Cédric. Camille n'a pas écrit pendant trois mois !

— Arrête d'arrêter et lis, s'impatienta Mégane.
L'adolescent obéit.

*On vient d'enterrer mon frère. Le sol enfin dégelé a permis que l'on creuse sa tombe et qu'on y place finalement son cercueil. Il attendait dans le charnier depuis le vingt-neuf janvier. Il était temps que ça se fasse. Je n'arrive pas à croire que Médérick soit au fond de ce trou, pour l'éternité. Médérick? Plutôt ce qu'il en reste... S'il n'avait pas porté le chandail que je lui avais donné à Noël, on n'aurait même pas su qu'il s'agissait de lui. On a bien essayé de m'empêcher de regarder quand on a retiré son corps des décombres encore fumants. Mais j'ai vu quand même. Les boutons de nacre et d'argent étaient incrustés dans la chair noircie. J'ai vomi.*

*«Tempus fugit», m'avait écrit Médérick, deux jours avant de mourir. Maintenant que papa m'a traduit cette maxime latine, je me pose beaucoup de questions. Pour quelle raison mon frère m'a-t-il écrit ce message? Pressentait-il qu'il lui restait si peu de temps à vivre? Sa passion pour la science l'aura tué au bout du compte. Sentait-il que ça allait se terminer ainsi? Les inspecteurs*

croient qu'une expérience de chimie a mal tourné et qu'une explosion a mis le feu au hangar. Papa se demande si ce n'est pas plutôt la cheminée qui a encore surchauffé. On ne le saura jamais.

Maître Poupart n'est pas là pour nous donner sa version des faits. On ne l'a plus revu depuis cette affreuse journée. Plusieurs pensent qu'il est mort dans l'incendie lui aussi. Pourtant, on n'a pas retrouvé sa dépouille. Il est vrai que la destruction a été si totale qu'il pourrait ne plus rien rester de lui. D'autres soupçonnent qu'il s'est enfui, ravagé par le chagrin et les remords. Le directeur du collège a affirmé qu'il avait souvent mis Godefroy Poupart en garde contre ses expériences de laboratoire dangereuses. Il lui reprochait surtout d'y associer de jeunes étudiants, faisant fi des risques et périls. Les mauvaises langues soutiennent que Godefroy Poupart a décampé pour se soustraire à l'enquête. Moi, je ne sais pas. Je ne sais plus... Je m'ennuie tant de mon grand frère. Il me manque. J'ai comme un grand trou à la place du cœur...

Cédric et Mégane tournèrent la page, curieux de lire la suite. Quelle ne fut pas leur frustration quand ils se rendirent compte que le journal intime s'interrompait brusquement avec cette dernière note du deux mai 1896. Manifestement, ce cahier contenait trop de pénibles souvenirs. Si Camille avait continué à rédiger son journal, elle avait dû le faire dans un autre carnet.

— Ah non ! Pas vrai ! Elle ne nous laisse pas tomber comme ça, protesta Mégane, tournant et retournant les pages comme si elle ne parvenait pas à accepter la dure réalité.

— Quelle triste histoire, soupira Cédric en grimaçant. Tu imagines, Mégane ? Ce garçon avait à peine quatre ans de plus que nous. C'est bien trop jeune pour mourir.

Mégane approuva d'un hochement de tête, avant d'ajouter :

— Encore une chance que Camille n'ait pas été avec lui. Ils auraient pu y passer tous les deux.

— Tu ne trouves pas ça curieux, toi, que Godefroy Poupart disparaisse si commodément le jour même du drame ? fit remarquer Cédric. Il serait coupable d'incendie criminel qu'il n'agirait pas autrement.

— Pourquoi aurait-il allumé un feu ? Qu'avait-il à gagner ? Il était le bienvenu à la villa ; on le conviait régulièrement à partager les repas ; il avait l'estime de toute la famille Grandmaison, nota judicieusement Mégane.

— De presque toute la famille Grandmaison, la corrigea son frère. N'oublie pas que Camille se méfiait de lui.

— Tu as raison.

— Elle avait peut-être noté certains détails suspects qu'elle n'a pas pris la peine de consigner dans son journal, insista l'adolescent.

— Possible, sauf que je ne vois pas où tu veux en venir. Il s'agit d'événements s'étant déroulés il y a plus de cent ans. Tous ceux qui y ont été mêlés, de près ou de loin, sont morts depuis belle lurette. Et toi, tu parles comme si tu souhaitais relancer l'investigation. Ça ne me paraît pas très réaliste.

— Et pourquoi pas ? s'enquit Cédric. Il suffit que j'aie une idée pour que tu la critiques !

— Ce que tu es susceptible ! Je dis seulement que trouver de nouveaux indices tiendrait du miracle.

— N'empêche, je sens que cette histoire n'est pas nette, s'obstina Cédric. Rien de mieux qu'un incendie pour effacer toutes les traces d'un crime.

— Eh bien, justement, tu confirmes ce que je pense : il n'y a plus de piste. *Primo,* tout a brûlé, *deuzio,* ça fait une éternité.

— Tu ne regardes donc pas la télévision ? C'est fou ce que les enquêteurs peuvent faire dire à des cendres, s'entêta Cédric.

— Oui : de nos jours. Pas au siècle dernier ! Et pas à des cendres refroidies depuis plus de cent ans.

Cédric fit la moue. Mégane se tut et tortilla une mèche de ses cheveux, en proie à d'intenses réflexions. Soudain, elle blêmit.

— Et si Camille avait senti que Godefroy Poupart s'intéressait à son frère pour de mauvaises raisons ?

— Du genre ? s'informa Cédric, aux anges de constater que, malgré certaines réserves, sa jumelle acceptait de se pencher sur l'affaire.

— Eh bien… Un homme de soixante ans qui consacre des heures à son jeune étudiant. Qui s'isole avec lui on ne sait où. Prétendument dans un laboratoire, mais parfois ailleurs, en un lieu inconnu de tous. Un adolescent qui devient mystérieux, qui fait des cachotteries à sa sœur, qui gagne du temps en promettant à celle-ci de tout lui révéler bientôt. Un garçon qui meurt, hélas, avant de pouvoir tenir son engagement… Tu ne trouves pas ça louche, toi ?

— Louche comme dans… pédophilie ? balbutia Cédric.

Mégane opina gravement du chef.

— Ça alors ! Sur quel panier de crabes venons-nous de mettre la main ! Tu crois que Godefroy Poupart pourrait avoir abusé de Médérick et l'avoir éliminé parce que notre aïeul menaçait de dévoiler leur sale secret ? En déguisant le tout en accident de laboratoire ? s'écria Cédric.

— Ne nous emballons pas. Mais, quand même, admettons que cela expliquerait bien des choses.

— Je propose que nous redémarrions l'enquête sur-le-champ, s'enthousiasma l'adolescent.

— Tu te prends pour qui ? Rouvrir l'enquête ! Et on commence par quoi ?

— Par le seul indice qu'ait laissé Médérick Grandmaison.

Mégane se gratta la tempe.

— J'en ai perdu un bout, là. De quel indice parles-tu ?

Cédric feuilleta le journal de Camille et retourna à la note du vingt-sept janvier 1896. Un doigt sur les mots qu'il cherchait, il clama triomphalement :

— *Tempus fugit*.

— Oui, *Tempus fugit,* et puis quoi maintenant ?

— Il faut découvrir ce que ça signifie. On sait déjà que c'est du latin. Camille prend le soin de nous le dire, quelques pages plus loin.

— Ça ne nous avance pas du tout : je ne parle pas latin, moi.

— Moi non plus, mais oncle Charlemagne si, rappela Cédric, se souvenant du Virgile retrouvé par sa sœur dans le creux d'un fauteuil et des commentaires émis par leur grand-oncle au sujet de cette belle langue.

— Ah… C'est vrai. Nous lui demanderons subtilement de nous traduire cette expression, décida Mégane. Je lui raconterai que j'ai lu ça dans un de ses livres. Parce que, pour le moment, je préfère ne pas le mêler directement à cette histoire.

— Tout à fait de ton avis, l'assura son jumeau.

L'horloge grand-père sonna soudain douze coups.

— Minuit ! Comme le temps file ! Il est l'heure que tu regagnes tes quartiers, frangin. Demain, nous poursuivrons notre enquête, suggéra sagement l'adolescente.

— Dors bien, Mégane. Fais de beaux rêves, lui souhaita Cédric en se dirigeant vers la porte.

— Toi aussi. Sincèrement, ajouta-t-elle. Je sais que j'ai parfois une humeur massacrante ces jours-ci. Ne le prends pas trop personnel, d'accord ?

— Je vais essayer, prétendit gémir l'adolescent. Même si ce sera difficile.

Empoignant vivement un oreiller, Mégane en menaça son jumeau :

— Veux-tu expérimenter quelque chose de vraiment pénible ?

Les mains en l'air, comme un malheureux implorant grâce, Cédric battit en retraite.

Chacun de leur côté, les jumeaux mirent longtemps à s'endormir, ruminant le sens possible de ce *Tempus fugit*. Dans le hall d'entrée de *La villa des Brumes,* l'horloge continua de garder le temps, son balancier de cuivre oscillant avec régularité dans la nuit, comme il le faisait depuis plus de cent cinquante ans.

# 4

# Que l'enquête commence !

*Royaume de Maärval,*
*quelque part dans le temps.*

Calixte avait travaillé pendant cent jours et cent nuits. Il ne s'était interrompu que pour de courts intervalles, le temps d'absorber quelques gorgées de *guayava* et de manger de méchants biscuits secs. Sa table de travail était couverte de vieux grimoires ainsi que de feuilles de papier remplies d'une écriture serrée et de chiffres. Le magicien s'était assurément livré à de savants calculs. À l'aube du cent unième jour, il posa enfin sa plume et contempla la boule de cristal sur laquelle il avait œuvré toutes ces heures. Un sourire fatigué illumina son visage. Il entendit un bref cognement à sa porte et, avant même qu'il puisse dire un mot, Brianna, la sorcière à la chevelure couleur de lune, entra. Elle portait un plateau chargé de victuailles.

— Il est l'heure de manger, Calixte. Et de prendre un peu de repos. Tu te laisses emporter !

fit-elle remarquer en désignant le bureau encombré de paperasseries.

— J'ai réussi, Brianna! s'exclama-t-il en lui serrant le bras.

L'enchanteresse déposa la collation sur un coin de la table et approcha des doigts tremblants de la sphère de verre.

— Vraiment? souffla-t-elle d'une voix frissonnante.

Calixte hocha la tête, les yeux brillants.

Brianna se pencha sur le cristal et échappa une expression de ravissement.

— Magnifique! Allons tout de suite avertir les autres, dit-elle en s'emparant de la boule.

Attrapant un pain fourré sur le plateau, Calixte suivit la magicienne pendant qu'elle s'engouffrait dans une longue galerie bordée de colonnades et balayée par une agréable brise. Dans le soleil levant s'élançaient des nuées d'oiseaux chanteurs. Les deux mages échangèrent un regard ému. Leur pays était si beau, si paisible… Il valait bien tous les efforts qu'ils déployaient sans compter. En chemin, ils croisèrent Khan et Dioggan qui se dirigeaient vers la salle à manger. Sitôt qu'ils eurent entendu la bonne nouvelle, ceux-ci reportèrent leur projet de déjeuner et se joignirent à Calixte et à Brianna.

○

Türken ne contenait plus sa joie. Les yeux plongés dans la boule de cristal, il poussait de petits cris de plaisir. Sans se lasser, il étudiait des paysages sous lesquels défilait une série de chiffres.

— Tu as accompli tout un exploit, Calixte, fit-il en se redressant. Fini les approximations : tu es parvenu à inclure la date dans nos visions. Nos trois braves traqueurs sauront mieux se diriger dorénavant.

— Justement, intervint Brianna. Vous me laissez jeter un coup d'œil ?

L'habileté de la sorcière à lire les messages du cristal n'était plus à contester. Ses compagnons reculèrent pour qu'elle puisse prendre ses aises. Il ne lui fallut que quelques instants pour découvrir ce qu'elle cherchait.

— «Janvier 1896», lut-elle d'abord avec satisfaction.

Elle se rembrunit presque aussitôt.

— Que vois-tu ? s'enquit anxieusement Dioggan.

— Plus rien ! Bave de dragon puant ! Plus rien ! Qu'un brouillard opaque cachant tout…

— Et que voyais-tu avant ?

— D'incontestables signes de magie noire : des gueules de diable hurlant à la mort, des crapauds à six pattes, des ombres maléfiques… et puis hop ! subitement, tout cela s'est envolé en fumée…

À leur tour, Khan, Dioggan et Türken se penchèrent sur la sphère enchantée et constatèrent que Brianna ne disait que la stricte vérité. Ils en conçurent beaucoup de dépit.

— As-tu eu le temps d'apercevoir où cela se passait ? s'informa le régent.

— En Amérique du Nord, dans l'Est canadien je crois. Désolée, je ne peux pas être plus précise, répondit la prophétesse avec un sourire contrit.

— Il faut que nous allions là-bas sur-le-champ, s'écria Dioggan. C'est peut-être notre fugitif qui recommence à faire des siennes.

— Tu n'es pas sérieux ! le rabroua Brianna. Tu ne sais pas la grandeur de ce continent, mon cher. Partir maintenant ? Mais pour où exactement ? Nous en serions quittes à arpenter d'infinies étendues de neige… Aucune chance de tomber sur notre traître par hasard.

— Ah ! Enfer et damnation ! Si seulement nous avions été plus prévoyants. Il pourrirait en prison à l'heure qu'il est, comme il le mérite.

— Il ne nous glissera pas des doigts perpétuellement, le consola Brianna. Croyez-moi, dit-elle en s'adressant aux quatre hommes qui l'entouraient, nous nous tiendrons prêts. Je vais former une équipe dont l'unique tâche sera de surveiller cette boule de verre, jour et nuit. Aucun signal suspect ne nous échappera. Et plus ils s'accumuleront, plus nous nous rapprocherons de ce monstre.

— Ce moment venu, tu auras beau invoquer toutes les créatures des ténèbres, vil magicien, les geôles de Sandhomme se refermeront sur toi pour l'éternité ! conclut Khan.

Les trois traqueurs s'entreregardèrent, une étincelle nouvelle au fond des yeux.

○

*Sainte-Perpétue-de-Toutes-les-Grâces,*
*années actuelles, troisième jour.*

Le mercredi matin, alors que les adolescents donnaient un coup de main à Charlemagne dans la serre, Mégane s'informa, mine de rien, de la signification des deux mots latins.

— « Le temps s'enfuit », traduisit son grand-oncle sans aucune hésitation, tout en continuant à tailler un laurier-rose dont une partie défoliée paraissait avoir rencontré un ouragan.

— « Le temps s'enfuit » ? répéta sa nièce, la voix pleine de points d'interrogation.

— Le temps passe vite, trop vite, si tu préfères.

— Ah bon, marmotta l'adolescente, guère plus avancée, tout en échangeant un regard perplexe avec son frère.

Avec une belle synchronie, Cédric et Mégane plissèrent le nez. À quoi ce charabia rimait-il ? Médérick Grandmaison s'amusait à de drôles de jeux. Camille pouvait bien soupçonner qu'il la menait en bateau. Le temps fuit… Le temps fuit… Pourquoi écrire ce mystérieux message à sa sœur et lui ordonner de ne le lire qu'une fois dans sa chambre, comme s'il s'agissait d'informations compromettantes ? Les jumeaux étaient fort embêtés. Évidemment, savoir que leur aïeul périrait dans un terrible incendie quelques jours après avoir remis ce billet à Camille donnait un sens caché plutôt sinistre à cette petite énigme. Néanmoins, Médérick ne pouvait tout de même pas véritablement avoir prévu sa propre fin. Et s'il était doué de facultés de divination, aurait-il annoncé cette éventualité avec le sourire ? Non, cette histoire ne tenait pas la route.

— C'est une devise bien intéressante que ce *Tempus fugit*, reprit Charlemagne. Elle me fait penser à *Carpe diem*, qui signifie quant à elle « Profite du jour ». Une belle leçon nous enseignant de ne pas constamment reporter la réalisation de nos désirs. De saisir la chance que nous offre chaque journée qui passe.

Mégane songea que Charlemagne aurait sûrement avantage à appliquer ces doctes maximes dans sa propre vie : cinquante ans d'amour inavoué pour sa voisine. Quel gâchis ! Il pouvait bien citer *Tempus fugit* et *Carpe diem* en rêvassant. Elle résolut de donner un coup de pouce aux timides tourtereaux.

Laissant de côté les proverbes latins, le jardinier replaça le laurier-rose sur une table, dans un espace inondé de lumière. Avec ses branches sévèrement taillées, l'arbuste ressemblait désormais à un garçonnet boudeur au retour d'une visite obligée chez le coiffeur. Mégane trouvait qu'il avait l'air de se croiser les branches exprès et de leur tourner rageusement le dos. Pendant que Charlemagne enlevait les feuilles jaunies de quelques fougères, Cédric et Mégane arrosèrent délicatement les semis que leur grand-oncle avait si hâte de planter au jardin. Puis, il fallut enlever les fleurs fanées des géraniums et des hibiscus. Enfin, l'horticulteur prodigua des soins maternels à de jeunes pousses récemment bouturées, attirant l'attention de ses petits-neveux sur les racines blanchâtres qui commençaient à être visibles. En ces instants, Charlemagne resplendissait d'orgueil tel un père en émoi devant les prouesses de son bébé. Au son de Mozart et de Jean-Sébastien Bach, la matinée se déroula fort agréablement.

Midi sonna à l'horloge grand-père.

— Quand on parle du temps qui fuit, fit remarquer le vieil homme. Les heures défilent si vite en votre compagnie. À la soupe ! J'ai prévu des pizzas au pesto. Vous aimez ?

Mégane ne lui répondit pas tout de suite, les sens en alerte. *Le temps qui fuit ? Tempus fugit !*

Le dernier coup de l'horloge résonnait dans sa tête. Il avait déclenché toute une série de petits carillons, comme il se produit dans les jeux électroniques au moment où le joueur remporte la victoire. *La vieille horloge qui mesure le temps qui s'enfuit!* Se pouvait-il que *Tempus fugit* soit un indice? Un vrai de vrai indice, comme dans une chasse au trésor, ici même, dans *La villa des Brumes*? Une énigme imaginée par Médérick pour guider Camille vers la surprise promise? Mégane se sentait sur le bord d'une découverte palpitante. Un délicieux frisson lui parcourut l'échine.

Son grand-oncle lui tapota l'épaule :

— Hou! Hou! Mégane! Reviens parmi nous, s'il te plaît.

— Je parie qu'elle rêve encore à Zacharie, gloussa Cédric, en reculant prudemment de quelques pas pour éviter toutes représailles de sa jumelle.

Mégane gratifia le plaisantin d'une horrible grimace et assura son grand-oncle qu'elle adorait la pizza. Toutefois, trop émoustillée par les élucubrations fantastiques qui voltigeaient dans son esprit, l'adolescente ne goûta rien du tout. Le savoureux mélange de basilic, d'huile d'olive et de noix ne lui laissa aucune impression. Après le repas, Charlemagne annonça qu'il allait se reposer un peu et qu'ensuite, ils iraient au village :

— On vient d'ouvrir un club vidéo. Un bon film, ça vous tenterait?

Les adolescents se retinrent de justesse de lui révéler qu'en fait de cinéma d'aventure, *La villa des Brumes* ne souffrait aucune comparaison avec quelque long métrage que ce soit. Ils se contentèrent d'acquiescer.

Laissant oncle Charlemagne roupiller au bord du feu dans la bibliothèque, Mégane entraîna Cédric dans le hall d'entrée.

— Je crois que Médérick Grandmaison a réellement donné un indice à Camille avec son *Tempus fugit,* affirma-t-elle en guise d'introduction.

— Bien heureux de constater que tu partages mon opinion, dit Cédric. Sauf que c'est un indice de quoi? Là est toute la question. Tu ne vas pas prétendre qu'il avait prévu sa propre mort! Et qu'il souhaitait en aviser sa sœur!

— Mais non. Replace-toi dans le contexte: Camille découvre que Godefroy Poupart et Médérick mentent lorsqu'ils racontent travailler dans le hangar-laboratoire. Elle s'en plaint à son frère qui lui apprend alors qu'ils mijotent quelque chose de spécial, qu'ils l'inviteront et que cela changera sa vie.

— Je sais tout ça. J'ai lu le journal intime comme toi. On a cru qu'il s'agissait de pédophilie.

— Sauf que si on creuse un peu l'affaire, notre théorie s'écroule: tu penses vraiment qu'un frère aimant comme Médérick concocterait un guet-apens pour livrer sa sœur à un abuseur d'enfants? Qu'il lui annoncerait, le sourire aux lèvres, que ce qui s'en vient va changer sa vie?

Cédric parut décontenancé. Il poussa ses mains très loin dans ses poches. Ses épaules s'affaissèrent.

— J'ai déjà entendu que les abuseurs font souvent aux autres ce qu'on leur a fait subir, déclara-t-il soudain en relevant le menton. Il est possible que Médérick ne se soit plus rendu compte de l'horreur de ce qu'il planifiait. Surtout s'il était dans les griffes de ce Godefroy depuis longtemps. Ou encore, il pouvait ignorer ce que tramait son cher professeur. Il devait penser qu'il préparait quelque chose d'inoffensif. Amusant, excitant même, mais sans danger.

— Ta deuxième hypothèse me paraît très intéressante, approuva Mégane en souriant. Ça renforce ma propre thèse.

— Si tu cessais de jouer aux devinettes, ce serait chouette, grommela Cédric.

— Au contraire, frangin. J'ai plutôt l'impression que le jeu de devinettes ne fait que commencer...

— Ah toi ! Quand tu t'y mets. Tant qu'à y être, parle donc chinois.

— Shhhh ! On se calme. Sois gentil si tu veux que la dame t'explique, susurra-t-elle, exprès pour agacer son frère...

... qui mordit superbement à l'hameçon.

— Tu m'énerves trop. Je m'en vais. Amuse-toi à faire la mystérieuse toute seule, maintenant ! On verra si tu trouves ça aussi plaisant sans public.

L'adolescent prit la direction de l'escalier. Sa jumelle articula quelques mots. Ceux-ci produisirent l'effet d'un choc électrique sur Cédric qui s'immobilisa aussitôt. Puis il pivota vers sa jumelle, les yeux écarquillés.

— Répète ça.

— J'ai... dit... que... je... pense, commença-t-elle en prenant tout son temps et en détachant chaque syllabe, pour prolonger le suspense.

Cédric grinça des dents et fit mine de s'en aller.

— Que-Médérick-joue-vraiment-aux-énigmes-avec-Camille, conclut-elle d'une traite.

L'adolescent demeura bouche bée. Mégane poursuivit à toute vitesse, dorénavant déterminée à le convaincre.

— Rappelle-toi ce qu'écrivait Camille dans son journal : quand elle s'est offusquée du fait que son frère ne lui donnait pas d'indice pour comprendre ce qui se tramait, il s'est contenté de répéter ses mots, sous forme de question : «Pas d'indice ? Tu en es sûre, sœurette ?» Pas besoin d'être un génie pour deviner qu'il suggérait exactement l'inverse. Et à quoi d'autre aurait-il pu faire allusion qu'à ce fameux *Tempus fugit* ? C'est le seul élément bizarre que Camille prend la peine de consigner dans son carnet. Je suis certaine que *Tempus fugit* dissimule autre chose.

— *Tempus fugit* serait une espèce de charade…, reconnut Cédric, ébloui par la simplicité de cette idée.

— … qui pourrait nous mener à une autre devinette, puis à une autre, puis à une autre… Jusqu'à ce que nous arrivions au but, exposa fièrement Mégane.

— Pourquoi Médérick aurait-il organisé une telle mise en scène ? À t'entendre, on jurerait une course au trésor. Qu'est-ce qui le pousse à agir comme ça ?

— J'ai l'impression que Médérick et Godefroy Poupart préparaient quelque chose de majeur. Mais que Médérick trouvait que son maître faisait poireauter inutilement Camille. Il aura donc voulu corriger cette situation. Tu as bien noté que Médérick avait exigé de Camille le silence total au sujet de cet énigmatique billet. Il l'avait prévenue de ne pas en dire un mot à Godefroy Poupart. À mon avis, notre arrière-arrière-grand-oncle avait semé des pistes pour guider Camille vers le *quelque chose* en question. Hélas, il est arrivé le malheur que l'on sait, Médérick est mort brûlé, et personne n'a jamais mené la chasse au trésor à son terme.

— Mégane, quand tu réfléchis, tu es merveilleuse.

— On dirait que tu es jaloux, Cédric ! Tu aurais aimé comprendre tout ça par toi-même, hein ? railla la jeune fille.

L'adolescent expira bruyamment par le nez et mit ses poings sur ses hanches :

— Pffffiittt ! J'avais déjà tout résolu, tu sauras. J'ai seulement décidé de te concéder le plaisir de te croire meilleure que moi. Ça te fait un bien fou, d'habitude. Et comme ton humeur actuelle laisse à désirer…

— Alors d'accord ! prétendit se résigner Mégane, adoptant la même posture que son frère. J'attends la suite, Hercule Poirot[4].

Cédric devint écarlate, pris à son propre piège.

— La suite ? Hum, hum… J'avoue que je n'ai pas poussé le raisonnement beaucoup plus loin. Pour le moment.

— Ha ! Ha ! Ha ! Entendez-vous ça ? Pour le moment ! Tu es tellement de mauvaise foi, Cédric Grandmaison. Ça me dépasse.

Plus rouge qu'une tomate bien mûre, l'adolescent fixa le bout de ses souliers et demeura coi.

— Elle t'intéresse, la suite de mon hypothèse ? fit Mégane.

---

4. Hercule Poirot : héros enquêteur de la célèbre auteure de romans policiers Agatha Christie.

— Un peu.

— Non. Ça ne suffit pas. Il t'en coûtera plutôt un «ma très chère et brillante Mégane, la plus extra-ordinaire de toutes les extraordinaires sœurs du monde, je te supplie de me confier le reste de tes impressionnantes théories». Non négociable.

Cédric prit le parti de rire et d'obtempérer. Sa jumelle rigola. Puis, sans un mot de plus, elle le poussa devant la vieille horloge grand-père.

— Donc *Tempus fugit,* «temps qui s'enfuit», a une signification cachée, commença-t-elle.

L'index pointé vers le balancier de cuivre qui marquait méthodiquement les secondes, elle pour-suivit :

— Ne s'agit-il pas là de l'instrument parfait pour mesurer le «temps qui fuit»?

Cédric hocha la tête, brusquement saisi d'une illumination. Il siffla, enthousiaste.

— Évidemment ! s'exclama-t-il. *Tempus fugit:* temps qui s'écoule ; horloge qui compte les heures. Bien sûr ! Le lien est clair. C'est exactement ce que je disais plus tôt : Mégane, quand tu réfléchis, tu es merveilleuse.

L'adolescente tapa du pied.

— Tu ne vas pas recommencer ! *Tempus fugit* ! Oncle Charlemagne risque de s'éveiller d'une minute à l'autre. Hop ! Examinons cette pendule. Toi qui connais si bien les antiquités, penses-tu qu'elle soit assez vieille pour avoir été ici à l'époque de Camille et Médérick?

Après une rapide évaluation, l'adolescent acquiesça.

— À mon avis, elle date des années 1850.

— Wow! C'est super. À toi l'honneur, frangin. La menuiserie, c'est ton rayon. Si tu avais à dissimuler un billet là-dedans, comment t'y prendrais-tu?

Cédric frotta le bout de son nez avec son index. Il faisait toujours ce geste-là quand il réfléchissait, comme s'il espérait faire apparaître le génie de la lampe magique d'Aladin. Tout en continuant à se gratter, il étudia attentivement l'antique horloge grand-père, reculant de trois pas pour en obtenir une belle vue d'ensemble. En haut, le cadran montrant l'heure; en bas, un caisson de bois fermé par une porte. Au centre de celle-ci était découpée une étroite ouverture vitrée qui permettait de voir à l'intérieur. L'adolescent tira sur une petite poignée de porcelaine et ouvrit le battant. Il accéda ainsi à la cavité contenant le balancier de cuivre et le mécanisme à clef permettant de le remonter. *Un bel endroit pour cacher un message,* songea Cédric.

Il s'approcha et, plissant les yeux, sonda les profondeurs de la pendule; à première vue, rien d'autre que les engrenages d'horlogerie. Cela le contraria un peu. Il ne mit pas très longtemps à se ressaisir toutefois, à la pensée que Médérick ne s'était certainement pas donné le mal d'écrire un message mystérieux pour ensuite déposer bien en vue une missive indiquant la suite des choses. Et si l'ancêtre avait commis cette grossière erreur, on pouvait dire adieu tout de suite à la chasse au trésor. En plus de cent ans, des dizaines de personnes avaient eu accès à cette supposée cachette. Car il fallait remonter les rouages de l'horloge quelques fois par année, les huiler de temps en temps... Une lettre facile à trouver n'y aurait pas fait long feu. Revigoré par sa propre logique, Cédric explora donc de la main les surfaces du caisson qui se dissimulaient à son regard. Nouvelle déception : aucun billet glissé dans une fente ou collé sur une paroi.

— Rien du tout, annonça-t-il.

Sa sœur avait déjà entrepris de vérifier les panneaux de bois formant les côtés de l'horloge, cherchant un panneau secret qui s'ouvrirait sous la pression de ses doigts. Rien de tel. Sans vraiment y croire, Cédric se mit à plat ventre et glissa sa main sous l'horloge, palpant le bois rugueux de sa partie inférieure. Rien là non plus. Avec mille précautions, Mégane et Cédric déplacèrent de quelques centimètres la vieille horloge commodément montée sur de petites roulettes, sans doute pour faciliter le nettoyage à son pourtour. Ils inspectèrent avec soin le panneau arrière. Aucun message de l'époque victorienne ne les y attendait.

— Nous faisons fausse route, trancha Mégane, penaude. *Tempus fugit* réfère sûrement à autre chose. Peut-être s'agit-il d'une anagramme ? Tu sais, ce jeu dans lequel on agence différemment les lettres d'un mot pour en obtenir un autre ? Comme quand on fait le verbe *aimer* à partir des lettres de *Marie*.

Cédric acquiesça en silence, peu convaincu.

— Si on essayait ? plaida l'adolescente en agrippant un bloc-notes sur la table de téléphone et en transcrivant les lettres. T-e-m-p-u-s f-u-g-i-t. Met, gui, ftusp… Bof… Pas très concluant, marmonna-t-elle, biffant son premier essai d'un large coup de crayon.

Elle essaya à nouveau.

— Piste… fut… mg.

La gorge soudain nouée, Cédric répéta :

— Piste fut mg ? La piste fut M.G.? M pour Médérick ? G pour Grandmaison ? La piste fut Médérick Grandmaison ? Pluie de gadelles ! comme dirait oncle Charlemagne. Ça n'augure rien de bon.

Mégane regarda les lettres de plus près. Elle soupira de soulagement en constatant que *Tempus fugit* ne devenait *piste fut mg* qu'au prix d'un petit *u* qui restait orphelin. Elle ratura cette seconde ligne, ne pouvant malgré tout s'empêcher de trouver cette coïncidence troublante. Elle grimaça. Cédric recommença à se frotter le bout du nez.

— Zut ! Ça paraissait pourtant plein de bon sens, cette histoire d'horloge et de temps qui fuit, insista la jeune fille. Tu es certain qu'il n'y a rien dans le caisson ? Tu as bien palpé partout ?

— Sûr et certain, lui répondit tristement l'adolescent.

Un peu désenchanté, Cédric avait envie de passer à autre chose. Toutefois, son regard était irrésistiblement attiré par la vieille pendule, telle l'aiguille d'une boussole par le nord magnétique. Il serra les dents, fronça les sourcils et scruta l'horloge avec l'air de lui lancer un formidable défi. Le bout de son nez était tout rouge, à force d'être furieusement gratté.

— Bon… Tant pis, conclut Mégane avec philosophie. Quand bien même on resterait ici toute la journée, on n'arrivera à rien. Retournons à la bibliothèque. Nous y découvrirons peut-être d'autres mystères. D'un genre moins insoluble.

L'adolescente commença à se diriger vers la tourelle où sommeillait leur grand-oncle, quand Cédric laissa échapper une exclamation de surprise. Mégane s'arrêta tout sec et se tourna vers son frère.

— Quoi ? Tu as mis la main sur quelque chose ?

Cédric désigna le cadran de l'horloge.

— Regarde ce dessin.

— Oui, il est plutôt réussi, admit Mégane en apercevant la scène champêtre représentée sous les aiguilles indiquant l'heure. Mais qu'est-ce qu'il a de si spécial ? L'artisan qui a fabriqué l'horloge a juste ajouté cela pour faire plus joli.

— C'est vrai, reconnut Cédric. C'était très à la mode, à l'époque. Mais examine ce petit tableau de plus près, il y a un détail qui cloche. Vois par toi-même : l'artiste a pris soin de peindre toutes les vis fixant le dessin au reste de l'horloge d'une couleur qui ne jure pas avec son œuvre. Toutes, sauf celle-ci.

Mégane scruta l'image. Effectivement : la tête d'une vis qui se trouvait dans l'herbe avait été minutieusement enduite de peinture verte, une autre qui transperçait la robe saumon d'une pique-niqueuse était peinte en rose et une troisième qui pointait à travers un gros nuage cotonneux était toute blanche. Pourtant, dans le coin supérieur droit du ciel se profilait une vis qui brillait d'un éclat doré incongru, alors que logiquement, le peintre aurait dû lui appliquer une petite touche de bleu pour la fondre dans l'azur. De fines gouttes d'or tachaient aussi la périphérie de cette quatrième vis, comme si celui qui l'avait peinte avait fait preuve de maladresse. Ce détail laissait à penser que celui qui avait doré cette ferronnerie n'était pas l'artiste ayant originellement réalisé la petite scène champêtre. Et que ce second peintre l'avait possiblement fait exprès, pour attirer l'attention de quelqu'un qui s'intéresserait déjà à l'horloge. Cependant, il avait procédé discrètement, pour que la bizarrerie ne saute pas aux yeux du premier venu. Cédric et Mégane échangèrent un regard incrédule. L'adolescente parla la première, d'une voix tremblotante :

— Crois-tu que Médérick nous commande de dévisser cette vis et de regarder sous le dessin ?

Mégane cacha sa bouche derrière sa main, étouffant un petit rire gêné :

— Je parle comme si notre arrière-arrière-grand-oncle avait monté cette chasse au trésor pour nous.

Cédric sourit.

— C'est vrai qu'on s'emballe un peu, là. Il n'y a peut-être même pas de chasse au trésor du tout. Va savoir si on ne se raconte pas une belle histoire depuis le début.

— Je suggère que nous allions quand même au fond des choses, insista Mégane, un doigt sur l'horloge.

— À vos ordres, chef. Vite, un tournevis, réclama Cédric.

— Oncle Charlemagne conserve une boîte à outils à l'entrée de l'orangerie. Je reviens.

Aussitôt dit, aussitôt fait.

L'outil en main, le cœur battant la chamade, Cédric entreprit de retirer la vis dorée ainsi que sa compagne blanche, à gauche dans le ciel. Le mince panneau où figurait le tableau champêtre s'inclina légèrement vers l'avant, dévoilant une étroite cavité. Le rusé bricoleur y glissa deux doigts. Pendant une seconde, Cédric crut qu'ils avaient encore pris leurs désirs pour la réalité, quand soudain son index effleura un bout de papier. Avec mille précautions, il sortit de sa cachette une petite enveloppe scellée d'un cachet de cire rouge, au centre duquel se distinguaient deux lettres ressemblant fort à *M G*.

Mégane eut du mal à retenir l'exclamation d'allégresse qui s'apprêtait à franchir ses lèvres.

— Remets le panneau comme il faut, commanda-t-elle plutôt à son frère. Puis, direction ta chambre.

Cédric reposa les vis en un éclair et suivit sa sœur qui grimpait l'escalier quatre marches à la fois.

La porte de la chambre bien refermée, les jumeaux s'assirent sur le rebord de la fenêtre et rompirent le cachet de cire. Un feuillet jauni se trouvait à l'intérieur.

Il était vierge.

○

— Je pense que je vais exploser, grogna Mégane, les yeux exorbités.

— Ne te gêne pas pour moi! l'encouragea Cédric sur le même ton. En fait, je crois bien que je vais t'accompagner. À *go*, on donne tout ce qu'on peut. Un… Deux… Tr…

L'adolescente posa une main apaisante sur le bras de son jumeau.

— Mauvaise idée. S'il nous entend hurler, oncle Charlemagne est bon pour la crise cardiaque.

Avec une moue dépitée, l'adolescent ravala son cri. Il agita le feuillet sur lequel il n'y avait rien d'écrit.

— Heureusement que Camille n'a pas découvert cette nouvelle supercherie. Je n'aurais pas donné cher de la peau de son frère. Un peu plus et je dirais que c'est une chance pour lui qu'il soit disparu dans un incendie. Si sa sœur l'avait eu à sa merci après ce coup bas, elle l'aurait torturé à mort.

— Franchement, Cédric! Tu exagères. Mourir brûlé, quelle horreur! On ne plaisante pas avec ça.

— Humm… J'admets en mettre un peu. Mais je suis tellement fâché! Médérick Grandmaison nous fait miroiter un joli parcours parsemé de devinettes, avec une belle récompense au bout et il nous laisse tomber à la première occasion. J'espère que je n'ai pas trop de gènes en commun avec ce satané lâcheur. Finalement, je préfère encore Barthélémy.

Les adolescents s'affalèrent sur un canapé meublant le coin conversation et ruminèrent leur mauvaise fortune. Mégane sortit son iPod de sa poche, signe incontestable de son irritation. Un coup d'œil à Cédric qui broyait du noir, les bras croisés et les lèvres pincées, lui inspira tout de même un peu de compassion. Sans un mot, elle lui offrit un de ses écouteurs. Au son des *Cowboys fringants,* les jumeaux tentèrent de se distraire et de ne plus penser à l'excitante enquête qui venait de se terminer en queue de poisson. La chanson *Les étoiles filantes* leur arracha des soupirs apitoyés. Authentique étoile filante en effet que cette course au trésor achevée avant même d'être vraiment amorcée. Cédric et Mégane attendirent la fin de la sieste de Charlemagne, se disant qu'ils allaient au moins pouvoir se consoler en visionnant le dernier *Harry Potter* ou le plus récent *Spider Man*. Leur grand-oncle n'avait-il pas annoncé une visite au nouveau club vidéo du village?

*Royaume de Maärval, au siège de la commu-*
*nauté du Cristal, quelque part dans le temps.*

Brianna repoussa une mèche de ses longs cheveux argentés et pressa ses doigts sur ses tempes dans le futile espoir de soulager une migraine lancinante. Elle avait l'impression de surveiller cette foutue boule de verre depuis cent ans. Car, malgré l'équipe de magiciens disponibles pour la relayer, la sorcière avait assuré plus que son tour de garde. Mère de trois mages depuis longtemps adultes, elle faisait de cette affaire une histoire personnelle.

Que l'on puisse s'attaquer à de jeunes enfants l'horrifiait. Que ces gamins soient humains, et non sorciers, ne changeait rien à la question. Elle essaya de se figurer ce qu'elle-même aurait ressenti si l'une de ses filles, Maarit ou Kaïna, ou si son fils, Luxor, étaient tombés dans les pattes d'un ignoble mage comme celui que ses compagnons et elle poursuivaient. À cette seule évocation, elle sentit son âme se glacer.

Renonçant à chasser son mal de tête, elle se mit à répéter «Godefroy Poupart, Godefroy Poupart, Godefroy Poupart...», comme s'il s'agissait d'une incantation. Car après toutes ces heures passées devant le cristal magique, elle avait fini par remonter le cours du temps et par apprendre le nom de l'infâme criminel. Elle avait même assisté en différé aux bas stratagèmes de Poupart. Avec des nausées, elle avait vu comment il s'y prenait pour séduire ses jeunes victimes. Bien inutilement, elle avait tenté de crier pour avertir celles-ci du danger. Mais sa sphère de verre ne permettait pas de reculer concrètement dans la quatrième dimension. Seulement de voir ce qui s'était passé et ce qui se déroulait à l'instant même. Ses mises en garde étaient donc restées lettres mortes.

Brianna avait eu le cœur serré à la vue de la dernière victime en date de Poupart : un charmant rouquin au visage constellé de taches de son et aux yeux topaze pleins de douceur. Elle avait visionné plusieurs fois les scènes gardées en mémoire par la boule magique. On y apercevait le sorcier à la cicatrice et aux iris inquiétants officier dans un laboratoire auprès de son nouvel « ami ». Ils semblaient s'amuser, concoctant des expériences de chimie fumantes et sans doute malodorantes, car en plus d'une occasion, elle les avait vus se pincer le nez en riant. Des vapeurs verdâtres s'échappaient alors de leurs cornues et de leurs alambics. Tout s'achevait toujours de la même manière : un épais voile de fumée, ou de brouillard, elle n'aurait pu le préciser, emplissait subitement la sphère enchantée et cachait tout. Elle eut beau se livrer à mille sortilèges, elle ne perçut jamais rien au-delà.

Sa mèche de cheveux était de nouveau tombée devant ses yeux. Elle remonta sa chevelure en un gros chignon et expira longuement. Khan et Dioggan entrèrent dans son bureau à ce moment. Un seul coup d'œil à leur compagne leur apporta la réponse coutumière, celle qu'ils redoutaient : aucun signe de celui que Brianna leur avait dit se nommer Godefroy Poupart...

Ils baissèrent tristement la tête, sachant que ce silence ne pouvait être gage de l'arrêt des activités du renégat. Poupart avait peut-être senti qu'ils étaient à ses trousses. En mage rusé, il aurait alors choisi de se faire oublier pendant un moment… Non, rien d'autre que de tenir le vil magicien enchaîné dans un cachot ne donnerait satisfaction au valeureux trio.

Brianna croqua dans la pomme que lui tendait Khan, effleura délicatement sa main affreusement mutilée, pour le remercier, avant de se replonger dans sa surveillance.

Dioggan et Khan s'en furent. Pas un mot n'avait été échangé, mais c'était comme si tout avait été dit.

# 5

# Les astuces
# d'Edgar Allan Poe et les
# richesses du Scrabble

*Sainte-Perpétue-de-Toutes-les-Grâces,*
*années actuelles, suite du troisième jour.*

Le club *De la Vérendrye* était peut-être tout neuf, hélas, les films qu'on y louait semblaient dater d'avant l'invention du cinématographe. Manière de parler, évidemment. De fait, l'universitaire à la retraite qui avait démarré ce commerce avait une prédilection pour les films de répertoire et le cinéma muet. Malgré des trésors de patience, monsieur Grandmaison et les deux adolescents ne dénichèrent aucune cassette ou DVD à leur goût. Quant aux Blu-ray, il fallait oublier cela. De l'avis du propriétaire du club, pas une œuvre digne de ce nom n'existait encore sous cette forme. Monsieur de la Vérendrye, docteur en histoire de l'art, tenta vainement d'intéresser ses trois clients aux *Temps Modernes* de Charlie Chaplin, ou à *Guerre et paix,* une épopée promettant huit heures et demie de violente mélancolie russe. Les Grandmaison allaient renoncer et se rabattre sur la télévision quand le commerçant découvrit, tout en haut d'un rayonnage, un exemplaire du film *Le scarabée d'or,* une production inspirée d'une célèbre nouvelle d'Edgar Allan Poe.

— Voilà exactement ce qu'il vous faut ! clama-t-il, réjoui. Une aventure passionnante ! Garanti ! Vous aimerez les merveilleuses références histo-riques, assura-t-il à Charlemagne. Quant à vous, jeunes gens, vous apprécierez le côté fantastique du récit.

En désespoir de cause, les Grandmaison louèrent la cassette.

De retour à la villa, douillettement installée dans le salon avec son jumeau et oncle Charlemagne, Mégane eut beau se forcer, il lui fut impossible de se concentrer sur cette histoire. La chasse au trésor avortée l'obsédait. L'adolescente ne tarda pas à se réfugier dans la musique de son iPod, le capuchon de son coton ouaté dissimulant ses yeux.

De son côté, Cédric s'obligea à feindre un intérêt poli pour le film d'une autre époque, surtout pour ne pas décevoir son grand-oncle. Car il voyait bien que Charlemagne se donnait beaucoup de mal pour divertir ses jeunes invités. Le garçon n'écoutait toutefois que d'une oreille distraite, absorbé lui aussi par la déception. Jusqu'à ce qu'une scène du film capte toute son attention. Cédric se redressa brusquement dans son fauteuil, envoyant presque valser au sol le bol de maïs soufflé que lui avait préparé monsieur Grandmaison. Haletant, les mains tremblantes, il venait d'avoir une révélation. Sentant le regard interrogateur de Charlemagne posé sur lui, Cédric sourit timide-ment et bredouilla :

— J'ai sursauté… Pardon ! C'est vraiment un film palpitant !

Charlemagne se rengorgea, aussi flatté par ce compliment que s'il avait lui-même réalisé le long métrage en question. L'adolescent s'appliqua dès lors à se recomposer un air impassible. Pourtant, sous la chape de glace couvait désormais un volcan. Cédric avait l'impression que si le film ne se terminait pas bientôt, une éruption d'une rare violence allait ravager le tranquille salon de *La villa des Brumes*. Les trente dernières minutes de la projection lui semblèrent durer dix heures. Le générique débutait à peine qu'il sauta sur ses pieds, agrippa sa sœur par le bras et s'élança vers sa chambre, ne gratifiant son grand-oncle éberlué que d'un petit « Excuse-nous, on revient tout de suite ! » qui n'expliquait rien du tout.

○

— Qu'est-ce qui te prend ? Tu es devenu complètement fou ou quoi ? regimba Mégane en massant son coude comme si Cédric lui avait fait affreusement mal.

L'adolescent ne daigna pas répliquer. Il se contenta de bien fermer la porte de sa chambre. Puis, il récupéra le feuillet jauni découvert dans l'horloge grand-père et cavalièrement abandonné sur un fauteuil. Toujours en silence, il se dirigea ensuite vers une imposante commode en noyer sur laquelle se trouvait un bougeoir, ainsi qu'un paquet d'allumettes. Sa jumelle l'observait, perplexe. Avec l'air d'un magicien qui s'apprête à exécuter un tour particulièrement spectaculaire, Cédric appela sa sœur auprès de lui.

— Regarde bien.

Il alluma la bougie et en approcha le billet vierge.

Mégane s'affola.

— Tu vas mettre le feu !

— On se calme, on se calme, on se calme, rigola Cédric, en éloignant momentanément le feuillet de la flamme. Je n'ai pas l'intention de brûler quoi que ce soit.

— Je ne comprends rien. Que fais-tu ?

— Tu verras. Sois patiente.

Cédric rapprocha la page blanche de la chandelle. Il agita le feuillet en douceur, dans un mouvement de va-et-vient, attentif à maintenir une distance de plusieurs centimètres entre le papier et la source de chaleur.

— Il s'agit d'une opération très délicate, précisa-t-il à sa sœur déconcertée.

— Tu veux bien me dire à quoi tu joues ? demanda celle-ci.

Ravi de lui damer le pion, Cédric bomba le torse :

— Si tu avais regardé le film, au lieu de t'enfermer dans ta bulle avec ton iPod, tu saurais exactement ce que j'essaie de faire.

Mégane plissa les paupières, cherchant une riposte assassine. Cédric ne lui laissa pas le temps d'aller puiser dans son vaste répertoire d'insultes. Il reprit, de la même manière qu'un acteur déclamant son texte au théâtre :

— Vous apprendrez, mademoiselle, que l'un des moments forts du *Scarabée d'or* consiste en cette scène au cours de laquelle le héros, William

Legrand, examine une feuille de papier à la lueur d'un feu et y fait apparaître une série de symboles jusqu'alors invisibles.

L'adolescente hoqueta de surprise.

— Pardon ? Des symboles invisibles ?

— Oui, oui ! Des directives menant au trésor du Capitaine Kidd, un richissime pirate. Des indications tracées à l'encre magique.

— À l'encre magique ?

Cédric jubilait d'entendre Mégane répéter béatement ses paroles.

— Exactement. En fait, il n'y a rien de surnaturel là-dedans, le mot *magique* ne sert qu'à piquer la curiosité des gens : il suffit d'utiliser un pinceau et du jus de citron. Il paraît que le lait fait aussi l'affaire. Personnellement, j'avoue préférer l'odeur des agrumes.

Cédric interrompit ses explications, se délectant de sentir sa jumelle suspendue à ses lèvres. Il prit tout son temps pour examiner la page chauffée. Toujours rien à signaler de ce côté. Il eut un bref instant de panique qu'il s'efforça de camoufler. *Et si ça ne marchait pas ?* songea-t-il soudain. *Mégane se paiera ma tête. Hou là, là ! Elle sera sans pitié.* Priant pour que son expérience fonctionne, l'adolescent recommença son manège au-dessus de la bougie. Sa sœur tapait du pied, énervée par toutes ces simagrées.

Enfin, après un rapide coup d'œil au billet qui commençait à changer de couleur par endroits, Cédric sentit son appréhension le quitter. *Ça marche ! Edgar Allan Poe : vous êtes un génie. Merci ! Merci ! Merci !* chantonna-t-il en son for intérieur. Se retenant pour ne pas danser de joie, il reprit la parole.

— Alors, voilà l'astuce, petite sœur…

À ces derniers mots, Mégane grinça des dents. Désormais imperturbable, Cédric ne s'en occupa même pas. Il prétendit ouvrir un gros livre et lire une recette en suivant les lignes imaginaires du bout du doigt. Il adopta un ton savant et un peu ampoulé qui fit soupirer sa jumelle.

— Je disais donc : « Méthode infaillible pour écrire un message à l'encre invisible ». En premier lieu, l'expéditeur doit disposer de jus de citron, de papier de bonne qualité et d'un fin pinceau ou d'une plume. Notez qu'une plume ou un pinceau grossiers donneront des résultats brouillons et fort décevants.

Mégane papillota des yeux et gonfla ses joues, pour bien montrer à son frère qu'elle n'était pas impressionnée par son bla-bla. Aux anges, Cédric gloussa et reprit son discours sur le même ton :

— Deuxièmement, l'envoyeur rédige son billet, traçant chaque lettre avec le plus de précision possible. À cette étape, la minutie est la clef. Son message consigné, il laisse complètement sécher la feuille de papier avant de la plier et de la glisser dans une enveloppe. Sinon, encore une fois, les mots risquent de se fondre les uns dans les autres et de rendre la lecture impossible. En fait, c'est un peu comme quand on écrit avec de l'encre en pot : si on ne patiente pas le temps nécessaire pour qu'elle se soit asséchée, on obtient de gros pâtés indéchiffrables. Tu me suis toujours, Mégane ?

L'adolescente darda sur son jumeau un regard meurtrier. Il ne cilla pas.

— Je constate que mes explications sont d'une limpidité absolue. Je m'admire moi-même ! dit-il en riant, avant de conclure. Le destinataire recevra une missive à première vue vierge. Tout au plus pourra-t-elle être un peu froissée. De connivence avec l'envoyeur, il sait bien, lui, qu'il ne s'agit pas d'une banale page blanche. Loin des regards indiscrets, il la chauffera délicatement à la flamme d'une chandelle. Abracadabra ! Le message secret apparaîtra.

Tout au long de ce monologue, Cédric avait continué à faire valser le papier au-dessus du bougeoir. Mégane vit que de plus en plus de taches brunes se formaient sur le papier. Son frère se dépêcha d'éloigner la feuille de la source de chaleur et expliqua :

— Si on ne s'arrête pas juste au bon moment, on gâche tout : le message devient illisible. Il faut de la précision.

— Ils montraient tout ça dans *Le scarabée d'or* ? s'étonna Mégane, jetant bas son masque d'indifférence.

— Non, la scène ne durait que quelques secondes. Mais ça m'a rappelé une expérience du genre qu'on avait réalisée à l'école dans l'atelier des petits génies.

— Frérot, tu m'épates, le complimenta l'adolescente, sincèrement admirative.

Cédric la gratifia d'une modeste révérence puis souffla la bougie. À bout de bras, il tenait une courte lettre, rédigée d'une belle écriture faite de boucles et de fioritures. Une écriture qui ressemblait à celle de Camille, qu'ils connaissaient désormais à cause de son journal intime. Pourtant, ce n'était pas tout à fait la même calligraphie : quelqu'un d'autre que leur aïeule avait composé ce message. Le duo put enfin étudier la page rescapée de l'oubli. Cédric en commença la lecture :

*Si tu es bien celle que je pense, tu sauras immédiatement ce que ces quelques mots signifient. Sinon, toute cette affaire ne te concerne absolument pas et je te somme de t'en retirer sur-le-champ. Si tu oses continuer, tu cours au-devant des pires calamités. Considère-toi comme averti.*

*Qu'est-ce...*

L'adolescent s'interrompit, effrayé par le ton menaçant du billet et incapable sur le coup d'en lire les dernières lignes. Les jumeaux jetèrent un coup d'œil inquiet aux alentours, comme si le rédacteur de cette lettre pouvait subitement se matérialiser dans la chambre et les enterrer sous une avalanche de catastrophes. Mégane fut la première à recouvrer ses esprits.

— Vraiment, Cédric : il n'y a rien à craindre. Ce message dormait dans l'horloge depuis une éternité. Celui qui l'a écrit est forcément mort. Même s'il ne s'agit pas de Médérick Grandmaison. Et comme je ne crois pas aux fantômes... aucun risque pour nous.

— Je ne suis pas rassuré du tout, tu sauras. Ça me fait penser aux pyramides d'Égypte.

Sa sœur haussa les sourcils, ahurie.

— Tu n'as jamais entendu parler de ça ? enchaîna Cédric.

— Si, je connais les pyramides. Sauf que je ne vois pas le lien avec cette lettre.

— Ces lieux sacrés étaient protégés par une magie très puissante. Quiconque ouvrait la porte d'une salle interdite était ensorcelé et mourait peu après dans d'atroces douleurs.

— Voyons donc, Cédric ! Des ensorcellements ! De la magie ! Tu débloques complètement. On n'est pas dans un livre de contes et légendes, ni dans une BD de Tintin, ici. Reviens à la réalité. Tu lis trop de bouquins.

— La dévoreuse de livres, c'est toi, riposta l'adolescent, piqué au vif.

— Justement, j'ai lu quelque part que si les pilleurs de tombeaux des pharaons mouraient, c'était à cause de gaz toxiques qui s'étaient formés avec le temps dans les salles interdites. Aucune magie là-dedans, espèce de poltron !

Cédric se renfrogna. Mégane regretta ses paroles. Elle tenta de réparer son faux pas.

— Franchement, frangin ! On est dans la vraie vie, là. Laisse les mages et les malédictions à leur place, dans l'imaginaire.

— Si tu le dis, bredouilla son jumeau.

Mégane ne pipa mot mais secoua la tête d'un air condescendant. Si elle avait su vers quoi cette aventure allait les mener, elle n'aurait probablement pas parlé de magie et d'enchantements avec autant de désinvolture. Au lieu de se recroqueviller de terreur, elle s'appropria la lettre et en acheva la lecture, avec une magnifique légèreté.

*Qu'est-ce donc que le BONHEUR ? DU FOND de mon cœur, je m'interroge. Est-ce toi qui me le diras un JOUR ? Au secours ! Je vois tout en DOUBLE.*

*M*

— De mieux en mieux, geignit Mégane. Il a un sens de l'humour tout à fait particulier, ce Médérick Grandmaison, si c'est bien lui qui a écrit ça. Comment sommes-nous supposés comprendre quelque chose à ce jargon...

— En fait, c'était exactement le but visé : que seule la personne concernée par le message en saisisse la signification cachée, rappela judicieusement Cédric.

— Sauf qu'il en faudra plus pour que je m'avoue vaincue. Prenons ça comme un défi, suggéra l'adolescente. Au fond, il s'agit d'un jeu de détective. Que ferait le célèbre Hercule Poirot à notre place ?

— À toi de me l'apprendre, décréta Cédric. Le bricolage et le côté technique, je m'en occupe. Les jeux d'esprit, je te les confie. À chacun sa spécialité.

— Marché conclu ! Pour commencer, étudions ce message d'un peu plus près.

Mégane le relut plusieurs fois, tentant de deviner ce qui se dissimulait entre les lignes. Le bonheur ? Qu'est-ce que le bonheur ? demandait le mystérieux *M*. Comment le savoir ? Comme question personnelle, on ne pouvait rêver mieux. Ce *M* connaissait la destinataire du billet. Il savait sur elle des détails que les autres ignoraient. Surtout d'autres vivant plus de cent ans plus tard. S'il s'agissait bien de Médérick semant des indices pour la jeune Camille, il pouvait faire allusion à n'importe quoi. L'adolescente remuait cette énigme dans tous les sens. *Qu'avons-nous appris sur Camille en lisant son journal ?* s'interrogea-t-elle. *Qu'elle avait souffert de poliomyélite et qu'elle en avait gardé pour* séquelle une jambe plus courte que l'autre. Mais elle ne souhaitait pas remédier à cela, elle s'y disait habituée. *Fausse route. D'ailleurs, où nous mènerait une devinette à ce sujet? Comme s'il existait un endroit où l'on conserve des jambes de rechange. Ridicule. Il faut que je découvre autre chose.* Camille mentionnait qu'elle aurait aimé faire de la chimie, comme les garçons. Qu'elle aurait voulu aller au collège, plutôt qu'au couvent. *Zut!* gémit intérieurement Mégane. *Si le frère de Camille a dissimulé le prochain indice dans le laboratoire, c'est fichu! Il s'est envolé en fumée. Et s'il l'a caché quelque part au collège, ce n'est guère mieux. Avec tout le monde qui est passé par là depuis...* Soudain, l'adolescente tressaillit à la chiquenaude que venait de lui infliger Cédric.

— Eh! Tu me fais mal, protesta-t-elle en se frictionnant l'épaule avec affectation.

— La Terre appelle la Lune! La Terre appelle la Lune! La Lune, êtes-vous à l'écoute? scanda le garçon, un peu narquois.

— Je réfléchissais, rétorqua Mégane, piquée.

— Et si tu partageais le fruit de tes réflexions avec moi? demanda Cédric.

— Patience, réclama sa jumelle. Je n'ai pas terminé.

Roulant les yeux vers le plafond, Cédric se croisa les bras.

Mégane se replongea dans la lecture du billet. *Peut-être que je vais chercher la signification de cet indice trop loin,* se dit-elle. *Si je me concentrais sur sa forme, plutôt que sur son contenu? Qu'est-ce qui me frappe là-dedans? Y a-t-il quelque chose d'inutile dans ce message?* À l'instant où elle se posa cette question, Mégane sentit qu'elle approchait du but. Comme au moment où l'horloge grand-père avait sonné, illuminant tout d'un coup le sens possible de l'énigmatique *Tempus fugit,* les clochettes de la victoire résonnèrent dans son esprit. Les yeux brillants, elle s'adressa à Cédric :

— *M* a écrit cinq mots en majuscules. Sans doute pour attirer l'attention de celle qui lirait le billet. Je vais les transcrire à part.

— BONHEUR, DU FOND, JOUR, DOUBLE… Eh oui ! se moqua gentiment Cédric. Tout s'éclaire.

Bonne joueuse, Mégane sourit :

— Moi qui pensais me trouver en relâche scolaire. C'est pire que l'école.

— Faisons comme s'il s'agissait d'un casse-tête, proposa l'adolescent.

Il déchira une feuille de papier en cinq sections et copia l'un des mots sur chacune d'elles. Puis il s'amusa à essayer diverses combinaisons : *jour du fond, double bonheur, double jour, fond du bonheur,* et autres juxtapositions aussi obscures les unes que les autres.

— Ouach ! Ça ne veut rien dire du tout, soupira Cédric.

— Une pause s'impose, affirma alors Mégane. As-tu parfois l'impression, Cédric, que notre cerveau fonctionne un peu comme un ordinateur ?

Son frère la considéra d'un air étonné.

— Oui ! Tu sais, continua Mégane, on y entre des données, on pèse sur le bouton *enter* et on attend. Papa fait ça de temps en temps avec des formules mathématiques. Une heure plus tard, l'ordi lui donne la solution. Avec ma tête, c'est pareil. Plus je réfléchis, plus je m'embrouille. Alors qu'à l'inverse, si je laisse mijoter le tout, la réponse vient d'elle-même.

— Chanceuse, la taquina Cédric. Et tu fais ça pour tes examens ?

— Ris tant que tu veux. Je suis certaine que ça va marcher, répliqua l'adolescente. Et puis, j'entends oncle Charlemagne qui nous appelle. Descendons le rejoindre. Nous reprendrons ce puzzle plus tard.

Leur grand-oncle les invita à choisir ce qu'ils souhaiteraient manger pour le souper et ils retournèrent au village procéder à quelques achats. Il faisait beau, ils allèrent donc à pied. À la boulangerie, ils croisèrent mademoiselle Juliette, venue elle aussi chercher de quoi se sustenter. À la vue de sa coquette voisine, monsieur Grandmaison rougit comme une pivoine. Pareillement troublée, la vieille demoiselle renversa un panier de viennoiseries sur le comptoir. Pendant que le commerçant aidait sa cliente à ramasser les pâtisseries, Mégane tira la manche de son grand-oncle et lui murmura à l'oreille :

— Pourquoi n'inviterais-tu pas mademoiselle Juliette à manger avec nous ? Je suis sûre qu'elle serait enchantée.

— Je n'oserais jamais, bredouilla Charlemagne.

— Tu l'as bien invitée pour le thé, hier.

— Ce n'est pas du tout la même chose, chuchota le grand-oncle.

— Tu m'expliqueras la différence une autre fois, rétorqua l'adolescente, d'un ton autoritaire. Moi, je l'invite.

Dix secondes plus tard, c'était chose faite. Mademoiselle Juliette acceptait avec plaisir de se joindre à eux pour le repas du soir.

Charlemagne ne savait pas s'il s'en trouvait ravi ou horrifié. Morbleu! Convier une dame à prendre le thé? Passe toujours. On pouvait y voir une simple politesse entre voisins bien élevés. Mais un souper? Cela revenait presque à déclarer publiquement son amour. Qu'allait bien penser Juliette?

— Nous vous attendrons vers dix-neuf heures, dit Cédric.

Les dés étaient jetés.

○

— Voilà qui est terriblement embarrassant, marmotta Charlemagne alors qu'il retournait chez lui avec les jumeaux. Que va supposer mademoiselle Juliette?

— Elle ne supposera que la vérité, oncle Charlemagne. Jusqu'à quand vas-tu prétendre que ta voisine ne t'intéresse pas? Voyons donc! Ça crève les yeux que tu l'adores. Et vice-versa. Je ne fais que vous donner une petite poussée d'encouragement, l'assura Mégane.

— Si je ne te connaissais pas, oncle Charlemagne, ajouta malicieusement Cédric, je jurerais que tu as peur de mademoiselle Juliette.

— Peur? La belle invention que voilà. Peur! Quelle sottise, s'indigna le grand-oncle en accélérant le pas et en s'éloignant de ses compagnons.

Mégane jeta un coup d'œil courroucé à son frère et lui murmura:

— Alors là, bravo. Tu crois que ça se contrôle aussi facilement, la timidité? Tu devrais pourtant savoir ça. Toi qui as peur de tout.

— Peur de tout! Peur de tout! N'exagère pas, Mégane. Seulement des monstres préhistoriques.

— Et du noir, et des hauteurs, et des pyramides ensorcelées, et…

— D'accord! D'accord! Pas besoin de tout énumérer. J'ai compris.

Plaquant là son jumeau piteux, l'adolescente courut se placer à la hauteur du vieil homme et lui glissa à l'oreille:

— Ne t'inquiète pas, oncle Charlemagne. Cédric et moi nous serons là. S'il le faut, nous nous chargerons même de la conversation. Tu passeras une belle soirée avec ton amoureuse secrète…

Monsieur Grandmaison échappa un petit rire confus.

— Mon affection se voit donc tant que ça?

Mégane écarquilla les yeux, sourit et hocha vigoureusement la tête.

Le vieil homme s'esclaffa et la chatouilla sous le menton. Il profita de ce que Cédric les avait rejoints pour le tirer par l'oreille. Délicatement, bien entendu.

— Espèces de coquins! Allons nous mettre aux fourneaux dès maintenant. Quand un Grandmaison reçoit, il ne le fait pas à moitié. *Vous* m'avez concocté cette invitation, *vous* allez m'aider à bien m'en tirer. Hop! À la maison et au boulot!

○

— Ces pâtes aux crevettes étaient sublimes, les complimenta mademoiselle Juliette en déposant sa fourchette dans son assiette. J'ignorais que vous cuisiniez aussi bien, Charlemagne, ajouta-t-elle, tandis que son visage rosissait joliment.

— Mégane et Cédric m'ont secondé, se hâta de préciser le vieux monsieur. Un peu de vin, Juliette ?

La septuagénaire ravie tendit son verre.

— Une larme seulement. J'ai déjà la tête qui tourne !

Oncle Charlemagne la servit, avant de procéder à un généreux remplissage de sa propre coupe. Il se sentait très satisfait de la soirée qui se déroulait sans anicroche : aucun bégaiement de sa part, aucune maladresse de Juliette. Tout se passait vraiment pour le mieux. Pendant que la vieille demoiselle regardait ailleurs, il osa un clin d'œil à Cédric assis en face de lui. Son petit-neveu lui répondit de la même manière.

— Juliette, demanda alors le grand-oncle, comment se comporte votre neveu convalescent ? Se montre-t-il un peu civilisé ?

— À peine, Charlemagne. À peine. Il m'écorche les oreilles avec sa musique rock jusque tard dans la nuit, se lève à midi, mange n'importe quand, n'importe où et, usant de l'excuse de son bras cassé comme d'une maladie terminale, il ne lève pas le petit doigt pour m'aider. Je regrette fort d'avoir accepté de le recevoir chez moi.

— Vous m'en voyez bien désolé, soupira Charlemagne. Puis-je vous être d'une quelconque assistance ?

Juliette secoua la tête.

— Il finira certainement par guérir un jour. Et une fois sa fracture consolidée, il s'en retournera chez lui. Il n'a jamais aimé la campagne, de toute façon. Aucune raison pour qu'il s'éternise chez une vieille tante ennuyante.

Charlemagne protesta haut et fort que Juliette ne l'ennuyait certainement pas, lui. Son invitée toussota, dissimulant sa confusion derrière sa serviette de table.

Mégane jugea le moment venu de proposer une diversion. Sur son conseil, on décida de prendre le dessert dans la tourelle abritant la bibliothèque. Les petits gâteaux achetés plus tôt à la boulangerie disparurent en quelques croquées.

La jeune fille suggéra ensuite une partie de Scrabble. Elle fit équipe avec son grand-oncle ; Cédric et Juliette s'unirent contre eux. Charlemagne accumulait les points de la plus exaspérante manière qui soit. Aucun «mot compte triple» ne lui échappait. De surcroît, il fabriquait les mots les plus extravagants, et diantrement payants, à partir de n'importe quel amalgame de lettres. Quant à Mégane, sa performance était également remarquable : toutes ses lectures lui avaient permis d'accumuler une provision plus que respectable d'expressions diverses. De petits riens tels que *zig, kawa* ou *wu,* placés stratégiquement, rapportaient d'impressionnants pointages à son équipe. Les pauvres Cédric et Juliette ne faisaient pas le poids. À son grand désespoir, Cédric venait par-dessus le marché de se voir encore refuser un mot.

— Écoute, Cédric, puisque je te le dis : «bonet», ça ne signifie rien. Tu ne peux pas écrire ça. Tu n'aurais pas un autre *n* ? Tu pourrais faire «bonnet», soutenait le grand-oncle.

— Non, je n'ai pas d'autre *n*… Et puis, je suis sûr que «bonet» existe. Laissez-moi vérifier dans le *Petit Robert.*

— Tête de mule, rouspéta Mégane en lui tendant le dictionnaire. Allez, regarde toi-même.

— Bondrée... Bon enfant... Bonheur... Bonheur-du-jour... Non... pas de «bonet»!

Il chercha un peu plus loin.

— Ah! Le voilà! Bonnet. Eh oui, tu as raison, oncle Charlemagne; il faut mettre deux *n*. Tant pis, je change mes lettres. Rien à faire avec celles-ci.

Pendant que Cédric procédait à l'échange, Juliette eut un sourire énigmatique :

— Il me semble t'avoir entendu prononcer un fort joli mot. Répète un peu.

Le garçon reprit le dictionnaire et relut quelques lignes :

— Bon enfant? Bonheur? Bonheur-du-jour?...

La vieille dame l'interrompit joyeusement :

— Oui, celui-là! Bonheur-du-jour. Quelle expression charmante! De quoi s'agit-il? Une sorte de pâtisserie?

On voyait bien quel était le péché mignon de la septuagénaire. Cédric lut la définition. «Bonheur-du-jour : petit bureau à tiroirs, surmonté d'un gradin, en vogue au dix-huitième siècle.» *Tiens, tiens,* songea-t-il, *une antiquité à ajouter à mon répertoire. C'est fou ce que ça peut être instructif, le Scrabble!*

— Oh! s'émerveilla Juliette. Il n'y a pas que le mot qui soit adorable, l'objet en question l'est sûrement aussi.

Monsieur Grandmaison claqua soudain des doigts pour attirer leur attention.

— Tadam! Admirez justement cet exemplaire, bonnes gens!

Il leur désignait le secrétaire auquel il s'asseyait à l'occasion pour rédiger sa correspondance, et qui, pour l'instant, croulait sous des tours de livres.

— J'ignorais que ce meuble portait un aussi beau nom, précisa le vieil homme. Comme il date du dix-huitième siècle, je crois qu'il correspond bien à la définition que tu viens de nous lire, Cédric. Nous voilà plus riches d'un bonheur-du-jour. Qui l'eût cru ! Vive le Scrabble ! Mais revenons aux choses sérieuses. Que le massacre continue…

Arborant un air faussement cruel, il invita Juliette à poursuivre le jeu. Au tour suivant, Charlemagne scella l'issue de la partie en déposant toutes ses lettres sur la table. Cette prouesse lui valut un bonus de cinquante points. À la fin, Mégane et lui bénéficiaient d'une confortable avance de trois cents points sur leurs adversaires. Devant ces génies de l'alphabet, on ne pouvait que s'incliner.

Il serait bientôt minuit. Mademoiselle Juliette remercia ses hôtes avec effusion, répétant sur tous les tons qu'elle venait de passer une magnifique soirée. Son sourire chaleureux éclairait son visage potelé et se communiquait jusqu'à ses yeux. Elle était belle comme un pain doré sortant du four, réconfortante et chaleureuse. Mégane se sentit séduite. Tout à coup, elle comprit que c'était tout cela qui plaisait tant à son grand-oncle. Galant, Charlemagne insista pour reconduire son invitée chez elle. L'adolescente les regarda s'en aller, bras dessus, bras dessous, touchée par la fragilité que leur conférait leur grand âge.

○

Pendant que les deux tourtereaux marchaient le plus lentement qu'ils le pouvaient, souhaitant prolonger ce doux moment, Cédric se hâta d'extirper de sa poche les bouts de papier fripés sur lesquels il avait transcrit les mots mystères du non moins mystérieux M. Une idée le titillait depuis qu'il avait lu le mot désignant le secrétaire ancien. Il forma le mot bonheur-du-jour avec trois des morceaux de papier, arrachant un sifflement d'admiration à Mégane. Celle-ci s'empara des deux mots restants : fond, double. Après les avoir disposés correctement sur le bureau, elle fit un pas en arrière pour que Cédric ait une bonne vue d'ensemble : bonheur-du-jour, double-fond.

— Grâce à Juliette et à Charlemagne, nous savons maintenant ce qu'est un bonheur-du-jour, commença Mégane.

— En effet, et un peu à cause de moi, aussi : si je n'avais pas fait la tête de mule, comme tu dis, et cherché le mot « bonet », nous ne saurions même pas que les bonheurs-du-jour existent, se réjouit Cédric en tapotant le meuble sur lequel il s'appuyait. Et quant au double-fond, je ne serais pas du tout étonné que cela réfère à un tiroir secret. Dans le manuel de menuiserie que papa m'a offert à Noël, il y a justement une section qui décrit les compartiments dérobés que l'on peut intégrer dans les meubles. Mégane, nous voici en plein roman d'aventure !

— J'adore ! s'écria l'adolescente, ravie. Au travail !

Se dépêchant avant que leur grand-oncle ne revienne, ils examinèrent les tiroirs du bonheur-du-jour de Charlemagne. Il ne fallut à Cédric que quelques minutes pour découvrir le tiroir à double fond et, dissimulé à l'intérieur, le troisième indice de leur fabuleuse chasse au trésor : une nouvelle enveloppe, bien épaisse celle-là, qu'ils s'empressèrent de recueillir...

# 6

# Oh, miroir ! Dis-moi qui est la plus belle !

**C**édric et Mégane allaient décacheter l'enveloppe quand ils entendirent la porte de la villa grincer sur ses gonds. Leur grand-oncle rentrait. L'adolescent fit disparaître leur trouvaille dans une poche de son pantalon, puis les jumeaux se hâtèrent de replacer les tiroirs du bonheur-du-jour. Une seconde avant que monsieur Grandmaison ne franchisse le seuil de la tourelle, Cédric et Mégane se lancèrent sur le canapé, s'appliquant à paraître détendus. Pour empêcher que le tremblement d'excitation de leurs mains ne soit visible, ils glissèrent leurs doigts sous leurs cuisses. Les yeux pétillants, Charlemagne vint s'asseoir à leurs côtés. Trop absorbé par son propre contentement, il ne parut pas noter l'air extrêmement suspect des jumeaux.

— Quelle merveilleuse soirée ! dit-il. Je vous remercie, Cédric et Mégane. Mademoiselle Juliette ne tarissait pas d'éloges à votre sujet. Je crois que nous lui avons fait très bonne impression.

Mégane nota avec ravissement que le vieil homme parvenait à prononcer le nom de sa bien-aimée sans bégayer. Un progrès considérable. Espiègle, elle étira la jambe et, du bout des orteils, donna un petit coup affectueux sur le genou de son grand-oncle.

— Franchement, oncle Charlemagne! Mademoiselle Juliette nous aime bien, mais ce soir, elle n'avait d'yeux que pour toi. Aurais-tu besoin de lunettes, par hasard? Peut-être que ton monocle ne te permet de voir qu'à moitié!

Le grand timide détourna pudiquement le regard. L'horloge sonna douze coups. Charlemagne se leva d'un bond.

— Il se fait tard. Au lit, tout le monde. Et encore merci pour la belle soirée.

Les jumeaux ne demandaient pas mieux que de se retrouver dans la quiétude de la chambre de Cédric. Ils avaient une lettre mystérieuse à étudier. Ils suivirent donc obligeamment leur grand-oncle qui gravissait déjà le majestueux escalier d'acajou. Guilleret, leur hôte les salua de la main avant de s'engouffrer avec aplomb... dans un placard... Une pluie de balais et de serpillières couvertes de toiles d'araignée lui chutèrent sur le crâne. D'abord interdits, les jumeaux volèrent à son secours. Au milieu d'un fatras de manches de bois, de seaux et de chiffons usés, Charlemagne riait aux éclats.

— Je crois que je suis vraiment amoureux, les jeunes! Vraiment! Me tromper de porte... C'est un signe qui ne ment pas.

Cédric lui tendit la main. Le vieil homme se déplia lentement, un large sourire au visage.

— Ne racontez ceci à personne. Motus et bouche cousue, O.K.? Bonne nuit, galopins! Soyez sages.

Se montrer sages ? Les adolescents n'en avaient aucunement l'intention. À peine Charlemagne se fut-il retiré dans sa chambre, qu'ils entraient à toute vitesse dans celle de Cédric. Un instant plus tard, ils tirèrent le troisième message de l'enveloppe. Avant d'étudier la fameuse lettre dans le détail, ils se rendirent à la dernière page et en vérifièrent le signataire. Voyant le prénom inscrit au bas, Cédric et Mégane firent le signe de la victoire : parfaitement lisible, un splendide *Médérick* semblait leur tendre les bras et les convier à s'engager dans une fantastique équipée. Ils revinrent au commencement et se relayèrent pour lire la missive datant de plus de cent ans…

*Chère Camille,*

*Ainsi tu as réussi à percer l'énigme du temps qui fuit. Bravo ! Tu me disais la semaine dernière que le latin n'est qu'une langue morte et inutile. Le penses-tu toujours ? Moi, je la trouve parfaite pour aiguiser la curiosité des jeunes sœurs. Allez, ne sois pas fâchée. Ris un peu. On a bien le droit de s'amuser. Tu es la première à me trouver trop sérieux…*

*Je constate avec plaisir que tu as aussi franchi avec succès le double piège contenu dans l'indice suivant : il a d'abord fallu te souvenir de cette nouvelle que nous avons adorée, je parle du Scarabée d'or, d'Edgar Allan Poe, évidemment.*

— Eh bien, dis donc, elle a du vécu, cette histoire.

— Incroyable ! Je me demande en quelle année elle a été publiée, s'interrogea Mégane.

— On vérifiera sur Internet, d'accord[5] ? Pour le moment, si on s'attaquait à la suite ? Il a l'air d'avoir pas mal de choses à expliquer, le Médérick.

L'adolescente pouffa de rire à la vue de son jumeau qui soupesait la liasse de feuillets jaunis.

— O.K. De retour à nos moutons.

*Tu te rappelles comment son idée d'encre magique nous avait amusés. Tu te souviens certainement aussi de toutes ces expériences auxquelles nous nous sommes ensuite livrés, des semaines durant. Pauvre maman ! Elle se demandait bien à quoi rimaient tous ces bouts de chandelles et de papier consumés dans nos chambres. Manifestement tu avais correctement appris la leçon, puisque tu me lis maintenant.*

*Ensuite, tu as dû résoudre le mystère du bonheur-du-jour. Cela ne t'a probablement pas donné trop de mal. Car il y a longtemps que toi et moi connaissons ce tiroir secret que nous avons découvert par*

---

5. Edgar Allan Poe a publié *Le scarabée d'or* en juin 1843 dans un journal de Philadelphie, sous le titre *Golden Bug*. En 1856, la nouvelle fut traduite en français par Charles Baudelaire.

*hasard. Nous nous en sommes tant servis quand nous étions petits. Sans jamais en dévoiler l'existence à qui que ce soit. Même notre père ne soupçonne pas que son secrétaire recèle une aussi merveilleuse cachette. En fait, j'ai mis cet indice pour débusquer les imposteurs. Personne d'autre que nous ne peut savoir à quoi je faisais allusion.*

— Personne d'autre ? pavoisa Cédric. Médérick Grandmaison, te voilà confondu.

Mégane éclata de rire.

Les jumeaux reprirent leur lecture.

*Camille, reçois donc toutes mes félicitations. La vraie course vient de démarrer. J'espère que tu ne m'en veux pas trop d'avoir monté cette mise en scène. Mais vois-tu, je ne mentais pas en t'annonçant que Godefroy Poupart et moi mettons actuellement la touche finale à quelque chose d'extraordinaire qui pourrait bien bouleverser nos vies. J'ai du mal à croire à la réalité de ce projet. Il faut que j'aie vraiment confiance en maître Godefroy pour accorder du crédit à ce qui ressemble à une inconcevable fantaisie. Je dirais même une totale chimère. De la part de n'importe qui d'autre, je conclurais à l'imposture et*

au mensonge éhonté et je me désintéresse-
rais aussitôt. Toutefois, tu connais mon
admiration pour mon professeur. J'ai foi
en lui, bien que je sache que tu ne partages
pas mon enthousiasme sur ce point.

Pour des raisons connues de lui seul,
maître Godefroy préfère attendre et te placer
devant le fait accompli, alors qu'il a accepté
de me livrer à l'avance quelques détails
troublants sur la révélation qu'il nous
promet. Il m'a fait jurer le secret. Mais je
sais que tu meurs d'envie d'en apprendre
un peu plus. Alors, sans renier ma parole,
je t'ai concocté un parcours semé d'énigmes
au terme duquel tu ne seras plus qu'à
quelques pas de ce fameux secret. De surcroît, je trouve injuste d'en savoir plus que
toi sur la nature de ce mystère. En résol-
vant mes petites devinettes, tu auras à
réfléchir à diverses questions. Elles devraient
t'être utiles, le grand jour venu.

Pardonne-moi tous ces détours, chère
Camille. Sois indulgente : dis-toi que je suis
déchiré entre ton impatience et les exigences
de Godefroy Poupart. Vois ma chasse aux
indices comme un accommodement
raisonnable.

*En passant, te demandes-tu pourquoi je t'ai menée à l'horloge par ce fameux Tempus fugit, qui a dû te donner tant de fil à retordre, à toi, ma petite sœur qui déteste le latin pour s'en confesser? Seras-tu d'accord avec moi pour reconnaître que le temps file à toute allure? Tu m'en vois effaré. Je me permettrai un conseil, chère Camille: savoure chaque instant qui s'offre à toi. N'attends pas trop pour réaliser tes rêves... Bien sûr, certaines occasions exigeront que tu te montres patiente. Tout l'art est là justement: savoir saisir la chance quand elle se présente, tout en n'oubliant pas ta destination.*

— Au moins, on sait dorénavant que notre aïeul n'avait pas prévu sa propre mort. Son *Tempus fugit* ne faisait pas référence à l'accident qui allait lui coûter la vie. Ça me rassure, d'une certaine manière. Je n'aime pas trop le surnaturel, affirma Cédric.

— J'étais déjà au courant, le taquina sa jumelle. Dommage qu'oncle Charlemagne ne soit pas là pour lire ça : «Ne pas trop attendre pour réaliser ses rêves...» Je vais m'arranger pour aborder ce sujet de temps en temps. Charlemagne et sa discrétion... Cinquante ans à aimer mademoiselle Juliette en secret ! Médérick ne serait pas fier de lui ! pouffa Mégane.

— Effectivement, acquiesça Cédric. Heureusement que nous sommes là pour créer des occasions imprévues.

Les jumeaux reportèrent leur attention sur la lettre de leur aïeul.

*Halte-là ! Trêve de conseils pépères. Je sens que si je persiste dans cette voie, tu vas m'abandonner. J'aurai l'air fin, tout seul avec ma chasse au trésor...*

*Revenons plutôt à la perspicacité et à la curiosité, car voilà exactement les qualités requises pour mener à bien cette enquête. Il te faudra beaucoup d'astuce pour trouver ce que tu cherches et tout autant de sagesse pour savoir quoi en faire une fois que tu l'auras déniché.*

*Je n'ai pas choisi l'emplacement de mon troisième indice seulement pour son côté pratique. Mais aussi parce que dans le nom de ce joli meuble se trouve le mot bonheur. J'aimerais que tu réfléchisses un peu à ce que ce concept évoque pour toi.*

*Le bonheur... Quelque chose de si personnel... Qu'est-ce que ce serait pour toi, ma chère Camille ? Que souhaiterais-tu trouver au bout de cette quête ? Quels moyens prendrais-tu pour réaliser tes rêves les plus chers ?*

Ce parcours dans lequel tu t'es lancée n'est pas sans péril.

Je soupçonne que certains pourraient même perdre l'esprit face à son aboutissement. Godefroy Poupart m'assure que non. Je ne partage pas son opinion là-dessus. Je crois sincèrement que son projet est dangereux et qu'il pourrait se refermer comme un piège sur qui n'y serait pas adéquatement préparé. C'est surtout pour cette raison que je lui désobéis et que je te fournis à l'avance certaines informations. Et puis, s'il devait m'arriver malheur, tu ne serais pas forcément condamnée à suivre le même chemin que moi... Morbleu! Qu'est-ce que j'écris là? Me voilà bien morbide...

Passons plutôt à la suite de cette affaire. Les apparences sont parfois trompeuses, ma jeune sœur adorée. Prends un jour le temps de t'observer dans un miroir. Ce que tu y vois ressemble-t-il à ce que tu sens au plus profond de toi? Peut-être pas. Sache qu'il en est ainsi pour bien des gens.

Ainsi, tâche de toujours voir plus loin que la surface des choses...

Médérick

— Plus ça continue, plus c'est pareil! Il écrirait en japonais que je n'aurais pas plus de mal à le suivre. Le bonheur... Les apparences... Il pose des questions difficiles, notre organisateur de chasse au trésor, fit remarquer Mégane.

— Tout à fait d'accord. De plus, il commence à me faire peur. «Certains pourraient même perdre l'esprit», «un parcours qui n'est pas sans péril»... Est-il prudent de continuer?

— Tu veux arrêter là? demanda ironiquement Mégane. Juste quand ça devient intéressant?

— Euh..., bafouilla Cédric, déchiré entre le désir de se montrer brave et celui d'éviter les ennuis. Euh, pas vraiment!

— Pas vraiment quoi, Cédric Grandmaison? Tu ne veux pas vraiment continuer? Ou tu ne veux pas vraiment arrêter?

Cédric réfléchit à toute vitesse: pour de vrai, il avait surtout peur des monstres et de la noirceur. Parfois aussi des gros animaux. Des très gros animaux. Comme les dinosaures. Surtout depuis qu'il avait regardé le film *Jurassic Park*. Pas beaucoup de chance que Médérick fasse allusion à ce type de péril. Quant à l'avertissement de son aïeul à l'effet que certains pourraient perdre l'esprit, Cédric ne se sentait pas du tout concerné. En conséquence, il redressa les épaules et déclara:

— Je ne souhaite pas me retirer de la course, au contraire. Médérick a posé une question. Répondons! Ce serait quoi le bonheur, pour toi?

Mégane sourit et répondit sans hésiter une seconde:

— Posséder une bibliothèque comme celle de Charlemagne et pouvoir lire tous les livres que je veux, quand je le veux, aussi longtemps que je le veux. Fini les couvre-feux.

— Je pensais que tu répondrais quelque chose qui aurait à voir avec Zacharie, plaisanta son frère.

L'adolescente gronda :

— Jamais de la vie ! Zacharie peut avoir l'air gentil, mais de là à en faire le centre de tous mes rêves ? Non, pas à ce point. Et puis, à l'heure qu'il est, il se trouve probablement avec cette chipie de Gabrielle Picard. Alors… Gaspiller une chance de bonheur absolu pour un tel lâcheur ? Oublie ça.

— Tu es bien raisonnable tout à coup, rigola l'adolescent.

Décidément d'excellente humeur, Mégane éclata de rire à son tour avant de s'enquérir :

— Et pour toi, Cédric, ce serait quoi le bonheur suprême ? Sûrement quelque chose en lien avec la menuiserie et les antiquités, pas vrai ?

— Tu lis dans mes pensées, jumelle. Le comble du bonheur pour moi, ce serait d'avoir accès à un atelier équipé de tous les outils dernier cri pour restaurer les meubles anciens. Tu n'imagines pas tous les projets que je réaliserais !

— Et que crois-tu que serait le plus grand bonheur d'oncle Charlemagne ?

— Je parierais que pour lui, le summum de la joie serait de vaincre sa timidité et d'avouer son amour à mademoiselle Juliette.

Mégane et Cédric s'esclaffèrent à la pensée du couple étrange que formaient ces deux hurluberlus : un gentilhomme en redingote et nœud papillon, tous les jours de l'année, et une petite dame rondouillarde, maladroite comme pas une, mais toujours souriante et fleurant bon la vanille et la cannelle. Bizarrement assortis, néanmoins touchants.

— Voilà donc ce qui nous ferait plaisir, conclut Cédric. Ce qui ne nous apporte malheureusement pas la clef de l'énigme…

Il répéta les dernières phrases du message :

*Les apparences sont parfois trompeuses, ma jeune sœur adorée. Prends un jour le temps de t'observer dans un miroir. Ce que tu y vois ressemble-t-il à ce que tu sens au plus profond de toi? Peut-être pas. Sache qu'il en est ainsi pour bien des gens.*

*Ainsi, tâche de toujours voir plus loin que la surface des choses…*

— Que crois-tu que Médérick Grandmaison essaie de dire à Camille?

— J'ai la tête en marmelade à cette heure-là, constata Mégane. Et avec ce Médérick de malheur, mieux vaut être au sommet de sa forme.

— «Il n'y en aura pas de facile!» se lamenta Cédric.

— Vraiment pas, le seconda Mégane. Si on réfléchissait à tout ça demain? suggéra-t-elle en bâillant longuement. La nuit porte conseil.

— J'espère que je vais réussir à m'endormir, dit Cédric. Je ne me souviens pas d'avoir vécu quelque chose de plus excitant. Tu te rends compte, Mégane? On participe à une chasse au trésor élaborée il y a plus d'un siècle. C'est délirant!

— Du vrai délire, absolument! Allez, salut, frangin. Il faut avoir l'esprit clair, demain. Il reste bien des devinettes à solutionner.

148

Rendue dans sa propre chambre, l'adolescente se jeta un coup d'œil dans le miroir. Cheveux roux joliment ondulés, yeux topaze, taches de son sur les joues et le nez. Une allure espiègle, même un peu primesautière[6], alors qu'elle se sentait souvent gauche et timide, préférant parfois la compagnie des livres et de son iPod à celle des autres jeunes. *Est-ce que ça ressemble vraiment à ce qu'il y a au fond de moi?* se demanda-t-elle. Elle effectua quelques simagrées qui auraient bien fait rire Cédric, tenta de voir au plus profond de ses prunelles, puis renonça à résoudre ce mystère. Mégane se coucha dans le haut lit de cuivre. Elle rêva toute la nuit de miroirs qui voletaient autour d'elle. Certains possédaient même une bouche et tentaient de lui dire quelque chose. Hélas, elle ne parvenait pas à saisir le sens de leurs chuchotements.

○

*Royaume de Maärval, quelque part dans le temps.*

Pendant que Brianna surveillait sa boule de cristal, Khan, le mage qui semblait assez vieux pour avoir assisté au Déluge, trompait son ennui dans une auberge. Sise à l'ombre du château qui dominait le village de ses tours crénelées, la salle de restaurant doublée d'un petit hôtel accueillait nombre de voyageurs. Ceux-ci étaient attirés par le marché en plein air de la bourgade où l'on offrait tous les produits imaginables : plantes séchées, communes ou rares, indispensables à la concoction des potions

---

6. Primesautière : impulsive, spontanée.

magiques ; animaux domestiques parlants ou muets, tout dépendant de l'usage auquel on les destinait ; vêtements bigarrés de mille et une époques ; aliments, boissons et tant d'autres articles que les énumérer tous était impossible.

Le vénérable sorcier disputait une partie d'échecs avec Vilmar, un jeune magicien originaire du nord du pays.

— Échec, annonça l'enchanteur aux longs cheveux blancs en positionnant son cavalier à quelques cases du roi de son adversaire. Il n'est pas né celui qui aura le dessus sur Khan !

Comme il l'avait prévu, l'autre sacrifia sa reine. Privé de cette pièce maîtresse, il ne ferait pas long feu. Pour faire durer le plaisir, Khan proposa une courte trêve, se recula dans son fauteuil et commanda deux grandes coupes de *guayava*.

— Merci, messire, fit le visiteur quand le serveur eut déposé la boisson devant lui. Vous êtes fort à ce petit jeu, ajouta-t-il en désignant l'échiquier.

— Des siècles de pratique, déclara modestement le vieil enchanteur.

Vilmar s'esclaffa.

— N'est-ce pas une contrée merveilleuse que la nôtre ? affirma-t-il soudain, le visage tourné vers la fenêtre à travers laquelle on apercevait les champs cultivés à perte de vue, juste au-delà des limites du village.

— Tu ne saurais si bien dire…

Le voyageur tiqua au ton employé par son compagnon.

— Un problème ?

Khan baissa la voix :

— Il ne faut jamais rien tenir pour acquis, jeune ami. Ce pays est fort et fragile à la fois.

— Expliquez-vous. Vous m'inquiétez…

— Il est fort parce qu'il est habité par de puissants et bons magiciens. Il est faible parce qu'il suffirait d'une pomme pourrie pour que notre invisibilité s'écroule.

— Elle compte tant que ça, cette invisibilité ?

Khan conclut que ce jouvenceau était né après la fondation du royaume de Maärval et qu'il n'avait pas connu la terreur qui l'avait précédée. Il lui raconta donc les horreurs que les hommes avaient fait subir à leurs condisciples, à l'époque où les sorciers et sorcières n'avaient pas leur propre contrée et tentaient de vivre parmi les humains. Il lui parla aussi du risque que des êtres comme Godefroy Poupart faisaient courir à tous.

Au fil de ce récit, Vilmar blêmit. Il avait déjà entendu de telles histoires, mais les avait prises pour des légendes. À la limite pour des faits réels mais déformés au-delà de toute vraisemblance par des conteurs à l'imagination fertile. Il le dit à Khan. Celui-ci releva la manche de sa tunique qui avait recouvert sa main jusqu'à ce moment, révélant une affreuse cicatrice qui lui mangeait l'avant-bras ainsi que des doigts tout racornis.

— Qu'est-ce que c'est ? balbutia Vilmar, le cœur au bord des lèvres.

— Un souvenir de l'Inquisition… Ongles arrachés un à un pour obtenir ma confession. Supplice du feu pour prétendument sauver mon âme. Tout mon corps est couvert de chair boursouflée et cicatricielle. N'aie crainte, lui dit l'enchanteur en le voyant reculer, je t'épargnerai ce triste spectacle.

Il rabattit sa manche, camouflant ses vieilles blessures sous le tissu.

— Par la barbe de Merlin ! Comment avez-vous pu survivre à ça ?

— Je n'en ai pas souvenir. On m'a raconté qu'un orage d'une violence inouïe a éteint le bûcher sur lequel je me consumais. Cela me fut providentiel. Une brave femme a eu pitié de moi. Elle m'a détaché, ramené chez elle et soigné au péril de sa propre vie. Si on l'avait prise, elle aurait été brûlée vive elle aussi. Quand j'ai été assez fort pour marcher, je suis parti et je suis allé rejoindre mes amis, Türken et Dioggan. Avec eux et une poignée d'autres mages, nous avons fondé ce royaume.

Désormais blanc comme un linceul, Vilmar avala péniblement sa salive et balbutia :

— Vous êtes... Vous êtes ce Khan-là ? Le fameux Khan ? L'un des piliers de ce pays ? Vous existez vraiment ?

Le vieux sage sourit dans sa barbe et confirma :

— Vraiment... Et je t'ai battu aux échecs, lança-t-il joyeusement en coinçant le roi de Vilmar avec sa tour.

Le voyageur était trop ému pour que l'issue de la partie le touche.

— Qu'aviez-vous fait pour que l'on vous condamne à mort ?

Khan ferma brièvement les paupières. Quand il les rouvrit, un éclat de colère s'était allumé dans ses yeux.

— J'avais sauvé un enfant atteint de la peste.

Vilmar leva un sourcil interrogateur.

— ... une maladie dont les humains ne se rétablissent habituellement pas.

— Et on vous a remercié en vous brûlant vif ?

Khan hocha la tête.

— Après avoir chassé le petit et sa famille du village. Cette guérison était par trop suspecte… On les a accusés d'avoir pactisé avec le diable. Ils ont bien envoyé un ami pour m'avertir du danger que je courais et pour m'enjoindre à fuir, mais leur émissaire est arrivé trop tard. Les prêtres m'avaient déjà arrêté.

— Les hommes sont de viles créatures, siffla Vilmar.

Le vénérable sorcier posa une main apaisante sur son bras.

— Pas tous, mon ami. Rappelle-toi celle qui m'a sauvé la vie.

— Une exception, insista le visiteur.

— Tu te fourvoies. Il en existe d'autres comme elle. Mais je te concède que les hommes nous craignent et nous pourchassent. C'est un fait établi. N'oublie toutefois pas qu'il y a aussi d'ignobles magiciens.

— Comme Godefroy Poupart.

— Comme Godefroy Poupart…, répéta Khan. Mais avec mes confrères, Brianna et Dioggan, je le mettrai hors d'état de nuire.

À cet instant, la silhouette d'une jeune sorcière se profila dans la porte de l'auberge. Quand elle aperçut Vilmar, elle se hâta vers lui en souriant. Sur la hanche, elle portait un poupon potelé qui semblait avoir à peu près un an ; au bout de son bras se balançait un panier rempli de pièces de tissu soigneusement pliées.

— Toania, je te présente Khan. Khan, voici ma femme, Toania, et notre fils, Chandor.

— Enchantée, dit l'arrivante.

— Tout le plaisir est pour moi, déclara le vieux mage. Vous pourrez coudre de beaux vêtements là-dedans, fit-il remarquer en désignant les jolies toiles imprimées qu'elle venait manifestement d'acheter au marché, le village étant reconnu pour la qualité et la variété de ses textiles.

— J'y compte bien! répondit Toania, conquise par sa gentillesse. Ce bébé grandit à vue d'œil. Il a toujours besoin de nouveaux habits.

Lorsqu'elle se fut assise auprès d'eux, Chandor sur les genoux, Vilmar lui résuma la conversation qu'il avait eue avec Khan. Elle ouvrit de grands yeux et serra son nourrisson si fort que le petit protesta. Le puissant sorcier réitéra que ses compagnons traqueurs et lui captureraient ce lâche Poupart. Toania l'examina avec sérieux. Le mage eut l'impression qu'elle plongeait directement dans ses prunelles et qu'elle voyait en lui des choses que lui-même ignorait.

— Vous le promettez, monsieur?

— Sur mon honneur, madame.

Le fixant toujours aussi intensément, elle s'accorda quelques instants de réflexion avant d'acquiescer.

— C'est bien, je vous crois.

Khan n'avait pas besoin qu'on lui fournisse encore des raisons de pourchasser Godefroy Poupart. Mais le regard grave de Toania trempa sa résolution d'une nouvelle fermeté.

○

*Sainte-Perpétue-de-Toutes-les-Grâces,*
*années actuelles, jeudi, quatrième jour.*

Charlemagne, levé de bon matin et d'excellente humeur, dispensait des soins attentifs à un rosier miniature en fleurs. Quand il vit arriver Cédric et Mégane, les cheveux tout ébouriffés et les plis des draps encore imprimés sur leurs visages, il préleva quelques fleurettes et les disposa dans leurs chevelures. Il recula d'un pas pour contempler son œuvre avant de les guider en douceur vers le vestibule pour qu'ils puissent s'admirer eux aussi dans la grande glace. Les jumeaux se trouvèrent l'allure de petits lutins frivoles et se dépêchèrent de retirer ces décorations. Au moment où Mégane s'examinait dans le miroir pour s'assurer qu'il ne restait plus de trace de la plaisanterie de son grand-oncle, elle fut soudainement frappée d'une idée. Elle gratifia son frère d'un discret coup de coude et lui murmura :

— À la bibliothèque. Tout de suite. J'ai quelque chose à te dire.

Puis, à voix haute, elle annonça à son grand-oncle que Cédric et elle allaient continuer leur travail d'archivistes.

— Fort bien, lui répondit Charlemagne. Vous disposez de quelques heures.

Cédric leva un sourcil étonné.

— «Quelques heures»? Et pourquoi donc? Nous devons sortir?

Il semblait aussi enthousiasmé que si son grand-oncle venait de lui annoncer un rendez-vous chez le dentiste.

Son dépit n'échappa pas à Charlemagne qui pouffa de rire :

— Et moi qui m'inquiétais à l'idée qu'un séjour à *La villa des Brumes* vous ennuie. Je vous propose une sortie et vous faites des mines d'enterrement. On aura tout vu! C'est mademoiselle Juliette qui serait déçue si elle voyait ça.

— Mademoiselle Juliette ? Qu'est-ce qu'elle vient faire là-dedans ? s'étonna Mégane.

— Elle nous invite à dîner chez elle. Toutefois, si vous préférez que je refuse... Les désirs de mes hôtes sont des ordres. Nous resterons donc ici, dit-il sur un ton faussement pleurnichard.

Bien entendu, les plans des jumeaux n'impliquaient pas du tout de nuire à l'éclosion de l'idylle entre les vieux voisins. Au contraire. Ils rassurèrent donc leur grand-oncle et ce beau monde se donna rendez-vous sur l'heure de midi.

○

À peine le pied posé dans la bibliothèque, Cédric s'informa :

— Tu as déjà résolu la nouvelle énigme ?

Il semblait sur le point d'applaudir sa Sherlock Holmes de sœur.

— Pas complètement, le tempéra Mégane. Mais j'ai une idée. Elle m'est venue au cours de la nuit et m'a frappée comme un train tout à l'heure alors que je me regardais dans le miroir.

Cédric afficha un air moqueur.

— Dans le miroir ? Tiens donc. Et qu'as-tu vu de si... percutant ?

— Mon apparence, répondit laconiquement sa jumelle.

— Tu ne commencerais pas à te prendre un peu pour une autre, toi ? susurra Cédric.

— Pas du tout. Je tente seulement de résoudre la plus récente devinette de notre aïeul, qui, je te le rappelle, a pour sujet les apparences parfois trompeuses. Et comme cet ancêtre ne fait jamais rien d'innocent, je suis persuadée qu'il ne mentionne pas le mot « miroir » pour rien.

L'adolescent tira de sa poche la longue lettre trouvée dans le bonheur-du-jour et la parcourut rapidement. En effet, il était bien question de miroir. Pendant ce temps, Mégane avait entraîné son frère dans le hall. Cédric l'avait suivie, les yeux sur la missive.

— Penses-tu que notre ancêtre pourrait nous guider vers… ceci ? demanda finalement la jeune fille en désignant la glace biseautée qu'on apercevait sur un mur du hall d'entrée. Ce serait une bonne cachette pour son quatrième message.

— Médérick aurait utilisé la même technique qu'avec l'horloge grand-père. Pas une minute à perdre, vérifions.

Les jumeaux se tenaient devant l'énorme miroir au cadre ouvragé.

— « Tâche de toujours voir plus loin que la surface des choses… », cita Cédric avant de remettre le billet dans son pantalon. Que veut-il dire ? Crois-tu qu'il indique où regarder ?

— Je suis persuadée que oui, l'assura Mégane. Si nous examinions… l'arrière de la glace ? Il faut descendre ce mastodonte du mur et en étudier la face cachée.

Les jumeaux unirent leurs forces pour retirer le formidable miroir qui leur parut peser au moins une tonne. Tout sembla se passer à merveille jusqu'à ce que subitement, le cadre trop lourd pour eux leur glisse des mains et tombe sur le plancher. La glace se fracassa sur le sol dans un bruit de tonnerre. Charlemagne accourut, affolé.

— Oh! Êtes-vous blessés? Citronnelle et déluge de gadelles! Je savais bien qu'un jour ce miroir de géant allait se casser. Quelle folie de croire que quelques petites vis parviendraient à le retenir au mur! Vous n'avez rien, j'espère?

— Rien du tout. Mais je suis vraiment désolée pour ton beau miroir, oncle Charlemagne, bredouilla l'adolescente.

— Peccadille! Ne t'inquiète pas avec ça, ma belle. Du moment que vous ne vous êtes pas coupés, le reste n'est que matériel. Et puis, il n'y a que la glace qui soit cassée. Le cadre n'est même pas abîmé. Il sera sûrement possible de faire tailler un nouveau miroir et de réinstaller le tout. Solidement cette fois.

Après avoir caressé les cheveux de Mégane en un geste réconfortant, monsieur Grandmaison monta au placard où il avait fait une entrée remarquée la veille au soir. Il en revint avec un balai, un porte-poussière et un seau de métal. Il balaya les morceaux de verre épars et les déposa dans le récipient métallique. Cédric tendit discrètement le cou : aucune enveloppe à travers les débris.

— Aidez-moi, les jeunes, réclama alors le grand-oncle. Portons ce cadre au grenier, en attendant de le faire réparer. Ainsi, il ne nous encombrera pas.

Oncle Charlemagne saisit une extrémité du lourd châssis de bois, Mégane et Cédric en agrippèrent l'autre bout. Poussant, tirant, ahanant, ils grimpèrent jusque sous les combles.

— Posons-le ici, tout près de son ami aussi esquinté que lui, plaisanta le vieil homme en guidant les jumeaux vers un ancien portemanteau au miroir pareillement cassé. Ils se tiendront compagnie.

Charlemagne caressa le beau portemanteau de la main :

— Je me dis toujours que je devrais le montrer à Onésime Lavigueur, l'ébéniste. Une si belle pièce de mobilier. Aussi vieille que la villa elle-même. Quel dommage de la reléguer au grenier ! Rappelez-moi de téléphoner à Onésime. On raconte qu'il a des doigts de fée. Nous verrons bien quel miracle il réussira à accomplir.

Le grand-oncle ajusta son nœud papillon en se mirant dans la glace brisée. Le miroir refléta une demi-douzaine de vieux gentilshommes se débattant avec des bandeaux de soie.

Derrière lui, Cédric et Mégane échangèrent un sourire complice : il leur faudrait remonter sous les combles, seuls cette fois. Car si Médérick Grandmaison avait vraiment dissimulé son prochain message dans un miroir, il s'agissait forcément de celui-ci : « Une pièce de mobilier aussi vieille que la villa elle-même. » À bien y penser, la glace qu'ils venaient de faire tomber était trop récente pour que l'aïeul y ait eu accès. Le vieux portemanteau s'avérait un candidat beaucoup plus plausible...

# 7

# Tout ce qui monte redescend

**Q**uand les trois compagnons se retrouvèrent au rez-de-chaussée, la vénérable horloge grand-père indiquait midi moins le quart. Juliette les attendait chez elle à midi. Charlemagne partit au pas de course vers l'orangerie. Une minute plus tard, top chrono, il réapparaissait, portant un bouquet de fleurs exotiques aussi gros que lui. Juste le temps de se recoiffer et d'épousseter leurs vêtements et ils s'en allèrent chez la charmante voisine.

Le vent charriait des trombes d'eau glacée et leur fouettait le visage. Heureusement, ils n'avaient pas trop loin à marcher. Du fond du jardin de Charlemagne s'élançait un petit sentier qui reliait les deux propriétés. À peine l'atteignirent-ils qu'une musique tonitruante leur déchira les tympans. Le neveu de mademoiselle Juliette semblait occuper bruyamment sa convalescence. Monsieur Grandmaison laissa échapper une expression de profonde contrariété. Il détestait le tapage. L'idée de rebrousser chemin lui traversa l'esprit. Mais Juliette surveillait leur arrivée par la fenêtre de la cuisine et leur adressa de joyeuses salutations. Trop tard pour faire demi-tour. Quelques pas encore et ils entrèrent chez elle.

Leur hôtesse avait dû réclamer de son blessé qu'il fasse silence, car quand les Grandmaison passèrent la porte, ils constatèrent que le vacarme s'était interrompu.

— Donnez-moi vos manteaux, offrit Juliette à ses invités trempés par la giboulée. Quel temps, pas vrai ? De la pluie, de la neige, la météo est toute chamboulée.

Juliette se retrouva bientôt les bras chargés de paletots mouillés qui dégoulinaient sur son élégante jupe de lainage. Appuyé au chambranle de la porte reliant la cuisine au reste de la maison, un jeune homme au bras en écharpe la regardait faire. Il n'esquissa pas un geste pour lui venir en aide. *Et voilà le neveu*, songea Charlemagne. *Morbleu ! Il me déplaît déjà. Même avec un seul bras valide, il me semble qu'il pourrait donner un coup de main à sa tante. Quel rustre !* Tout empêtré dans son bouquet de fleurs, le pauvre homme ne savait comment prêter assistance à sa dulcinée. Fort avenants, Cédric et Mégane se précipitèrent vers la vieille demoiselle, reprirent les manteaux et les posèrent eux-mêmes sur les crochets fixés à proximité d'une belle cheminée. Un feu y ronflait qui sécherait les vêtements en un rien de temps. Juliette put enfin s'occuper de l'extravagante gerbe de fleurs sous laquelle disparaissait toujours Charlemagne.

— Je vous présente Nicolas, dit-elle ensuite en désignant le jeune homme taciturne. Nicolas, voici Mégane, Cédric et Charlemagne Grandmaison. De bons amis à moi.

— Salut, marmonna le neveu avant de leur tourner le dos et de s'en retourner vers de plus intéressantes activités.

Ceux qu'il abandonnait aussi cavalièrement se lancèrent des regards surpris. Autant d'insolence frisait le ridicule. Mégane sentit un pincement au cœur : elle trouvait le neveu de mademoiselle Juliette très séduisant. Toutefois, sous une figure angélique, le drôle cachait mal un bien vilain caractère. Elle avait déjà assez à faire avec son volage Zacharie. Elle s'appliqua à chasser le nouveau venu de son esprit. *Les apparences sont parfois trompeuses*, avait écrit Médérick Grandmaison à sa sœur Camille. *Tâche de toujours voir plus loin que la surface des choses...* L'adolescente résolut de suivre ce conseil.

— Passons au salon, proposa rapidement Juliette dans l'espoir de dissiper le malaise.

La pièce où les jumeaux et Charlemagne suivirent la vieille demoiselle débordait de gadgets qui détonnaient avec la sobriété du reste de la demeure : téléviseur à écran géant, lecteur DVD, caisses de son monstrueuses. Dans un coin, un synthétiseur et une batterie. Le cher Nicolas semblait décidément prévoir un très, très long rétablissement. Comme un poignet cassé ne mettait tout de même pas une éternité à se raccommoder, on pouvait soupçonner qu'il y avait anguille sous roche. Le neveu avait certainement des intentions peu avouables...

Pendant que l'hôtesse servait un sherry à Charlemagne et des *Shirley Temple* aux adolescents, ces derniers faisaient le tour de la pièce, admirant les vieilles photographies ornant les murs. Légèrement brunies par le temps, elles laissaient voir des scènes quasi irréelles. Comme les anciennes cartes postales découvertes l'avant-veille chez leur grand-oncle, ces clichés faisaient foi d'une époque révolue où les dames pique-niquaient en robes de bal et les messieurs en habit à queue. Sur une photo, ils virent un tout jeune homme en redingote et nœud papillon qui ramait dans une barque. Sa passagère, une jeune fille grassouillette au sourire à la fois timide et enjôleur, laissait paresseusement traîner ses doigts dans l'eau. Cédric et Mégane s'attardèrent devant la photographie avec l'étrange impression d'en reconnaître les figurants. Son verre de xérès à la main, Charlemagne les rejoignit, curieux de découvrir l'image qui fascinait tant ses neveux. Il faillit s'étrangler, et son visage devint soudain écarlate quand il s'avisa qu'il s'agissait de Juliette et lui, un bon demi-siècle auparavant.

— Citronnelle et pluie de gadelles ! Vous avez ressorti cette vieille photo ? dit-il à Juliette quand il eut retrouvé le souffle. Diantre, quel âge avions-nous ?

Embarrassée au-delà de toute expression, la demoiselle bredouilla qu'elle ne s'en souvenait plus. En fait, la pauvre se sentait comme si ses invités venaient de tomber sur son journal intime, à une page où il aurait été écrit en grosses lettres : « Je l'aime ! Je l'aime ! Je l'aime ! »

Cédric et Mégane ne parvenaient pas à détacher leurs yeux du cliché empreint de nostalgie. Ainsi, Charlemagne avait été ce mince jeune homme au regard intense et à la chevelure noir corbeau ? Et Juliette ce joli brin de fille, assez belle pour figurer dans une toile de Renoir ? *Tempus fugit !* écrivait Médérick Grandmaison. Comme l'aïeul avait raison. Impitoyable, le temps passait à une vitesse folle, emportant des pans de vie avec lui. Les jumeaux eurent soudain envie de profiter à plein de cet après-midi. Sans trop pouvoir se l'expliquer, ils sentaient qu'un jour, bien plus tard, ils repenseraient à ce dîner chez Juliette avec une joie mêlée de mélancolie. Comme pour ajouter à l'étrangeté de cette intuition, leur hôtesse insista pour prendre une photographie d'eux quatre avec un appareil qu'elle pouvait déclencher à retardement. Ils s'assirent donc sur un long canapé avec leur grand-oncle ; la vieille demoiselle posa son polaroïd sur le piano, appuya sur un bouton et courut les rejoindre. L'appareil prit la photo alors qu'elle tombait sur les genoux de Charlemagne. Hilares, les deux tourtereaux manquèrent choir sur le sol. Juliette se releva avec une agilité surprenante. Elle s'empara du polaroïd et patienta pendant qu'il préparait la photo. Quand elle la tint enfin en main, elle eut le même sourire que dans la barque et s'empressa de la montrer à ses invités.

— Je la ferai encadrer, affirma-t-elle, enthousiaste.

Tous convinrent qu'en effet, le portrait était très réussi et méritait qu'on le préserve. L'affreux neveu était complètement oublié.

Juliette joua ensuite quelques pièces sur son piano à queue. Enhardi par leur rapprochement subit, Charlemagne l'accompagna même pour exécuter un morceau à quatre mains. Leurs têtes blanches se penchaient sur le clavier ; leurs épaules se frôlaient. Cédric et Mégane se réjouirent : en quatre jours seulement, les timides septuagénaires avaient accompli des progrès considérables.

Des effluves appétissants s'échappaient de la cuisine. On passa à table. Nicolas demeura dans ses quartiers, jugeant sans doute que deux adolescents d'à peine treize ans et deux vieillards ne méritaient pas son attention. Tant pis pour lui, il manqua un délicieux et fort agréable repas. Après une succulente lasagne aux aubergines et une somptueuse mousse au chocolat, on s'attarda devant des *caffe latte* réconfortants. On parla de tout, on refit un peu le monde. À la demande de leur hôtesse, Mégane et Cédric racontèrent quelques anecdotes de la polyvalente. Plus d'une fois pendant leur récit, les jumeaux surprirent Juliette et Charlemagne à s'échanger des regards ébahis. Les septuagénaires finirent par murmurer qu'ils ignoraient combien de temps eux-mêmes survivraient dans un tel environnement. Cédric et Mégane éclatèrent de rire tellement il était déroutant en effet d'imaginer Juliette et Charlemagne cellulaires à la ceinture, baladeurs *hi-tech* sur les oreilles et ordinateurs portables au bout du bras. Les vieux amoureux rirent de bon cœur eux aussi.

Quelques heures et bien des mots plus tard, les Grandmaison reprirent le chemin de *La villa des Brumes*. Ils laissaient derrière eux une Juliette éperdue de bonheur devant les merveilleux moments qu'ils venaient de passer ensemble. Aussitôt la porte refermée, Cédric, Mégane et monsieur Grandmaison entendirent le tintamarre qui reprenait ses droits chez mademoiselle Juliette. Nicolas célébrait leur départ à sa façon. Des visions de prince charmant volant au secours de sa belle princesse sur un destrier blanc envahirent l'esprit de Charlemagne. Il devait se passer quelque chose : il ne pouvait pas abandonner sa douce voisine aux griffes d'un tel malotru. De leur côté, les jumeaux repus se sentaient d'attaque : il n'était encore que seize heures. Ils disposaient d'amplement de temps. Le portemanteau leur livrerait son secret avant le coucher du soleil.

○

Pendant que leur grand-oncle préparait des semis dans sa serre, espérant peut-être accélérer l'arrivée du printemps, Cédric et Mégane remontèrent au grenier. Armé d'un tournevis, l'adolescent démonta délicatement l'arrière du portemanteau. Une enveloppe jaunie tomba bientôt à ses pieds. Impatients, les aventuriers s'assirent sur une vieille malle de voyage et entamèrent illico leur lecture.

*Amicales salutations, chère Camille ! Mon admiration pour tes dons de déduction ne cesse de grandir. Aucun doute ne peut subsister : tu sauras relever avec brio mon prochain défi. Et je tiens à t'encourager : ta quête approche de son aboutissement. Tu me pardonneras toutefois de prendre ici quelques précautions supplémentaires : juste au cas où tu ne serais pas Camille, j'encode mon message. Ainsi, espèce d'intrus à la noix, tu seras confondu. Alors que pour toi, ma chère sœur, le décryptage ne posera guère de difficulté. Nous avons tant joué à nous écrire ainsi. Tu t'en souviens ? Repense au*

*jour de ton quatorzième anniversaire.*
*Comme nous avons ri! Et rappelle-toi que*
*j'aurai toujours trois ans de plus que toi.*

Ji clluhyk nlykmiy `c r'CPJUAVCQBLY.

« Joij ay miu qopjy zouj lyzykaypzly » cxxulqy
ry zuajop nonirculy. Yj ku t'ctoijcuk, qou, miy
« Koik joij ay miu qopjy ky zukkuqiry ipy xorry
zykaypjy »? Ci polz, ur xcuj joitoilk xlouz. Tikmi'c
zuf koik dylo micpz ry koryur ky ryhy…

*Bonne chance!*
*Médérick*

— Franchement! Il se moque de nous,
l'ancêtre, grommela Cédric, renonçant à lire le
charabia occupant les dernières lignes du parchemin.

— Montre-moi ça, réclama Mégane.

Avec une expression ironique, l'adolescent
remit l'étrange message à sa sœur qui ne tarda pas
à soupirer.

— Je crois que nous sommes démasqués,
frérot. Nous voici promus au grade d'intrus à la
noix. Charmant…

Cédric ne peut s'empêcher de glousser devant
la mine déconfite de sa jumelle.

— Ne te laisse pas abattre, Mégane. Il existe
forcément une clef pour décoder ce message.
Chacune de ces lettres ne sert qu'à en déguiser
une autre. Tu sais certainement de quoi je parle,
avec tous les romans d'espionnage que tu as lus.

— En effet, ça ressemble à un cryptogramme,
concéda l'adolescente. Mais dans les romans, les

espions se sont entendus à l'avance sur le code qu'ils vont prendre pour s'écrire en secret. Alors que nous, nous arrivons plus de cent ans plus tard. C'est impossible de deviner quelle méthode Médérick a utilisée pour composer son billet. Il faudrait pouvoir entrer dans sa tête.

— Écoute, persévéra Cédric, tu disais toi-même que Médérick ne fait jamais rien d'innocent. Étudions cette lettre et relevons les éléments étranges.

— Vas-y, soupira Mégane. C'est trop pour moi. Il me donne la migraine, cet aïeul cachottier.

L'adolescent relut la missive en se frottant le bout du nez. Une étincelle se mit bientôt à briller au fond de ses yeux.

— Vite, va chercher le journal de Camille. Je crois que je tiens quelque chose. Apporte aussi du papier et un crayon. Je sens qu'on ne va pas chômer.

Mégane descendit récupérer le vieux cahier, un stylo et quelques feuilles lignées puis elle remonta au grenier en moins de deux. Cédric ouvrit le carnet écorné à la toute première page, fit glisser son doigt sur les mots joliment calligraphiés et clama soudain :

— Je le savais !

— Tu as percé le code ? balbutia Mégane, estomaquée.

— Peut-être pas encore, sauf que j'ai une bonne idée par où commencer ! Tu ne trouves pas ça étonnant, toi, que Médérick parle de l'anniversaire de Camille dans un parcours d'énigmes composé des mois plus tard ? Pourquoi agir ainsi ?

— Parce qu'ils se seraient aussi écrit en code le quinze septembre ? Et que Médérick aurait utilisé la même clef dans les deux cas ? suggéra Mégane. En parlant de cette fête, il indiquerait subtilement à sa sœur qu'elle doit employer la même méthode de déchiffrage que ce jour-là.

— Possible. Sauf que si c'est le cas, on ne réussira jamais à décrypter ce message. Parce que cette fameuse clef utilisée le quinze septembre 1895, nous ne la connaissons pas. Non, je pensais à autre chose.

— À quoi ?

— Je me demande si, en fait, cette phrase n'est pas en elle-même la clef qu'il faut appliquer au cryptogramme pour le rendre compréhensible.

La jumelle arrondit la bouche de surprise. Son frère reprit :

— Qu'ont-ils fait de spécial, lors du quatorzième anniversaire de Camille ? De si spécial en fait, que notre arrière-arrière-grand-tante a pris le soin de le consigner dans son journal intime ?

— Je ne m'en souviens plus, reconnut Mégane.

— Ils ont mangé le repas de fête à l'envers.

Devant l'air déconcerté de sa jumelle, Cédric précisa :

— Ils ont commencé par la fin.

Mégane pencha sa tête sur le côté et plissa les paupières. Ses idées paraissaient défiler à deux cents kilomètres à l'heure.

Son frère s'empara d'une feuille et, sur une seule ligne, il inscrivit toutes les lettres de l'alphabet. En dessous, il répéta la même opération, à l'envers cette fois : sous le A se trouvait dorénavant le Z, sous le B, le Y et ainsi de suite. L'opération effectuée, il montra le résultat à sa jumelle qui s'exclama :

— En faisant référence à ce repas à l'envers, Médérick indique peut-être discrètement à Camille quelle clef employer pour déchiffrer ses instructions. Ah! Il est très malin, celui-là.

Pendant ce temps, Cédric s'affairait à remplacer les lettres du message codé par celles leur correspondant, dans l'alphabet inversé. Il s'interrompit après deux mots.

— Ça ne va pas du tout! laissa-t-il tomber avec une moue désappointée.

— Qu'est-ce que ça dit? s'enquit Mégane.

Il lui montra ses gribouillis: *Qr xoofsbp.*

— Hum, hum… Pas tellement plus clair que *Ji clluhyk,* pouffa l'adolescente.

La moutarde commença à monter au nez de Cédric. Il inspira longuement pour se calmer. Il retourna au parchemin découvert sous la glace du porte-manteau et le relut avec attention. Subitement, il proposa:

— Eh, attends un peu! Je pense que Médérick a utilisé un double code.

— Tu prends ça où, Sherlock?

— Ici. Écoute: «Et rappelle-toi que j'aurai toujours trois ans de plus que toi.» Pourquoi se donner la peine de dire ça?

— Pour agacer sa sœur, peut-être.

— Ou pour lui faire comprendre qu'il faut appliquer une deuxième clef au message codé pour le décrypter. Méfiant, Médérick aura verrouillé son billet à double tour.

Mégane se frappa le front de la main.

— Bien sûr. J'ai déjà lu quelque chose de semblable dans un roman, s'écria-t-elle, toute trace d'ironie disparue de sa voix. D'abord, l'alphabet à l'envers, puis il allait trois lettres plus loin. Il faut que nous fassions le chemin inverse. Vite, essayons ! Allez, je t'aide en t'épelant lentement le crypto-gramme et toi tu inscris la lettre correspondante.

La langue pointant entre ses lèvres, Cédric procéda méthodiquement à la traduction. Dès le deuxième mot, il sut qu'ils avaient gagné. Le cœur battant la chamade, il continua. Plusieurs minutes plus tard, il fit fièrement voir à sa sœur la solution de leur décryptage.

Tu arrives presque à l'ANTICHAMBRE.

« Tout ce qui monte doit redescendre », affirme le dicton populaire. Et si j'ajoutais, moi, que « Sous tout ce qui monte se dissimule une folle descente » ?

Au nord, il fait toujours froid. Jusqu'à dix sous zéro quand le soleil se lève…

— Il ne change pas, soutint Mégane en secouant la tête. Pourquoi dire les choses simple-ment quand on peut les rendre compliquées, même quand on les cache sous un code secret ?

— En effet, rigola son frère. C'est peut-être du français, mais ça demeure très mystérieux, ajouta-t-il après avoir relu le passage à voix haute. Sauf que nous commençons à connaître les astuces de notre aïeul. Quand Médérick Grandmaison souhaite attirer l'attention de Camille sur une partie de son message, il l'écrit en majuscules. Cette fois, il voulait à l'évidence qu'elle comprenne qu'il parlait de l'antichambre.

— Et de quoi s'agit-il ? demanda Mégane. *Antichambre…* Il me semble avoir déjà lu ça dans un bouquin. Mais j'en ai oublié la signification. Ça te dit quelque chose?

— Absolument. Ce n'est qu'un mot un peu vieillot pour parler du vestibule, du hall d'entrée si tu préfères, lui expliqua Cédric. Tu vois, Mégane, ça vaut la peine de s'intéresser à l'histoire des maisons anciennes et aux antiquités.

— D'accord, admit l'adolescente. Moi, je réfléchis et je nous mène aux indices, toi, tu les tires de leurs cachettes et, parfois, tu les décodes.

Cédric la gratifia d'un petit coup de coude dans les côtes.

— Si Médérick est incapable de parler clairement, toi, tu as bien de la misère à dire merci!

— Tu es un génie, Cédric, déclara sa sœur en joignant les mains devant elle et en inclinant la tête comme un moine en prière.

Son frère gloussa.

— C'est mieux... Alors, on continue? Si on essayait de décrypter le reste de ce charabia? J'ai l'impression qu'il faut partir de l'antichambre et, de là, trouver une «folle descente». Et pour ces trucs sur le nord, le dix sous zéro et le soleil, m'est avis qu'on ne comprendra qu'une fois sur place.

— C'est plein de bon sens ce que tu dis là, concéda Mégane, interrompant ses pitreries.

Elle plaça le billet dans un rayon de lumière. Pour elle-même, elle relut: «Sous tout ce qui monte se dissimule une folle descente».

— Médérick ferait-il allusion à l'escalier? marmonna-t-elle. *Probablement*, se répondit-elle à elle-même. L'escalier débute dans l'antichambre, reprit-elle à voix haute. Tout se tient. Filons voir. Je pense que nous nous approchons sérieusement du but, Cédric. Surtout si Médérick prend la peine de déguiser ses instructions comme ça.

Les jumeaux déboulèrent au rez-de-chaussée aussi vite que des médaillés d'or en ski alpin. Les poings sur les hanches, le regard inquisiteur, ils étudièrent la pièce chaleureuse où se terminait le majestueux escalier d'acajou.

Des boiseries cirées s'élevaient du plancher jusqu'à une hauteur d'environ un mètre. Au-dessus d'une cimaise qui courait tout autour du grand vestibule, les murs se couvraient de tapisserie. *«Sous tout ce qui monte se dissimule…»*, se répétait Mégane en observant les alentours immédiats de la cage d'escalier. *Que cherchons-nous exactement?* s'interrogeait-elle, ne remarquant d'abord rien de particulier. Sans crier gare, Cédric se dirigea vers un pan de mur à demi caché par le bahut sur lequel oncle Charlemagne déposait son courrier et ses clefs. Jusqu'à la veille, un grand miroir au cadre ouvragé avait surplombé le meuble. Dorénavant, le châssis de bois reposait au grenier, laissant un espace vide.

Cédric tendit la main et effleura les lambris. Les yeux brillants, il encouragea sa sœur à venir voir de plus près elle aussi.

— Passe ta main ici, l'enjoignit-il à voix basse.

Sa jumelle s'exécuta.

— Maintenant, observe attentivement la tapisserie.

Encore une fois, Mégane lui obéit.

— Je pense que nous venons de découvrir une porte. Drôlement bien camouflée, il faut le reconnaître. Mais quand on cherche, on trouve, se rengorgea Cédric.

Au comble de la joie, Mégane esquissa quelques pas de danse.

En partie cachée par la commode, habilement intégrée dans le papier peint à motifs, une porte laissait deviner son contour à qui se donnait la peine de bien regarder. La veille, ils avaient été trop bouleversés par le bris de la glace pour prêter attention au mur sous-jacent. Cependant, cette fois, pas de doute : une ouverture se profilait à travers les fleurs de lys pâlies du papier peint. De loin, la ligne de la cimaise semblait ininterrompue ; toutefois, de près, on notait qu'elle avait été sciée en deux endroits, en prolongement exact des minces lignes verticales qui se dessinaient dans la tapisserie. Les jumeaux poussèrent le bahut de quelques centimètres : comme prévu leur apparurent les boiseries, elles aussi découpées de haut en bas. Cédric introduisit son tournevis dans un interstice. Le panneau commença à s'ouvrir...

— Un passage secret, bredouilla Mégane.

Un appel les fit tressaillir :

— Cédric ! Mégane ! Où êtes-vous ?

D'un même mouvement, les adolescents repoussèrent le meuble en place. Cédric glissa le tournevis dans sa poche.

Charlemagne arriva dans le hall, les doigts maculés de terre. Les apercevant qui déambulaient apparemment sans but au bas de l'escalier, il s'écria, confus :

— Déluge de gadelles ! Quel hôte je fais ! Je vous abandonne des heures entières et vous vous ennuyez à mourir. J'entends déjà la conversation que vous aurez avec vos parents au sujet de vos vacances chez moi. « Et puis, mes chéris, comment cela s'est-il passé chez votre grand-oncle?» vous demandera votre mère. Et vous, vous répondrez: «Très bien, maman. Il s'occupait de ses plantes et nous, on jouait dans l'escalier.» Jamais plus elle ne vous confiera à moi.

Sans leur accorder une seconde pour protester, Charlemagne leur lança leurs manteaux, enfila le sien et décréta qu'une sortie à l'aréna s'imposait.

— «Patinage libre jusqu'à vingt et une heures tous les jours de la relâche», annonçait-on tantôt à la radio. Nous y allons de ce pas.

Cédric et Mégane eurent beau lui rappeler qu'ils n'avaient pas emporté leurs patins, oncle Charlemagne se montra intraitable. Qu'à cela ne tienne, ils en loueraient sur place.

— Et ensuite, souper au restaurant et programme double au cinéma, leur promit-il. Vous ne verrez pas le temps passer.

Fort dépités, les jumeaux durent reporter la suite de leur chasse au trésor. Et leurs parents qui reviendraient les chercher deux jours plus tard. *Tempus fugit*, pensèrent-ils chacun de leur côté. «Le temps presse.»

○

*Royaume de Maärval, quelque part dans le temps.*

Dioggan avançait d'un pas militaire sur une large allée sablonneuse. Les sourcils froncés, les lèvres pincées, il ne voyait rien de la beauté du jardin au cœur duquel il se promenait. Si de la fumée ne s'échappait pas de ses narines, c'était seulement parce qu'il ne comptait aucun dragon parmi ses ancêtres. Car il était littéralement furieux. À l'échelle du temps humain, il y avait plus de deux cents ans que Godefroy Poupart le narguait. Dioggan ne comprenait pas comment un magicien isolé pouvait échapper au trio de traqueurs habituellement imbattable qu'il formait avec Khan et Brianna. Où diantre se terrait donc ce criminel?

Tout comme la sorcière à la longue chevelure argentée, Dioggan faisait de cette poursuite une affaire personnelle. Même s'il ne lui accordait pas le moindre regard ce matin-là, il était fortement attaché à sa contrée. Ses deux parents étaient morts au quinzième siècle, brûlés sur les bûchers de l'Inquisition. Il devait son propre salut au hasard qui l'avait envoyé cueillir des châtaignes et s'égarer dans les bois le jour où ses père et mère avaient été arrêtés. De loin, il avait assisté au supplice de ses parents bien-aimés. Il ne se rappelait pas s'être senti plus impuissant de toute sa vie.

Depuis, le sorcier avait conçu une grande crainte de l'intolérance humaine et il ne se sentait vraiment en sécurité que dans ce pays magique, invisible pour les hommes. Tout en lui se révulsait à l'idée qu'un seul mage corrompu comme Godefroy Poupart puisse tenir le sort de ce havre entre ses mains. Que ce ver de terre dégoûtant réussisse à se cacher le dépassait. Il passa ses doigts dans ses cheveux et les démêla en soupirant. Il sursauta quand il sentit une main presser son épaule.

— Ça ne va pas, Dioggan?

— Pas du tout. J'en ai marre de ce jeu de chat et de souris où la souris se cache dans un trou sans bouger.

Brianna esquissa un sourire compatissant et accentua la pression sur le bras de son compagnon. Il s'enquit :

— Toujours rien dans ta boule de cristal ?

— Beaucoup de scènes du passé, mais rien d'actuel. On jurerait qu'il n'y a plus de magie noire nulle part. Mais je ne relâche pas ma vigilance. Dès que Poupart mettra le gros orteil dehors, je le repérerai.

— Seulement s'il retombe dans ses maléfices diaboliques.

Brianna renifla avec dédain.

— C'est un vrai vampire. Ne t'en fais pas. Il retombera.

— Te voilà bien sûre de toi…

— Ma boule de cristal est peut-être silencieuse pour le présent, mais elle m'en a beaucoup appris sur ce monstre. J'ai remonté dans le passé et je peux t'assurer que ce que j'y ai vu n'est pas reluisant.

Sa curiosité piquée, Dioggan offrit à Brianna de s'asseoir sur un banc de parc, le temps qu'elle lui résume ses découvertes.

— Godefroy Poupart a au moins mille ans, commença la puissante enchanteresse. Il vivait déjà bien avant la fondation de notre royaume et avait mis au point un ignoble stratagème pour prolonger indéfiniment son existence.

Elle expliqua à son compagnon comment le sombre mage séduisait ses victimes et leur dérobait leurs vies.

— Pourquoi tant de méchanceté ? s'étonna Dioggan quand elle eut terminé. N'avons-nous pas tout ce qu'il nous faut ici ?

Des yeux, il explorait l'espace vert où ils se trouvaient : des arbres fruitiers croulant sous le poids des pêches et des abricots ; des animaux sauvages, mais peu farouches, circulant en toute tranquillité dans les sentiers.

— ... et tout ce temps dont nous disposons, sans que nous ayons à le dérober à quiconque, reprit-il, que veut-il de plus ? Le sais-tu ?

— Pas vraiment. J'aimerais bien te dire qu'il a eu une enfance malheureuse et que c'est par désespoir qu'il agit ainsi. Pour prendre sa revanche et se donner enfin le pouvoir dont des parents indignes l'auraient privé...

— Mais ce n'est pas ça ?

— Pas du tout. Il est né cruel. Sa première victime a été sa sœur cadette. Son père et sa mère en sont presque morts de chagrin. Ils ont quand même tout fait pour l'aider, attribuant son geste à un accès de folie. Sauf que, quand il a récidivé, vers quinze ans, il leur a bien fallu se rendre à l'évidence : Godefroy était mauvais jusqu'à la moelle. Ils l'ont chassé.

— Bien fait pour lui, grommela Dioggan.

— Hélas, ils ont payé cette décision de leur vie.

Le magicien écarquilla les yeux.

— Poupart a tué ses propres parents ?

Brianna acquiesça.

— Il a mis le feu à leur maison et s'est enfui.

— C'est épouvantable !

— Ce sorcier n'a aucun scrupule. Je ne serai rassurée que quand je le saurai six pieds sous terre.

— Continue ta surveillance, Brianna. Et au moindre signe, fais-moi quérir. S'il n'en tient qu'à nous, ce monstre n'aura pas une seconde chance.

— Compte sur moi.

Ils se relevèrent pour reprendre leur marche. Khan les avait rejoints et avait écouté la dernière partie de leur conversation. Il les prit par la taille. Ses amis l'imitèrent. Formant un cercle, ils courbèrent leurs têtes vers l'avant jusqu'à ce que leurs fronts se touchent. Les yeux fermés, ils unirent leurs voix pour supplier les dieux. Ils les implorèrent de leur accorder leur protection et la grâce de débusquer le machiavélique magicien avant qu'il ne soit trop tard.

○

*Sainte-Perpétue-de-Toutes-les-Grâces,*
*années actuelles, fin de la quatrième journée.*

Les Grandmaison ne rentrèrent qu'au douzième coup de minuit, complètement vannés. Mégane et Cédric n'aspiraient qu'à se jeter dans leurs lits et à dormir à poings fermés. Les voyant monter l'escalier les yeux à demi clos, peinant même à soulever leurs pieds, leur grand-oncle éprouva une grande satisfaction. Au moins ses jeunes neveux n'iraient pas colporter qu'il n'était qu'un vieil homme obsédé uniquement par le jardinage... et par sa belle voisine.

# 8

# Étrange découverte

*Sainte-Perpétue-de-Toutes-les-Grâces,*
*années actuelles, vendredi, cinquième jour.*

— **O**yez! Oyez! Crêpes aux bleuets et à la crème Chantilly, gaufres liégeoises au sirop d'érable, chocolats chauds, jus de fruits! Au poste, les jumeaux! Le petit déjeuner est servi, clama monsieur Grandmaison, éveillé depuis l'aurore.

Sa voix se faufila à travers les portes des chambres de Mégane et de Cédric, sous les épais édredons de plumes et entre les doigts que les adolescents posaient désespérément sur leurs oreilles. *Impossible de dormir tranquille dans cette maison,* se plaignirent Cédric et Mégane, chacun de leur côté, avant de se souvenir de la porte dérobée et de la folle chasse au trésor qu'ils devaient mener à son terme. Cette perspective les réveilla plus efficacement que tous les appels à la soupe du monde.

Ils avaient beau dormir dans des pièces séparées, les jumeaux accomplirent les mêmes gestes presque simultanément : d'un coup de pied, ils se débarrassèrent de leurs couvertures. Puis, ils sautèrent au bas de leur lit et s'habillèrent en une fraction de seconde, enfilant leurs vêtements de la veille. Ils se rejoignirent sur le palier et descendirent l'escalier en courant. Cédric et Mégane atterrirent dans la cuisine au moment où leur grand-oncle, armé d'un porte-voix, allait reprendre sa harangue.

La table croulait sous les victuailles. Alors qu'ils venaient tout juste de s'asseoir, la sonnerie du téléphone retentit. Monsieur Grandmaison répondit.

— Merci de me rappeler, monsieur Lavigueur. Ainsi, vous avez pris mon message?

— …

— Oui, oui. Dimanche conviendrait. Il n'y a aucune urgence. Voilà dix ans que ce portemanteau attend au grenier. Il peut bien patienter quelques jours de plus.

— …

— Parfait, au revoir! Et merci encore.

Le vieil homme raccrocha et expliqua aux adolescents:

— C'est l'ébéniste. Celui qui réparera le porte-manteau cassé. Il viendra di…

Charlemagne ne put toutefois pas achever sa phrase. Le téléphone sonna une seconde fois. Monsieur Grandmaison décrocha.

— Oui, allô?

— …

— Ah, bonjour, monsieur Desmarteaux. Non, non, dit-il en clignant de l'œil vers ses jeunes invités, vous ne me dérangez absolument pas. Comment allez-vous?

— …

— Hummm. Je vois, continua-t-il. Et vous dites que ça dure depuis combien de temps?

181

— ...

— Tant que ça? Vous auriez dû m'appeler avant. Je ne sais pas si nous parviendrons à les sauver. Je finis mon déjeuner et j'arrive.

— ...

— Ne me remerciez pas trop vite. J'ignore si nous réussirons. Mais nous essaierons. Promis. Je vous consacre la matinée.

Il raccrocha derechef.

— Je vais devoir me rendre chez monsieur Desmarteaux, annonça-t-il aux jumeaux. Ses orchidées sont au plus mal. Il souhaite que je les examine. Vous m'accompagnez?

Sans même se consulter, Cédric et Mégane secouèrent énergiquement la tête.

— Sage décision, commenta leur grand-oncle. Monsieur Desmarteaux n'aime que les fleurs et les mathématiques. Il ne supporte pas les jeunes gens. J'aurais probablement dû vous demander de m'attendre dans la voiture de toute façon. Mangez, mangez, les encouragea-t-il, changeant brusquement de sujet. Je ne sais pas pour vous, mais tout cet exercice hier soir m'a grandement ouvert l'appétit. Je ne me rappelais pas que le patinage était aussi exigeant. Même le souper au restaurant et le pop-corn au cinéma ne semblent pas m'avoir rassasié.

Très heureux d'apprendre qu'ils auraient le champ libre une bonne partie de l'avant-midi, Cédric et Mégane dévorèrent le repas à belles dents.

○

S'éclairant d'une lampe de poche, les jumeaux scrutaient le cagibi dissimulé sous l'escalier. Un tout petit endroit aux murs de briques, absolument vide. Pas de miroir, pas de bonheur-du-jour, pas de porte-manteau. Rien. Se mordillant les lèvres et se frottant le bout du nez de l'index, Cédric réfléchissait.

— Il est temps de passer aux dernières lignes du message, dit-il.

Message qu'il tira de sa poche et relut pour le bénéfice de Mégane et pour le sien :

— « Au nord, il fait toujours froid. Jusqu'à dix sous zéro quand le soleil se lève. »

Il promena le faisceau de la torche électrique sur les parois du placard en baragouinant :

— Le nord… dix… sous zéro… le soleil se lève… Des chiffres et des points cardinaux ! Où est le nord, Mégane ?

— Je suis supposée pouvoir répondre à ça ?

— Un gars s'essaye, lança-t-il. Le nord, le nord…

Étendant ses bras en croix, il tourna légèrement sur lui-même en marmonnant :

— Montréal est à l'ouest, donc Sainte-Perpétue est à l'est, la villa est orientée plein sud, donc le nord est…

— Ici ! conclut Mégane en dirigeant la main de Cédric qui tenait toujours la lampe de poche vers l'un des murs du placard, constitué d'une solide paroi de briques.

— Tu es sûre ?

— Euh… Non. Mais je pense que c'est ça.

— O.K. On prend une chance. « … dix sous zéro quand le soleil se lève. »

— Ce pan de mur a une hauteur de trente briques, déclara Mégane après avoir scruté la paroi. On regarde à la dixième rangée ?

183

— À partir du haut ou à partir du bas ? demanda Cédric.

— Dix *sous* zéro, pas dix *au-dessus* de zéro. Je dirais qu'il faut compter à partir du haut et descendre.

— D'accord. Dixième rangée donc, fit l'adolescent en palpant la cloison. Et maintenant, «quand le soleil se lève». Ça, ça veut dire l'est.

Il avança sa main jusqu'à l'extrême droite de la dixième rangée. Il examina la brique en question.

— Il ne devrait pas y avoir quelque chose ici ? Un levier ? Un bouton ?

— Que n'importe qui aurait pu voir en entrant dans ce vieux cagibi ? le gronda Mégane.

— Je n'ai rien dit, maugréa Cédric tout en continuant de tâter la fameuse brique. Si on essayait de la desceller ?

— Bonne idée. Tu as un tournevis ?

— Je ne sors plus jamais sans mes outils, dit le garçon en extirpant de sa poche le tournevis qu'il y avait glissé la veille, avant de partir pour la patinoire avec Charlemagne.

Pendant que Cédric l'éclairait, Mégane creusa précautionneusement dans les joints de ciment. Quelques morceaux de mortier cassé tombèrent sur le sol. Rien de particulier ne se produisit. La maçonne improvisée s'acharna. Tout à coup, la brique fut libérée. *Ce n'est pas normal, ça,* pensa la jeune fille. *Quelqu'un a saboté cette brique... sinon, elle ne se serait pas enlevée aussi facilement.* Ébahie, Mégane la retira, révélant un trou de quelques centimètres de largeur et de hauteur. Se penchant, les adolescents scrutèrent la cavité. Le souffle court, Cédric y faufila la main, puis le bras, jusqu'au coude. Il avait décidément accompli des progrès considérables depuis le début de cette course aux indices : farfouiller dans les armoires de la bibliothèque lui avait coûté bien plus de sueurs froides. Du bout des doigts, il effleura une surface métallique. Quelques secondes plus tard, il extrayait de sa cachette un petit coffret fermé par un lacet de cuir.

— Un trésor ! s'écria Mégane. Nous avons trouvé un trésor !

— Pas encore, la reprit gentiment son frère qui avait entrouvert le coffre. Tu ne croyais pas vraiment que ce serait si facile ? Voilà encore un message…, soupira-t-il en soulevant entièrement le couvercle.

En effet, sur fond de velours cramoisi reposait un autre bout de parchemin jauni. Et sous le message, une clef.

— Envoie-moi un peu de lumière que je puisse lire, réclama Mégane.

Aussi impatient que sa sœur de prendre connaissance de la lettre, Cédric s'approcha d'elle et obtempéra. Leurs crinières rousses emmêlées, tenant chacun un bout du papier mystérieux, ils lurent avec avidité.

*Mille fois bravo, Camille !*

*Te voilà presque parvenue au terme de ta quête. Encore quelques pas et tu y seras. Je dois cependant te mettre en garde : tu émergeras de cette expérience hors du commun profondément transformée. Hélas, je suspecte que la révélation qui t'attend puisse faire apparaître le pire chez certains* individus. Mais pas chez toi, Camille. J'ai confiance. Néanmoins, je ne veux pas que tu t'aventures au-delà de ce seuil toute seule. Viens me chercher, où que je sois. Tempus fugit peut-être, sauf que, pour une fois, sois patiente ! Il en va de ta sécurité. Je tiens à ce que nous allions ensemble au bout de cette route. On n'aura qu'à ne pas le dire à Godefroy Poupart. Ce sera notre secret. Et s'il découvre que nous nous sommes passés de lui, tant pis. Il sera fâché, un point c'est tout.

Cette ultime étape ne commencera qu'une fois la porte bien verrouillée. Et à partir de là, il faut me jurer que tu m'obéiras aveuglément, Camille, même si je me doute de ce que cette promesse te coûte. Car tu as l'habitude de n'en faire qu'à ta tête ! Toutefois, crois-moi, je t'en prie. Je ne m'amuse pas à t'imposer mes caprices. Je pense que Godefroy Poupart sous-estime la fascination que peut exercer notre création sur les non-avertis. Je suis persuadé que certains accepteraient de mourir au monde pour accéder à ce que tu vas découvrir. Moi-même, j'ai parfois du mal à en ressortir.

*Tu lèveras les yeux au ciel et tu prieras,
avant de faire l'ultime pas.*

*Médérick*

— Ça recommence à me faire peur, souffla Cédric. «Mourir au monde», « l'ultime pas »… Tu crois qu'il s'agit d'un piège ?

— Non, l'assura Mégane. Médérick aime manifestement Camille. Il ne lui veut pas de mal. Tu as remarqué comment il insiste pour qu'arrivée ici, elle aille le chercher afin qu'il l'accompagne ? «Il en va de ta sécurité », prend-il la peine de lui souligner. Si c'était un traquenard, il s'y lancerait avec elle ? Ça ne tient pas la route.

— Il n'y a pas que ça, persista Cédric. Notre aïeul semble en connaître un bail sur ce que va découvrir sa sœur. Il en parle comme de quelque chose de fascinant, qui exerce une emprise sur ceux qui s'en approchent. Il admet avoir parfois du mal à en ressortir. Et malgré tout, que dit-il ? Que Godefroy Poupart nie le danger de son invention. Je commence à comprendre Camille : il ne m'inspire pas confiance, ce drôle de professeur. Qu'est-ce qu'il a créé exactement ?

— On ne le saura jamais si on s'arrête ici, plaida Mégane. Nous devons continuer. Seuls, évidemment, pas question pour nous d'aller chercher Médérick. Dommage, j'aurais aimé le rencontrer. Il devait être captivant.

— C'était exactement ce que tu disais de Zacharie avant qu'il ne te laisse tomber pour Gabrielle Picard. Tu m'excuseras, mais je me méfie de ton jugement en matière de garçons.

187

— Changeons de sujet, d'accord? rétorqua l'adolescente. Et puis, ça suffit, les hésitations. Tu m'attends ici si tu veux, moi, je continue.

Sur ces mots, Mégane pivota vers la porte du cagibi à la recherche d'une serrure où glisser cette clef. Elle la repéra en un rien de temps et, sans plus tarder, la verrouilla. Le sol parut instantanément se dérober sous leurs pieds. Affolés, Cédric et Mégane crurent à un tremblement de terre. Le plancher dallé d'ardoises était parcouru de vagues qui n'auguraient rien de bon. Au prix de doigts douloureusement écorchés, les jeunes explorateurs parvinrent à s'agripper aux murs de brique et à tenir pied sur une étroite lisière de plancher restant. Les adolescents crièrent à tue-tête, persuadés qu'ils allaient s'enfoncer dans le néant et s'y perdre pour l'éternité. Hélas, oncle Charlemagne se trouvait à des kilomètres de là, prodiguant ses soins attentifs à une colonie d'orchidées durement éprouvées par une maladie bizarre. Un malheur n'arrivant jamais seul, Cédric échappa aussi sa lampe de poche qui en profita pour s'éteindre. Une noirceur absolue les enveloppa. Le malheureux phobique du noir pensa sa dernière heure venue. Soudain, le sol ne bougea plus. Tout était redevenu tranquille.

Les jumeaux paniqués osaient à peine respirer, de peur de provoquer un nouveau cataclysme. Enfin, comme le calme paraissait se maintenir, Cédric s'obligea à s'accroupir et à sonder délicatement le reliquat de plancher à la recherche de sa torche électrique. Il avait l'impression de se tenir aux abords d'un monstrueux précipice, comme il s'en crée parfois dans les montagnes après une avalanche. Il avait déjà regardé un reportage sur le sujet et savait qu'un simple éternuement pouvait tout redémarrer. Il procédait donc avec une lenteur étudiée. Son cœur battait très fort et tout son corps ruisselait de sueur. Dans son imagination, l'obscurité se peuplait de mille créatures plus terrifiantes les unes que les autres. Il lui fallait fournir un effort prodigieux juste pour éloigner un peu sa main. Cédric s'attendait presque à tout instant à ce qu'une bête non identifiée la lui dévore. Malgré sa crainte, il continua à palper le sol autour de lui.

L'adolescent finit par récupérer sa précieuse lampe de poche à quelques centimètres de son pied gauche. Priant pour qu'elle soit toujours fonctionnelle, il tenta de la rallumer. À son grand soulagement, la lumière jaillit. Cédric en balaya aussitôt les alentours.

Lorsque le faisceau lumineux passa juste devant eux, les jumeaux manquèrent s'évanouir de terreur. Disparu presque en entier, le plancher du cagibi ! Cédric et Mégane se rendirent compte qu'ils se tenaient aux abords d'un gouffre abyssal. Épouvantés, ils éclairèrent l'abîme dans lequel ils auraient fort bien pu s'enfoncer à jamais. Ils distinguèrent un escalier en colimaçon qui descendait dans un trou noir, au beau milieu de ce qui avait été jusque-là un simple petit cagibi oublié. La lumière faiblarde de la lampe de poche ne permettait d'en voir que les premiers mètres. Ils échangèrent un regard effrayé où pointait également une bonne dose d'émerveillement. Jusqu'à ce moment précis, leur chasse au trésor ne leur avait paru qu'un jeu. Au fond d'eux, ils n'y avaient pas vraiment cru. Désormais, il en allait tout autrement.

Cédric et Mégane se concertèrent d'un signe de tête, se relevèrent et commencèrent à descendre.

*Royaume de Maärval, au même moment.*

Un jeune magicien courait à perdre haleine dans la longue galerie battue par le vent. Il pleuvait à plein ciel ce jour-là et des trombes d'eau le giflaient. Il ne prenait même pas la peine d'essuyer son visage et ne ralentissait pas pour autant. Sous son bras, il transportait une boule de cristal de la grosseur d'un melon de miel. Parvenu au bout de sa course, il mit brusquement les freins et glissa sur quelques mètres avant de s'immobiliser complètement. L'enfant qu'il était encore s'esclaffa devant ce magnifique dérapage que lui avait valu le sol détrempé. Il hésita un instant, tenté de recommencer. Mais il se souvint tout à coup de l'importance de sa mission et reprit son sérieux. Il frappa à la porte d'un bureau et entra aussitôt qu'on lui en accorda la permission. Sans plus de cérémonie, il posa la sphère de verre sur une table de travail à laquelle était assise une sorcière à l'opulente chevelure argentée. D'un doigt frémissant pointé vers le globe, il indiqua une zone d'où provenait une lueur louche, un peu comme si des cendres longtemps endormies s'éveillaient subitement et se remettaient à rougeoyer.

— Ça vient tout juste de s'allumer, madame Brianna. Je me suis dépêché pour vous l'apporter, comme vous aviez dit.

— Notre patience est enfin récompensée ! s'exclama la magicienne après avoir jeté un coup d'œil au cristal. Tu peux t'enorgueillir, Ludwig : les livres d'histoire de la magie retiendront que c'est toi qui, le premier, as réussi à retrouver la trace du pire sorcier de tous les temps.

Le jeunot se rengorgea.

L'enchanteresse se leva dans un grand froufrou et ramassa autour d'elle les pans de sa cape bleu nuit. Elle signala au garçon de la suivre.

— Pas une minute à perdre. Allons informer le régent de ta trouvaille.

○

Tout en se dirigeant vers les appartements de Türken, Brianna cogna aux portes de Khan et de Dioggan et les enjoignit de l'accompagner. Un seul regard à sa mine excitée et à la boule de verre aux reflets rougeâtres que Ludwig transportait avec dévotion suffit à les convaincre du bien-fondé de cette requête. Le quatuor trottina jusque chez le mage en chef qui n'eut qu'à les entrevoir pour lancer une exclamation d'allégresse :

— Ne me dites pas que vous avez enfin déniché des signes de Poupart ?

Brianna l'invita à se pencher sur le globe de cristal que Ludwig avait installé sur une table.

— Voyez cette activité, dit-elle, l'index sur une zone dont l'aspect avait évolué en seulement quelques minutes, les cendres rougeoyantes étant devenues une braise nettement plus intense. Il s'agit sans conteste de signes de magie noire, l'assura-t-elle. Typique de Poupart.

— Où est-ce ? s'enquit Türken.

— Exactement là où ça s'est arrêté la dernière fois : dans l'est du Canada, lui indiqua la sorcière. Mais on n'est plus en 1896, on est maintenant au vingt et unième siècle.

— Tu pourrais être plus précise sur le lieu?

— Bien sûr! Accorde-moi un peu de temps. Je ne quitte plus cette sphère des yeux avant de savoir parfaitement vers quelle destination nous devons nous diriger.

Dioggan murmura quelques mots à l'oreille de Khan. Puis les deux mages se préparèrent à quitter la pièce. Sans lever les yeux du cristal, Brianna leur demanda où ils allaient.

— Quérir nos tenues de camouflage, chère amie. Pour nous fondre parmi les habitants des années deux mille. Il ne faudrait pas attirer inutilement l'attention, lui répondit Dioggan. Nos capes, robes longues et sombres tuniques trahiraient notre nature en une fraction de seconde…

La prophétesse approuva et leur spécifia quels vêtements elle souhaitait qu'ils apportent pour elle.

— C'est vraiment important que nous passions inaperçus, souligna-t-elle à Türken et à Ludwig quand ses deux autres compagnons eurent franchi le seuil. Qui sait combien de temps nous devrons rester là-bas avant de capturer Godefroy Poupart? Ce serait stupide d'être repérés par des humains et de faire échouer notre mission si près du but.

Le mage en chef se pencha de nouveau sur le globe de verre.

— Tu es certaine qu'il s'agit de Poupart?

— Tu notes ces gueules de diable au cœur des braises?

Türken se concentra sur sa vision et hocha la tête.

— Eh bien, c'est la signature de notre renégat. J'ai appris à la reconnaître après toutes ces heures passées à surveiller le cristal.

Le régent serra le poing et donna un coup dans sa paume ouverte.

— Poupart, ton compte est bon.

Le visage de Brianna resplendit à cette perspective. Le matin même, sa fille Maarit lui avait confié qu'elle était enceinte. Le bébé était attendu pour l'été suivant. Il n'était pas dit que Godefroy Poupart se repaîtrait de cette chair fraîche, ni d'aucune autre. Elle se pencha derechef sur ce qui se déroulait à des milliers de lieues de Maärval.

○

— Cet escalier ne finira donc jamais ? geignit Mégane, à quelques pas derrière Cédric qui ouvrait la marche. Si ça continue, nous arriverons au centre de la Terre.

— Courage, nous y sommes presque. J'aperçois une porte.

Mégane s'étira le cou et le corrigea :

— Une porte ? Ça ? On dirait plutôt qu'on a réparé un trou dans un mur avec le premier matériel venu.

En effet, quelques planches mal équarries pendouillaient sur leurs charnières. Un passage secret menant à un vieux débarras ? Était-ce là tout ce que leur réservait cette course aux énigmes ? Cédric grimaça. La déception se lisait sur son visage.

— Ne nous laissons pas impressionner, frangin, l'avertit Mégane. Je soupçonne Médérick Grandmaison de nous jouer encore un tour : il s'agit probablement d'une épreuve. Il veut savoir si nous avons bien appris notre leçon : « Les apparences sont parfois trompeuses», «Tâche de toujours voir plus loin que la surface des choses.» Avançons. Même si l'accueil ne paie pas de mine.

Cédric poussa la porte qui s'entrebâilla en craquant et avança prudemment la tête. Il se trouvait sur le seuil d'un vestibule lilliputien se terminant par une seconde porte, à l'apparence plus solide celle-là. Il s'apprêtait à l'ouvrir, quand une enveloppe brunâtre voleta devant ses yeux, apparemment délogée du plafond par le courant d'air. L'adolescent l'attrapa.

— Encore une lettre, se lamenta Mégane. Dépêche-toi! Lis-la.

Cédric décacheta l'enveloppe:

*Camille! Si tu lis ce mot, c'est que tu as fait fi de mes avertissements. N'étaient-ils pas assez clairs? Je te demandais de venir me chercher. Pourquoi t'es-tu aventurée ici toute seule? Ma main tremble en écrivant ces mots. Repose cette lettre sur-le-champ. Ne te hasarde pas plus loin. Va me quérir. Il faut que je t'explique ce que je sais de cette salle avant que tu n'y pénètres.*

*Mon Dieu! Il me vient une idée affreuse. Se pourrait-il que je ne sois plus là pour te porter assistance? T'ai-je abandonnée? As-tu accompli ce parcours en solitaire, sans trop savoir vers quoi il te mènerait? Morbleu! Dans quel pétrin t'ai-je fourrée?*

194

*S'il devait t'arriver malheur à cause de moi, je n'y survivrais pas. À moins que je ne sois déjà mort... Ah! C'est certainement ça. Je suis trépassé et tu n'as plus personne pour te guider. Diantre, cette histoire tourne au cauchemar.*

*Je te connais assez pour savoir que tu ne rebrousseras pas chemin, maintenant... Alors, écoute-moi attentivement: cette pièce dans laquelle tu t'apprêtes à pénétrer est une pure merveille. Maître Godefroy l'appelle la salle aux chimères. Il faut quand même se méfier, cet endroit prodigieux peut également se révéler terrible. Ici...*

Cédric interrompit sa lecture et posa sur sa jumelle un regard interrogatif.

— Chimère? Qu'est-ce que c'est que ce mot? Ça fait deux fois que Médérick l'emploie dans ses messages à Camille. Ça ne m'inspire pas confiance. Tu sais ce que ça veut dire?

— Je n'en suis pas trop sûre, lui répondit Mégane. Il ne s'agit pas d'un mot couramment utilisé.

— Ça me fait un peu penser à un monstre, frissonna Cédric. Pas toi?

— Tu as raison. Peut-être une espèce de créature mythique.

— Comme un dragon? s'inquiéta l'adolescent.

— Ou comme une licorne, objecta sa sœur. Toutes les créatures légendaires ne sont pas forcément monstrueuses.

— D'accord, sauf que Médérick Grandmaison prend vraiment beaucoup de précautions. «Repose cette lettre sur-le-champ», «Va me quérir», répéta-t-il, en révisant rapidement la missive. Moi, à la place de Camille, je serais terrifié.

— Écoute, Cédric Grandmaison, un rien te terrifie. Alors, ta réaction ne prouve pas grand-chose. Tu commences à m'énerver sérieusement. Si tu ne souhaites pas aller plus loin, dis-le tout de suite. Moi, je n'ai pas parcouru tout ce chemin pour m'arrêter maintenant.

Joignant le geste à la parole, Mégane prit la lettre des mains de son frère et poursuivit sa lecture pour elle-même. Piqué, Cédric protesta :

— Eh! Je n'ai pas dit que je renonçais. J'ai seulement posé quelques questions. Si tu crois pouvoir garder le trésor pour toi toute seule, tu te trompes royalement. Allez! Lis, à voix haute pour que je t'entende.

Soulagée de constater que son frère ne l'abandonnait pas aux griffes de la chimère, Mégane obtempéra :

*... cette pièce est une pure merveille. Maître Godefroy l'appelle la salle aux chimères. Il faut quand même se méfier, cet endroit prodigieux peut également se révéler terrible. Ici, tous tes rêves deviendront réalité. Je t'entends penser que c'est extraordinaire. En fait, Camille, je ne connais*

rien de plus dangereux que ça. Comme j'aurais désiré t'expliquer cela de vive voix. Hélas, il faudra se contenter de cet écrit. Peut-être serait-il plus sage que je recouvre tous mes indices et que j'annule cette chasse aux devinettes? D'un autre côté, tu en serais si désappointée que je ne me sens pas le cœur d'agir de la sorte. Alors, je tente le tout pour le tout. Et puis, si tout se déroule comme prévu, tu ne liras jamais cette dernière missive: tu m'auras obéi et tu seras venue me chercher pour que je descende l'escalier avec toi. Cette ultime lettre, c'est moi qui la récolterai, quand nous passerons le seuil. Elle ne sera qu'une précaution superflue que je me hâterai d'empocher en douce. Ni vu, ni connu! Néanmoins, juste au cas, je finis de te livrer mes explications.

Tout au long de cette course au trésor, Camille, je t'ai proposé des énigmes. Elles ont pu te paraître étranges, construites uniquement pour te mener d'une étape à l'autre. Il y avait un peu de cela, bien sûr, mais elles visaient aussi à te préparer à ce que tu vas découvrir, une fois cette dernière porte franchie:

*si tu te souviens bien, dans mes devinettes, il était question de l'importance de profiter du temps qui passe, de réfléchir à ce qui te rendra heureuse, de te méfier des apparences. Si tu as tenté de répondre à ces interrogations, tu ne devrais pas te sentir trop démunie à la vue de cette chambre aux chimères. Et surtout, tu sauras en faire bon usage, en mémoire de moi.*

*Médérick*

— C'est quand même triste, renifla Mégane. «En mémoire de moi»… Le pauvre ne savait pas qu'il allait mourir si jeune, malgré ça, il n'avait rien laissé au hasard. S'il lui arrivait quelque chose et que Camille menait la chasse au trésor jusqu'à son terme, il avait prévu une dernière mise en garde.

— Que n'importe qui d'autre que Camille aurait pu découvrir, commenta Cédric. C'est tout de même étonnant : Médérick prend cent mille précautions pour que seule Camille puisse accomplir le parcours aux énigmes et, à la fin, il abandonne un indice à la vue du premier venu. Je te signale que cette lettre nous est carrément tombée dessus.

— N'oublie pas que pour arriver ici, il fallait résoudre plusieurs devinettes, lui rappela sa sœur. Il n'y a pas beaucoup d'autres personnes que Camille qui auraient pu y parvenir. Souviens-toi de l'idée de l'encre magique, tirée d'une nouvelle que Camille et Médérick avaient lue ensemble, du tiroir secret dans le bonheur-du-jour qu'ils utilisaient dans leur enfance et dont ils n'avaient pas révélé l'existence à qui que ce soit et aussi du crypto-gramme décodé à partir d'indices consignés par Camille dans son journal intime… Nous avons été incroyablement chanceux de franchir ces obstacles. Alors, je pense que rendu à ce point, notre ancêtre savait qu'il y avait de fortes probabilités que ce soit Camille qui se tienne sur le seuil.

— Camille ou Godefroy Poupart, corrigea Cédric.

— Médérick avait prévu le coup : il avait sans doute collé cette lettre au plafond, entre les deux dernières portes. Et dans le message laissé en haut de l'escalier, un message accessible uniquement à Camille celui-là, il enjoignait sa sœur à lever les yeux au ciel et à prier avant de faire l'ultime pas. C'est brillant. En agissant de la sorte, Camille aurait aperçu la dernière missive, l'aurait prise et l'aurait lue. Quant à Godefroy Poupart, pour quelle raison se serait-il arrêté ici, à un cheveu de la salle ? Pourquoi aurait-il examiné le plafond de ce minus-cule vestibule ? Il est probablement passé à cet endroit des dizaines de fois sans jamais s'y attarder suffisamment longtemps pour remarquer le billet. Et puis, l'enveloppe est brune, elle se confond avec la couleur des planches sur lesquelles elle était fixée. Pour qui ne la cherchait pas spécifiquement, elle devenait invisible.

— Il nous est quand même tombé dessus sans crier gare, ce message, insista Cédric.

— J'imagine qu'il n'y a pas de colle assez résistante pour supporter plus de cent ans d'usage.

— Tu marques un point, là. Donc, nous voici en possession d'une sérieuse mise en garde, conclut l'adolescent, l'air hésitant.

— Ah non, pas vrai! Te voilà reparti! grogna Mégane. Je parie que dans une minute, tu me suggères de faire demi-tour.

— Je n'en suis pas encore là, répliqua Cédric. Mais avoue que la façon dont notre aïeul nous présente la salle aux chimères est plutôt troublante. D'un côté, Médérick semble en admiration devant cette *création,* de l'autre, il paraît en avoir peur. Pourquoi fait-il tant le mystérieux dans cette lettre? S'il voulait protéger Camille et lui donner une longueur d'avance, il n'avait qu'à être clair, pour une fois... À lui dire précisément ce qui l'attendait de l'autre côté. Au lieu de ça, il persiste à écrire en énigmes.

— Il avait peut-être peur que Poupart tombe sur ce message?

— Possible, Mégane. C'est vrai qu'il était pris entre l'arbre et l'écorce: d'un côté, informer sa sœur, de l'autre respecter la parole donnée et préserver le secret jusqu'à ce que Poupart décide de mettre Camille dans la confidence.

— Ça expliquerait ce ton cachottier.

— Il parle quand même de cet endroit d'une manière qui me donne la chair de poule. Comme un dompteur parlerait d'un lion auquel il aurait enseigné des tours épatants. «Regardez, appréciez, mais n'oubliez jamais que cette bête sauvage pourrait se tourner contre vous et vous dévorer en une seule bouchée.»

— Pauvre Cédric... Tu penses toujours qu'il y a un monstre derrière ce battant? Un lion affamé, maintenant? Place-toi derrière moi, petit froussard. *Je* vais ouvrir.

Cédric leva les yeux au ciel: quand sa sœur s'amusait à se montrer plus brave que lui, il détestait ça. Sans même se donner la peine de riposter, il poussa la lourde porte de bois massif. Avant de traverser de l'autre côté, il mit ses poings à la hauteur de son visage. Dans une main, telle une massue, il serrait sa lampe de poche : si une chimère l'attaquait, il défendrait chèrement sa peau. Ils entrèrent.

○

*Au même moment, dans le cimetière du village, à quelques coins de rue de* La villa des Brumes.

Des soubresauts inquiétants secouèrent les cendres contenues dans un cercueil enterré depuis au-delà d'un siècle. Un souffle mauvais parut s'échapper de la tombe. Un écureuil qui passait par là s'immobilisa soudain sur ses pattes arrière, la queue dressée dans les airs, tel un point d'interrogation. Le petit rongeur renifla l'air avec méfiance. Après quelques secondes, il s'esquiva.

○

*Royaume de Maärval, au même instant.*

Brianna se mit debout si vite que sa chaise tomba à la renverse. Sur la table, le globe de cristal semblait lancer des flammes à travers lesquelles grimaçaient des faces diaboliques. La sorcière appuya une main sur sa poitrine, comme si elle voulait calmer son cœur qui battait la chamade. Après un moment, elle redressa son siège et reprit son poste devant la boule de verre. Dioggan et Khan arrivaient avec les vêtements modernes. D'abord incapable d'articuler un son, elle les appela auprès d'elle d'un grand geste du bras. Dans leur hâte, ils éparpillèrent les pantalons, chemises et autres accessoires d'habillement humain sur le sol.

— Il est là? dirent-ils de concert.

— Je ne le vois pas distinctement, admit Brianna qui avait finalement récupéré l'usage de sa voix. Mais nul doute que ces maléfices sont de lui. Par la barbe de Merlin! proféra-t-elle une seconde plus tard, blanche comme un drap.

— Quoi encore? demanda Khan.

— On dirait vraiment que Poupart a repris du service : j'aperçois deux jeunes s'approcher d'un lieu infecté par sa magie noire.

— Il faut les avertir!

— Bave de crapaud! Je discerne la date, mais pas le lieu... Il y a un cimetière, une vieille maison, un collège... On est dans la campagne québécoise... Mais où exactement? Foutu art de la divination! C'est encore tellement imprécis.

— Tu es la meilleure, Brianna. Ne te laisse pas aller. Concentre-toi.

— C'est ce que je fais, l'assura la magicienne. C'est ce que je fais.

Elle paraissait hypnotisée par sa vision. Khan et Dioggan approchèrent deux fauteuils et enca-drèrent leur compagne. Le but paraissait si proche qu'ils en frémissaient.

# 9

# La salle aux chimères

— **T**u as vu ça? s'exclamèrent les adolescents en chœur en entrant dans une vaste salle éclairée aux flambeaux.

Si vaste en fait qu'on n'en distinguait pas la fin qui se perdait dans l'ombre, apparemment à des kilomètres d'où ils se tenaient.

— Que de livres! s'extasia Mégane, au moment précis où Cédric s'écriait :

— Quel atelier magnifique!

Interdits, ils se regardèrent comme si chacun pensait que l'autre était devenu fou.

— Comment ça, un *atelier*? fit Mégane. Il s'agit de la plus belle bibliothèque que j'aie jamais vue.

— Franchement, Mégane. Tu as la berlue. Vois un peu tous ces outils et tous ces meubles antiques à rafistoler. Avec cet équipement, je pourrai réaliser les projets les plus compliqués. Tiens, prends cette perceuse. Le modèle le plus sophistiqué sur le marché. J'en rêvais.

L'adolescente vit son frère tendre les mains vers elle. Il paraissait tenir un objet assez lourd. Totalement invisible à ses yeux à elle, toutefois. Sur une étagère, elle préleva un livre au hasard : *Les contes des mille et une nuits,* un bouquin qu'elle avait envie de relire depuis des mois, malheureusement introuvable à la bibliothèque municipale.

— Qu'est-ce que tu vois ? s'enquit-elle auprès de Cédric en lui montrant le beau volume relié de cuir et incrusté de verroterie.

— Comment, « Qu'est-ce que je vois » ? Rien du tout, Mégane Grandmaison ! Rien du tout. Tes mains sont absolument vides !

— Eh bien, c'est le comble, s'étonna alors l'adolescente. Chacun de nous trouve ici ce dont il rêve le plus. Un atelier de menuiserie pour toi, une tonne de livres pour moi. Sauf que l'autre n'en voit rien. Comme c'est étrange !

— Voilà donc cette fameuse chambre aux chimères, conclut Cédric, pantelant, incapable d'absorber la magnificence de l'endroit où leur chasse au trésor les avait entraînés. Aucun signe de chimère ici, heureusement, ajouta-t-il après avoir attentivement examiné la place sans repérer de monstres sanguinaires se préparant à leur foncer dessus.

Mégane, aussi saisie que lui, explorait du regard les rayonnages qui croulaient sous le poids de milliers de livres. Elle se lécha les lèvres, comme si elle savourait à l'avance les délices que lui réservait cette pièce merveilleuse.

— Je me demande si tous ces outils fonctionnent vraiment, s'interrogea soudain son frère. Ça ressemblerait bien à Médérick de nous amener ici pour nous donner une leçon frappante sur les apparences.

L'adolescent se dirigea vers un établi bien garni d'accessoires dernier cri. Il y prit un marteau, quelques clous, deux planchettes et entreprit de fabriquer une petite croix toute simple. Il sentait le bois sous ses doigts et entendait le bruit du marteau. Mégane l'observait, le sourire aux lèvres. Son frère paraissait accomplir une belle chorégraphie, comme un mime dans un spectacle. Elle devinait très bien ce qu'il faisait, même si elle ne voyait rien de ce qu'il manipulait ainsi. De son côté, elle ouvrit le livre des *Mille et une nuits,* au hasard. Elle lut à voix haute les premières lignes sur lesquelles elle posa les yeux : «Il y avait au pays de Zouman, dans la Perse, un roi dont les sujets…»

— Le pays de Zouman ? l'interrompit Cédric. Où se situe cet endroit ?

— Comment veux-tu que je le sache ? Je me contente de lire ce qui est écrit. Je ne connais rien à la géographie perse de cette époque.

— Tu ne blagues pas ? Tu lis vraiment un bouquin invisible pour moi ?

Mégane acquiesça.

— Eh bien ! Tu parles d'un drôle de trésor, commença par dire Cédric avant de demander, fort à propos : tu ne pourrais pas mettre la main sur un dictionnaire ? Cet étrange mot de chimère ne me sort pas de la tête.

Il ne fallut pas longtemps à Mégane pour dénicher toute une section de la bibliothèque consacrée aux dictionnaires et autres livres savants. Elle trouva vite le mot recherché. Ses yeux s'agrandirent.

— Oh ! Oh ! laissa-t-elle échapper, refermant le gros livre à toute vitesse.

— Oh! Oh! Quoi? réclama Cédric.

— Rien, mentit l'adolescente, l'air dans ses petits souliers.

— Comment *rien*? Tu mens. Dis-moi tout.

— Non! Inutile. Tu vois bien qu'il n'y a pas de monstre ici. Quand Médérick parle de chimère, il en parle forcément au sens figuré, «chimère»: vaine imagination, illusion; utopie.

— Comment ça, «au sens figuré»? Que dit le dictionnaire exactement? Mégane Grandmaison! QU'EST-CE QU'UNE CHIMÈRE AU SENS PROPRE?

D'une toute petite voix, la jumelle récita l'inquiétante définition:

— «Monstre à tête et poitrail de lion, ventre de chèvre, queue de dragon, crachant des flammes.»

Puis elle ferma les yeux, se blindant à l'avance contre une réaction paniquée de son frère. Quelle ne fut pas sa surprise quand, au contraire, Cédric éclata d'un rire tonitruant. Après quelques secondes, il reprit suffisamment son souffle pour parvenir à hoqueter:

— Compte-toi chanceuse que je n'aie pas connu cette définition AVANT d'arriver jusqu'ici! Tu aurais définitivement perdu ton coéquipier.

— Ce qui aurait été bien dommage, répondit Mégane. Je ne crois pas que j'y serais parvenue toute seule.

— Nous avons formé une équipe hors pair. Quand je me sentais sur le point de flancher, tu m'incitais à persévérer. Et heureusement que tu étais là pour m'encourager à pousser cette dernière porte. Sincèrement, l'allure extérieure de cet endroit ne vaut pas un clou. J'avais vraiment envie de rebrousser chemin. Tu as su voir au-delà des apparences.

— Ça, c'est grâce aux énigmes de notre aïeul, rappela Mégane. Elles m'ont amenée à réfléchir. Ainsi que l'histoire d'amour de Juliette et de Charlemagne.

— Je ne te suis plus, là.

— Au début, je ne saisissais pas ce qui poussait notre grand-oncle vers cette petite femme grassouillette. Et puis, peu de temps après avoir lu le message de Médérick sur les miroirs, j'ai vu Juliette comme si je la regardais d'en dedans : elle était si jolie. J'ai compris ce que notre aïeul voulait dire en commandant à Camille de regarder plus loin que la surface.

Mégane s'interrompit quelques instants, les sourcils crispés, avant de poursuivre :

— Quant à Nicolas, le neveu de Juliette, ça semble exactement l'inverse : beau comme un ange mais déplaisant comme une rage de dents.

Cédric gloussa.

— Et Zacharie ? s'enquit-il, espiègle.

— Là, je considère que tu pousses un peu trop ta chance, riposta Mégane en se prétendant outrée. Me rappeler ce faux-jeton juste au moment où je commence à être de meilleure humeur... On jurerait que tu le fais exprès !

L'adolescente lui tapota légèrement l'épaule, pour bien montrer qu'elle plaisantait, puis elle répondit directement à sa question, avec une moue un peu chagrinée :

— C'est dommage, mais Zacharie pourrait être un clone de Nicolas. Passer quelques jours loin de lui me l'a fait comprendre.

— Ne t'inquiète donc pas, petite sœur… Tu le trouveras, ton prince charmant, dit doucement Cédric.

— J'aimerais bien…

Les jumeaux plongèrent chacun dans leurs pensées.

— Je me demande ce que j'aurais fait si une armée de chimères nous avait accueillis de ce côté de la porte, lança Cédric à brûle-pourpoint.

— Tu les aurais assommées à coups de torche électrique, affirma sérieusement l'adolescente.

— Je n'en suis pas si sûr. Mais enfin, j'aurais essayé.

— Cette course aux trésors nous aura donc changés !

— Ça aurait plu à Médérick.

Émus par cette épopée rocambolesque et par le lien mystérieux qui s'était tissé entre eux et un aïeul depuis longtemps disparu, les jumeaux restèrent silencieux quelque temps.

Mégane s'arracha à cette rêverie et examina les alentours, émerveillée. De toute sa vie, elle n'avait jamais mis les pieds dans un endroit aussi extraordinaire. Si la bibliothèque de l'oncle Charlemagne la laissait déjà bouche bée, celle-ci lui coupait le souffle. Elle se pencha pour caresser l'épais tapis de laine qui couvrait le plancher, puis fit quelques pas à travers les étagères de bois qui brillaient comme si on venait de les astiquer. Certaines avaient deux mètres de haut, d'autres à peine un. Sur ces dernières étaient posées des lampes aux abat-jour en pâte de verre colorée qui dispensaient un éclairage aussi chaleureux que des dizaines de bougies.

L'adolescente fit glisser ses doigts sur le dos des livres, ne parvenant à arrêter son choix sur aucun d'entre eux. Des volumes jouxtaient les luminaires, ouverts sur des présentoirs. Elle les regarda longuement et constata qu'il suffisait qu'elle souhaite voir un ouvrage précis pour qu'il apparaisse. Elle fit surgir du néant les œuvres complètes de Charles Perrault et des frères Grimm, puis la collection entière des romans policiers d'Agatha Christie. S'enhardissant, elle se concentra sur la série Harry Potter, poussant la fantaisie jusqu'à espérer les voir en version chinoise. Sitôt formulé, son vœu fut exaucé. Enfin... elle n'aurait pu le jurer car elle ne lisait pas le mandarin, mais les livres qui venaient de se matérialiser sous ses yeux étaient effectivement couverts de symboles qui pouvaient être des caractères chinois.

Elle rigola à l'idée fantasque qui venait de germer dans son esprit. Elle commença par s'assurer que Cédric ne regardait pas dans sa direction avant de se souvenir qu'il était totalement aveugle à ses visions à elle. Alors, elle ferma les paupières et pensa à son rêve d'écrire un jour un roman. Elle laissa s'écouler une ou deux minutes. Puis, avec mille hésitations, elle ouvrit les yeux. Sur un lutrin, il y avait maintenant un livre épais d'au moins cinq cents pages à la couverture cartonnée et chatoyante. Dessus, son nom était écrit en grosses lettres brillantes : « Mégane Grandmaison ». Elle tendit la main et le feuilleta : les pages étaient blanches... *Rien d'étonnant à ça, se dit-elle. Je n'ai même pas encore trouvé mon sujet !* Elle pouffa de rire avant qu'un bref vertige la saisisse. Cette bibliothèque n'avait donc de limite que sa propre imagination...

Elle s'affala dans une bergère moelleuse, les pieds sur un pouf de cuir. Elle pensa au roman de Jules Verne dont elle avait commencé la lecture la semaine avant son départ pour Sainte-Perpétue, mais qu'elle avait malencontreusement oublié sur sa table de chevet. Comme de fait, il lui tomba aussitôt dans les mains. Elle s'esclaffa derechef et s'absorba dans les aventures du capitaine Nemo, non sans avoir d'abord jeté un autre coup d'œil à Cédric qui paraissait évoluer dans un songe au moins aussi élaboré que le sien.

En effet, autant Mégane était estomaquée par la splendeur de sa bibliothèque, autant son jumeau planait devant l'atelier *high-tech* que lui avait concocté la salle aux chimères. Il pensait à un outil : il jaillissait de nulle part. À la seconde où il les visualisait dans sa tête surgissaient devant lui exactement la sorte de bois dont il avait besoin, la nuance de peinture à laquelle il venait de songer, les plans d'innombrables projets de bricolage… De grandes feuilles couvertes de mesures précises et de dessins raffinés promettaient de le guider pas à pas dans la réalisation d'un coffre aux trésors, d'un lit-bateau ou d'un tacot qui ferait l'envie de ses amis. L'adolescent ne savait plus où regarder, car partout où se posaient ses yeux, ils croisaient une nouvelle surprise.

Alors que Mégane et Cédric étaient emportés par les splendeurs de la salle aux chimères, un son inattendu rompit le charme. Du fond de la pièce, de très, très loin, leur parvenait quelque chose qui ressemblait à un bruit de pas. Des pas qui se rapprochaient. Les jumeaux s'entreregardèrent, effarés.

— Entends-tu ça ? balbutia Cédric.

Rendue muette par la terreur, sa sœur hocha la tête, toute couleur retirée de ses joues.

— Sauve qui peut ! La chimère ! hurla Cédric, s'élançant vers la sortie sans même prendre le temps de déposer le marteau qu'il tenait à la main.

Mégane le suivit, le livre de Jules Verne sous le bras. Les adolescents claquèrent les deux portes de bois derrière eux, gravirent à l'épouvante l'escalier en colimaçon et atteignirent enfin le petit placard. La clef était toujours dans la serrure. Ils déverrouillèrent la porte. L'escalier magique disparut en un éclair. Le cagibi reprit son allure insignifiante.

Les adolescents ne voulurent pas rester une seconde de plus dans cet endroit encore surnaturel quelques instants auparavant. Mégane rangea promptement la clef dans sa poche et le plus vite qu'ils le purent, Cédric et elle s'esquivèrent par le battant camouflé dans les lambris. Ils se retrouvèrent, époumonés, dans le hall de la villa, replacèrent le bahut devant l'entrée secrète du mystérieux cagibi et se laissèrent glisser au sol, le dos appuyé contre la commode. Ils n'avaient jamais eu aussi peur de toute leur vie.

○

*À peu près au même moment,*
*au royaume de Maärval.*

— Ça devient plus clair, annonça joyeusement Brianna. Je peux lire un nom : *La villa des Brumes.* La magie paraît très forte à cet endroit.

— C'est un village ? lui demanda Khan.

— Je ne crois pas. Un nom de maison plutôt.

— Ah bon… Étrange coutume.

— Comme tu dis, acquiesça la sorcière. Mais ce qui est encore plus bizarre, c'est qu'il y a aussi d'intenses manifestations de maléfices dans un cimetière situé tout près de cette villa.

— Dans le cimetière ? Poupart était-il nécromancien ? s'étonna Khan.

— Pas à ma connaissance, répondit Dioggan.

— Je n'ai rien vu de tel dans son histoire, confirma Brianna. Et pourtant, j'ai consacré des jours entiers à scruter ses méfaits à la loupe. Il me semble que si Godefroy Poupart avait eu quoi que ce soit à faire avec les morts, je le saurais.

— Alors, qu'est-ce que ça signifie ?

— Encore un mystère, Khan…

— On n'en finira donc jamais ! protesta le survivant des feux de l'Inquisition. Il va nous narguer combien de temps, ce criminel ?

— On se rapproche, le réconforta Brianna. On se rapproche. Tant que brûle cette flamme, lui dit-elle en désignant la zone orangée de sa boule de cristal, je l'ai à l'œil.

— Qu'en est-il de ces deux jeunes que tu as aperçus plus tôt ? Sont-ils toujours en danger ? s'enquit Dioggan.

— Pour le moment, ils ont l'air d'avoir quitté la zone où le Mal est le plus concentré, mais ils en demeurent bien près. Trop pour que je les déclare sains et saufs.

— Pourriture de Poupart… Il ne faut pas qu'il les attrape. Fais un effort, Brianna. Dis-nous où est cette villa !

— J'y mets toute ma science, Khan.

Le vieux mage ne pipa mot. Toutefois, en lui-même il pria pour que la science de Brianna, fondée sur le Bien, triomphe de cette plaie immonde que représentait Godefroy Poupart.

Les jumeaux reprenaient graduellement leur souffle, toujours assis par terre, au pied de la commode qui bloquait la porte de l'inquiétant placard. Le soleil entrait à flots par un magnifique vitrail, offrant tout un contraste avec l'univers ténébreux qu'ils venaient de quitter.

— On l'a échappé belle, haleta Cédric.

— Tu peux le dire ! Il y avait quelque chose au fond de cette salle. Une chose que notre arrivée semble avoir réveillée.

— Penses-tu qu'il puisse s'agir de la chimère ? chuchota l'adolescent, comme si parler normalement risquait de donner des munitions à cette terrifiante créature.

— Va donc savoir…, murmura Mégane, le visage blême.

Examinant ses mains qui tremblaient affreusement, elle s'étouffa :

— Zut ! J'ai échappé le livre que j'ai pris dans la salle.

— Et moi, je n'ai plus le marteau, commenta Cédric, étonné. J'aurais juré que je le tenais encore en montant l'escalier.

— À moins que rien ne puisse sortir de cette cave ? avança Mégane.

— On dirait bien, soupira son frère, un tantinet déçu, avant de prendre conscience que cela constituait peut-être en fait une excellente nouvelle. Si les livres et les outils ne sont vrais que tant qu'on reste dans la chambre magique, sans doute est-ce le cas aussi pour la chimère.

— Ce serait rassurant, admit Mégane.

— Alors, si on récapitulait : qu'avons-nous découvert exactement ?

— Une salle qui donne vie à nos rêves.

— En imagination.

— Et seulement tant que l'on demeure sur place. Aussitôt sorti, tout s'efface.

— Une excellente raison pour nommer cette pièce la *salle aux chimères,* affirma Cédric.

— Effectivement. Je saisis mieux les mises en garde de Médérick, maintenant. Cet endroit peut devenir un véritable piège. Quelqu'un pourrait très bien choisir de ne plus jamais quitter cette pièce ensorcelée. Penses-y un peu ! Elle te permet de réaliser tes rêves les plus fous, mais seulement tant que tu y es enfermé.

— Alors, d'après toi, ce serait pour cette raison que Godefroy Poupart l'aurait baptisée ainsi ? Chimère pour *illusion, utopie* ? Et non pour *monstre crachant des flammes* ? s'enquit Cédric, plein d'espoir.

— Possible, répondit Mégane avec hésitation. N'empêche, désolée de te rappeler ce mauvais souvenir, on a quand même entendu des bruits de pas. Et mes rêves les plus fous n'ont rien à voir avec des films d'horreur.

— Les miens non plus, s'empressa de préciser son frère.

— Donc, les bruits de pas étaient authentiques.

Pour la énième fois de la matinée, les jumeaux échangèrent un regard apeuré, subitement muets. Après de longues secondes, Mégane se pencha vers son frère et lui murmura dans le creux de l'oreille :

— Crois-tu que quelqu'un pourrait être prisonnier de cette chambre magique ? Et que notre arrivée l'ait alerté ?

— Et ce «quelqu'un» serait ?

— Est-ce que je sais, moi ? lança l'adolescente, avant de suggérer d'une voix étouffée : et si c'était Médérick ?

— Tu délires ! Il aurait presque cent trente ans ! Et puis, il est mort dans un incendie, soutint raisonnablement Cédric.

La même idée sembla frapper simultanément les deux adolescents. De concert, ils s'exclamèrent :

— Godefroy Poupart ! Le professeur ! Celui que l'on n'a jamais revu après le feu du laboratoire...

— Tu te rends compte de ce qu'on avance là ? bredouilla Mégane. On parle comme si un homme déjà âgé pouvait être resté enfermé plus d'un siècle dans une cave.

— Qu'est-ce qui nous dit que c'est un homme comme les autres ? Réfléchis à ça deux secondes, Mégane : une personne ordinaire n'aurait jamais pu construire une chambre aux chimères. Godefroy Poupart était peut-être magicien...

— Si maître Poupart avait des pouvoirs surnaturels, pourquoi ne les aurait-il pas utilisés pour se libérer de la salle ?

— Peut-être que cet endroit lui plaît ? proposa l'adolescent.

— Eh ! Temps mort ! Nous sommes devenus fous ou quoi ? De la magie... Des gens vivant des centaines d'années... Stop !

Cédric secoua la tête, faisant valser ses boucles cuivrées dans lesquelles joua un instant un rayon de soleil.

— On fait quoi, maintenant?

Mégane cogitait fiévreusement. Finalement, elle suggéra :

— À mon avis, il existe une explication rationnelle à tout ce que nous avons vu.

— Ah oui? s'écria Cédric, un peu sarcastique. Tu m'intéresses. Vas-y.

Ignorant sciemment le ton moqueur de son frère, la jeune fille se lança :

— Le fait de verrouiller la porte du placard déclenche probablement toute une mécanique cachée à l'intérieur du mur de briques. Des engrenages, des poulies, tout un bataclan, quoi. Tu sais mieux que moi comment de tels appareillages fonctionnent. Sous l'effet de ce système, l'escalier apparaît. En fait, il semble apparaître, parce qu'en réalité, il a toujours été là. Bien réel, quoique dissimulé. Jusque-là, ça va?

Cédric lui signala de continuer, prodigieusement curieux de voir comment sa géniale sœur allait expliquer le reste de leur étrange expérience.

— Je suspecte qu'ensuite, en nous enfonçant dans le sol, nous nous sommes trouvés soumis à des vapeurs hallucinogènes. Des vapeurs inodores, évidemment. Sinon, nous aurions vite flairé la manigance.

— Quoi? s'esclaffa Cédric.

— Ris tant que tu veux. Ça se peut. Comme dans tes fameuses pyramides.

L'adolescent ravala son fou rire. En effet, ainsi que Mégane le lui avait fait remarquer au début de leur course aux énigmes, les Égyptiens n'avaient pas recouru à des magiciens pour protéger leurs chambres funéraires. Les gaz toxiques qui tuaient les pilleurs de tombeaux n'avaient rien de surnaturel.

Mégane voyait juste. La magie n'était peut-être pas nécessaire pour expliquer ce qu'ils venaient de vivre.

— On nous aurait fait respirer une drogue qui donne des visions, soutint celle qui tenait à tout prix à une explication scientifique.

— Et les bruits de pas ?

— Sans doute un autre effet du gaz toxique en question.

— Pourquoi est-ce que ça cesserait dès notre sortie du placard ?

— J'imagine qu'il s'agit d'une drogue à action ultra-brève.

— Tiré par les cheveux, mais possible. On vérifie ?

— D'accord. Mets ça sur le bas de ton visage, lui ordonna l'adolescente en détachant de son cou une petite écharpe et en la tendant à son frère.

Il serait bientôt quatorze heures. Charlemagne n'était toujours pas de retour. Les orchidées devaient souffrir d'une maladie rarissime qui lui donnait du fil à retordre.

Mégane retira son cardigan, ne conservant que son t-shirt. Imitant Cédric qui avait plaqué le foulard sur sa bouche et sur son nez, elle noua le chandail derrière sa tête. On voyait seulement ses yeux. Puis, elle suivit son jumeau dans le placard.

○

*Royaume de Maärval, à l'instant même.*

— Fiente de dragon puant ! Ces deux écervelés replongent carrément dans la gueule du loup, grommela Brianna quand elle constata la direction que prenaient les deux rouquins qu'elle surveillait dans sa boule de cristal.

— Nous ne pouvons pas rester ici les bras croisés ! fit Dioggan.

— Je ne me croise pas les bras, le rabroua Brianna. Mais ça ne sert à rien de se lancer dans une mission de sauvetage à l'aveuglette.

— Comment ça « à l'aveuglette » ? Tu ne sais toujours pas où se déroule cette catastrophe ?

— Ça se passe au Québec.

— Eh bien alors, qu'est-ce qu'on attend ?

— Le Québec, Dioggan… Tu as idée de la superficie de cette province ? Trois fois celle de la France, plus de dix fois celle de l'Angleterre, presque vingt fois celle de l'Écosse ! Et pourtant, rappelle-toi combien nous avons pesté quand nous avons cherché ce château écossais…

La fièvre de Dioggan parut s'abaisser de quelques degrés.

— Tu atterris là au hasard et tu es condamné à vagabonder pendant tout le prochain millénaire, persista la sorcière. Nos deux jouvenceaux ne sont pas encore en danger de mort. Et puis, il y a un phénomène qui m'intrigue infiniment : la zone maléfique de la villa semble stable alors que celle du cimetière paraît gagner en force… À choisir, je me demande si ce n'est pas vers là qu'il faudrait nous diriger.

— Trouve-moi une adresse, Brianna ! Celle du cimetière, celle de la villa, n'importe quoi. L'inaction me rendra cinglé…

— Ça ne devrait plus tarder, mon ami. Je ne lève plus les yeux de cette flamme.

218

Bon gré, mal gré, Dioggan dut bien se contenter de cette réponse. Il se laissa choir dans un fauteuil au coin du feu. Du bout d'un tisonnier, il s'amusa à raviver les braises.

Après quelques minutes, l'enchanteur n'y tint plus.

— Je m'en vais chercher ce satané Calixte. Je le traînerai ici par les cheveux s'il le faut, annonça-t-il à la prophétesse. Il a traficoté cette boule de verre pour qu'elle nous donne la date de ce qu'on y voit, il devrait aussi pouvoir lui faire dire *où* ces événements se déroulent !

— Fais comme tu veux, Dioggan. Mais Calixte m'a bien avertie : pour connaître le lieu avec précision, la patience est de rigueur. On ne peut y couper... Le système de localisation fonctionne par approximations successives. Chaque fois qu'il y a de la magie noire, il cerne plus précisément son point d'origine. Et après un certain temps, il nous livre le nom de la localité impliquée.

— Pas moyen d'accélérer le processus ? gronda Dioggan, impatient d'en découdre avec Poupart.

— Il paraît que non...

— J'y vais quand même. Me dégourdir les jambes ne me fera pas de tort.

Et sans attendre la réponse de Brianna, le bouillant mage s'en fut à la recherche de Calixte.

○

*Sainte-Perpétue-de-Toutes-les-Grâces.*

À quelques rues de *La villa des Brumes*, monsieur Grandmaison leva soudain la tête du comptoir sur lequel il examinait les plantes dont le feuillage se couvrait de taches blanchâtres. La pendule venait de sonner deux coups.

— Citronnelle et pluie de gadelles! Mes neveux! Ils doivent mourir d'inquiétude. Je leur avais dit que je serais parti pour l'avant-midi. Monsieur Desmarteaux, il faut que je téléphone chez moi.

— Faites, mon bon ami. Faites, l'encouragea son hôte.

Charlemagne se lava rapidement les mains et se précipita sur le combiné.

Il laissa sonner plusieurs coups. Pas de réponse. Croyant avoir composé un mauvais numéro, il recommença plus lentement cette fois, s'assurant qu'il ne commettait pas d'erreur. Toujours pas de réponse.

— J'essaierai de nouveau dans une heure, annonça-t-il à un monsieur Desmarteaux rassuré de ne pas perdre son maître horticulteur. Ils doivent jouer au jardin.

○

Dans *La villa des Brumes,* la sonnerie du téléphone retentissait impérieusement. Au même moment, Mégane et Cédric verrouillaient la porte du mystérieux placard et l'escalier en colimaçon réapparaissait. Les adolescents étaient totalement absorbés par leur aventure et s'ils entendirent la sonnerie, ils n'y accordèrent aucune attention. Nerveux, mais malgré tout déterminés à éclaircir cette troublante affaire, ils s'engagèrent dans les étroites marches de pierre. Cédric eut l'idée désagréable que la théorie de l'escalier escamotable aurait mieux tenu la route si le colimaçon avait été constitué de métal. Il s'avérait difficile, voire extravagant, d'envisager que cet escalier de roc massif puisse se replier sur lui-même. Le garçon s'efforça de chasser cette incohérence. Il préférait de beaucoup une hypothèse mécanique boiteuse à une explication surnaturelle. Il continua à descendre.

Sous leurs foulard et sweat-shirt, Cédric et Mégane s'appliquaient à ne respirer que légèrement, cherchant à minimiser leur exposition aux possibles gaz hallucinogènes.

Là-haut, dans le vestibule, le téléphone ne sonnait plus. Cédric et Mégane entrèrent dans la chambre aux chimères.

○

La théorie des gaz hallucinogènes proposée par Mégane en prenait pour son rhume. Ou alors, ces émanations étaient extrêmement puissantes et avaient franchi sans difficulté le foulard et le cardigan appliqués contre la bouche et le nez des jumeaux. Car la chambre aux chimères était en tout point identique à ce qu'ils avaient vu quelques minutes plus tôt.

— Tu penses encore qu'il s'agit d'une hallucination ? demanda Cédric, dont les yeux arrondis disaient assez le désarroi.

— Sincèrement, je ne sais plus, lui accorda Mégane, en avançant de quelques mètres et en contemplant l'immense bibliothèque de ses rêves.

Nos masques respiratoires improvisés n'ont rien donné en tout cas, constata-t-elle en détachant le chandail inutile.

Cédric l'imita et lui rendit son petit carré de soie.

— Oh zut! dit-il soudain. Écoute. Ça recommence. Quelque chose vient par ici.

— Fuyons! s'écria l'adolescente, percevant les bruits de pas qui avaient alerté son frère. Vite!

Galvanisés par la frayeur, Cédric et Mégane prirent leur élan et parvinrent à la sortie en un temps record. Ils allaient refermer les doubles portes quand une voix inconnue les implora:

— Non! S'il vous plaît, ne partez pas une seconde fois. Je ne vous ferai aucun mal.

Les jumeaux pivotèrent d'un bloc et manquèrent s'évanouir de stupeur à la vue de celui qui se tenait à seulement deux mètres d'eux.

— Vous? Ici? hoqueta Mégane avant de s'effondrer au sol, ses jambes vacillantes ne la soutenant plus.

— Nous nous connaissons? s'enquit l'apparition en se rapprochant.

Cédric se précipita pour s'interposer entre le nouveau venu et sa jumelle, recroquevillée de terreur.

— Hé, le fantôme! Bas les pattes! Restez loin de ma sœur. Sinon, vous aurez affaire à moi, gronda-t-il, protégeant toujours Mégane de ses bras écartés.

Le revenant s'immobilisa net.

— Moi, un fantôme? Que racontez-vous là? Et puis, qui êtes-vous? Que faites-vous chez moi?

— Cédric, pince-moi, balbutia l'adolescente. C'est sûrement un cauchemar.

— Mademoiselle, jeune homme, reprit le spectre aux cheveux roux, si nous tentions de nous expliquer raisonnablement. J'ai l'impression de m'éveiller d'une très longue nuit. Peut-être pourriez-vous m'aider à comprendre ce qui se passe…

— Je vous ai dit de ne pas vous approcher, rappela Cédric au revenant qui avait amorcé une enjambée dans leur direction.

Le ton péremptoire de l'adolescent fit reculer l'arrivant qui avait l'air aussi apeuré que ses visiteurs.

Sans parvenir à croire qu'il prononçait véritablement ces paroles, Cédric déclara :

— Vous aviez semé des indices dans la villa. Nous les avons tout bonnement suivis. Voilà.

L'apparition dissimula sa bouche derrière sa main et écarquilla les yeux. *Il réagit comme un vrai humain, ce fantôme,* songea Cédric.

— Pardon ? Vous avez découvert mon parcours de devinettes ? Morbleu ! Qu'avez-vous fait de Camille ? Si vous avez touché ne serait-ce qu'à un cheveu de sa tête, grommela-t-il, vous le regretterez. Menez-moi à Camille sur-le-champ.

Querelleur, le fantôme s'avança, bras fléchis, poings serrés. Cédric posa une main apaisante sur l'épaule du pugiliste, surpris de sentir la chaleur de cette chair, à travers les vêtements. *Un drôle de revenant, ça, c'est sûr,* pensa l'adolescent. *Il ne serait pas supposé être glacial ? Ou immatériel ?* Pendant ce temps, Mégane avait repris quelque peu ses esprits et s'était remise sur ses pieds. Doucement, elle s'adressa au survenant :

— Camille n'est plus de ce monde, monsieur Grandmaison. Non ! Ne vous méprenez pas. Nous n'avons rien à voir avec sa mort, ajouta-t-elle prestement en notant l'expression chicanière de son interlocuteur. C'est une longue et mystérieuse histoire. Je me nomme Mégane Grandmaison et voici mon frère, Cédric Grandmaison. Et, à moins que je ne me trompe du tout au tout, nous sommes vos arrière-arrière-petits-neveux.

À ces mots, le jeune rouquin représenté dans le tableau qui ornait le mur de la bibliothèque de Charlemagne porta la main à son thorax et glissa brusquement sur le plancher, apparemment foudroyé par cette révélation. Prestement, Cédric et Mégane prêtèrent secours à leur pauvre ancêtre, celui que tout le monde croyait mort dans un incendie, plus d'un siècle auparavant. Médérick Grandmaison leva vers eux un regard affolé.

— Vous êtes complètement déments, ma parole ! Comment pourriez-vous être mes arrière-arrière-petits-neveux ? Je suis à peine plus vieux que vous.

— Les apparences sont parfois trompeuses, monsieur Grandmaison. Vous l'écriviez vous-même. Et puis, pour quelle raison est-ce que nous vous mentirions ? Croyez-nous. Par un miracle époustouflant, vous êtes maintenant dans le futur.

— En quelle année sommes-nous ? Dieu du ciel ! Que s'est-il passé ? La peste soit de toi, Godefroy Poupart. Dans quel affreux guet-apens m'as-tu attiré ?

○

À quinze heures très exactement, Charlemagne Grandmaison téléphona de nouveau chez lui. Toujours pas de réponse.

— Ce ne sera pas long, monsieur Desmarteaux, promit Charlemagne, le téléphone encore à la main. Juste un autre petit coup de fil et je vous reviens.

Le jardinier pianota le numéro de sa voisine. Une sonnerie. Deux sonneries. Trois sonneries. *Dieu miséricordieux! Faites qu'elle réponde,* supplia le vieil homme. Quatre sonneries. Enfin, quelqu'un décrocha.

— Mademoiselle Juliette?

— Oui. Bonjour, Charlemagne!

— Oh! bafouilla monsieur Grandmaison, tout ému. Vous me reconnaissez? échappa-t-il.

Aussitôt, il se fustigeait de cette remarque qui pouvait porter à croire qu'il accordait de l'importance à un tel détail, ce qui était, on le sait, la stricte vérité. Une vérité cependant que Charlemagne préférait garder pour lui.

Il se hâta d'enchaîner pour couvrir ce qui lui apparaissait comme une embarrassante maladresse :

— J'espère que je ne vous dérange pas? Vous étiez peut-être très occupée?

— Pas du tout, le rassura Juliette. Excusez-moi si j'ai mis du temps à répondre. Il y a un tel vacarme, ici, et tout est sens dessus dessous. Le téléphone a sans doute sonné plusieurs fois avant que je ne l'entende. Et ensuite, il a fallu le dénicher. Nicolas l'avait oublié au fond d'un bol de croustilles.

— Ah! Je vois… Un instant, j'ai craint que vous ne soyez pas chez vous, expliqua Charlemagne.

— Mon bon ami, vous semblez préoccupé. Il y a un problème?

S'il n'avait pas été aussi anxieux par rapport à ses jeunes invités, monsieur Grandmaison aurait savouré longuement les paroles de la charmante

Juliette. Voilà donc qu'il était promu au rang de bon ami dont on se soucie des états d'âme. C'était réjouissant. Par malheur, sa jubilation fut enterrée sous ses bien trop réelles appréhensions. Il répondit donc :

— Je m'inquiète un peu pour Mégane et Cédric. J'ai dû les laisser seuls pour quelques heures et voilà qu'ils ne répondent pas au téléphone. Les apercevez-vous par votre fenêtre ? Sont-ils au jardin ?

— Je vais voir de ce pas, Charlemagne.

Monsieur Grandmaison entendit Juliette déposer le combiné et trottiner vers le carreau. À peine trente secondes plus tard, la brave dame revenait au bout du fil.

— Personne dehors. Et puis, vous pensez bien, avec ce sale temps. Le contraire aurait été surprenant. Le soleil a beau briller, il vente à rendre fou.

— Je suis fort embêté, Juliette. Iriez-vous jeter un coup d'œil chez moi et vous assurer que mes neveux se portent bien ?

— Évidemment, Charlemagne. Avec plaisir !

— Merci beaucoup. Vous me rappellerez, d'accord ?

— Laissez-moi votre numéro.

Il s'exécuta, remercia encore Juliette, raccrocha et passa une main sur son front barré d'un pli profond.

— Des ennuis ? s'informa monsieur Desmarteaux.

— Mes petits-neveux manquent à l'appel.

Charles Desmarteaux grimaça.

— Tout est tellement compliqué avec les enfants… J'aime cent fois mieux les mathématiques. Elles ne vous causent jamais autant de soucis.

Charlemagne Grandmaison songea qu'il était bien triste que quelqu'un en soit réduit à préférer les chiffres aux gens. Il prit affectueusement le vieux misanthrope par l'épaule et se dirigea avec lui vers les orchidées à l'agonie. Soudain, il lui paraissait primordial de sauver les quelques êtres vivants qui meublaient la vie de l'esseulé.

# 10

# Le Beau
# au bois dormant

**M**édérick Grandmaison bombarda les jumeaux de questions : qui étaient-ils exactement, que faisaient-ils à *La villa des Brumes,* comment était-il possible que lui-même soit encore en vie s'ils étaient bien ceux qu'ils prétendaient être ? Les adolescents tentèrent de satisfaire sa très légitime curiosité. Ce n'était pas évident, car ils avaient au moins autant d'interrogations que lui.

— Comment m'avez-vous retrouvé ? Vous avez parlé des énigmes tout à l'heure... Qu'est-ce qui a bien pu vous faire entreprendre ce parcours ? s'enquit finalement le miraculé.

Avec le plus de ménagement possible, Mégane et Cédric exposèrent à leur ancêtre la manière incroyable dont ils étaient remontés jusqu'à lui : le journal intime de Camille, le *Tempus fugit* qu'ils y avaient déniché, leur enquête subséquente...

— Vous voulez dire que ma sœur n'a jamais même commencé cette chasse aux indices ? Qu'ils ont dormi plus de cent ans dans *La villa des*

*Brumes*? Quel prodige! dit d'abord Médérick Grandmaison. Mais pourquoi n'a-t-elle pas suivi ma trace, comme vous? ajouta-t-il, troublé.

C'était le moment de révéler à leur aïeul que tout le monde le croyait mort dans un incendie et que subséquemment, tout jeu de devinette était devenu dérisoire.

— Quoi? On a retrouvé mon corps dans le hangar-laboratoire? Impossible, s'émut Médérick, se palpant le poignet comme pour s'assurer qu'il y percevait la pulsation prouvant irrévocablement qu'il était bel et bien vivant. Je ne suis pas un fantôme. Qu'est-ce qui a fait penser aux gens qu'il s'agissait de moi?

— D'après le journal de Camille, le corps que l'on a retiré des cendres était tellement calciné qu'il en était méconnaissable. Sauf qu'il portait le chandail qu'elle vous avait tricoté pour Noël. On l'avait reconnu, à cause des boutons particuliers qu'elle y avait cousus. On a conclu qu'il s'agissait de vous.

Médérick Grandmaison afficha un air rêveur.

— Les boutons… Oui, je me rappelle. En argent et en nacre, avec des voiliers gravés dessus. Camille en était si fière.

— Donc, vous confirmez que c'était votre chandail?

— Si.

— Alors, qui le portait, puisque ce n'était pas vous?

Médérick expira longuement.

— Maître Godefroy Poupart. Je le lui avais prêté le temps qu'il se rende au hangar. Il faisait tempête ce jour-là et le professeur n'avait qu'un mince pardessus. Je craignais qu'il ne prenne froid.

Mégane et Cédric hochèrent la tête.

— Godefroy Poupart, évidemment ! Voilà la raison pour laquelle on ne le revit jamais, raisonna Mégane.

— Camille n'a pas cherché plus loin : vous étiez mort. Elle a dû percevoir *Tempus fugit* comme un sombre pressentiment et ne sera pas allée au-delà de ce premier indice, ajouta Cédric.

— Et puisque Godefroy Poupart n'est jamais revenu me libérer, je suis demeuré prisonnier de la chambre aux chimères ! s'exclama Médérick.

— Mais qu'est-ce que c'est exactement que cette salle étrange ? Pourquoi l'appelez-vous la chambre aux chimères ? Parce que tout ce qu'on y aperçoit n'est qu'illusion ? demanda Mégane.

— Exactement. Par je ne sais quel artifice, cette pièce se meuble de nos rêves. Elle semble lire dans nos esprits ce qui nous tient le plus à cœur et elle met cela en scène. D'une façon fort convaincante, vous en conviendrez… Car, bien sûr, vous avez vécu cette expérience tout à l'heure. Et sans doute encore maintenant, alors même que je m'entretiens avec vous. Je me trompe ?

Mégane et Cédric détachèrent les yeux de leur extraordinaire interlocuteur et examinèrent les alentours. Médérick était dans le vrai : Cédric voyait toujours l'atelier d'ébénisterie le mieux équipé qui soit. Quant à Mégane, la bibliothèque la plus merveilleuse du monde l'invitait à plonger dans ses rayonnages et à saisir les plus beaux ouvrages.

— Vos regards éberlués vous dispensent de me répondre, leur dit l'aïeul. Cette particularité de la chambre aux chimères lui confère un pouvoir prodigieux : imaginez qu'on parvienne à l'utiliser avec discernement. Pour quelqu'un qui s'intéresse à la chimie et à la recherche médicale comme moi, les avancées scientifiques qu'elle permet sont formidables.

— Formidables et illusoires, fit remarquer Cédric.

— Pas forcément, le corrigea Médérick. On peut toujours reproduire les mêmes expériences dans un laboratoire de tous les jours, cette fois. La salle aux chimères nous libère des contraintes habituelles : tout ce dont nous rêvons est disponible, sur place. Au fond, elle nous fait gagner du temps.

— Sauf que ce ne doit pas être facile de distinguer le résultat dont on rêve du véritable résultat, commenta judicieusement l'adolescent.

— Tu as raison. Voilà, entre autres, pourquoi il faut demeurer extrêmement vigilant et ne pas se laisser happer par le côté enjôleur de la chimère. Quelqu'un de vulnérable pourrait éviter les exigences et les déceptions de la réalité en se réfugiant dans ce monde utopique. Il pourrait...

— ... mourir au monde, compléta Mégane, en citant un passage du pénultième message de Médérick à sa sœur.

— Absolument, acquiesça l'aïeul.

— Est-ce en songeant à ce danger que vous aviez préparé un parcours d'énigmes pour Camille ?

— Oui, en quelque sorte. Et pour l'occuper aussi. Vous ne vous figurez pas à quel point ma jeune sœur pouvait se montrer insistante. Dès qu'elle a soupçonné que Godefroy Poupart et moi préparions autre chose que le hangar-laboratoire, elle ne m'a plus lâché. Je me disais que le temps qu'elle passerait à résoudre mes devinettes, j'aurais le champ libre.

— Sauf que si vous souhaitiez la préparer à affronter sans trop de risques la chambre aux chimères, vous auriez pu être un peu plus clair, non ? Pourquoi ne pas lui avoir révélé directement tout ce que vous saviez de cette salle ? Peut-être pas dès le commencement, bien sûr. Mais vers la fin du parcours ? suggéra Cédric.

— Il existait toujours la mince probabilité que maître Poupart découvre les indices avant Camille. Je pense que je voulais préserver la chèvre et le chou, décréta Médérick.

Mégane et Cédric plissèrent les paupières, se demandant ce que signifiait cette drôle de maxime.

— Une manière de dire que j'espérais gagner sur tous les fronts. En demeurant vague, même si Godefroy Poupart tombait sur l'un de mes messages, je pourrais prétendre n'avoir rien livré de compromettant. En parlant d'un danger sans le spécifier, je m'étais convaincu que je ne trahissais pas vraiment notre contrat. Par ailleurs, en suscitant la curiosité de ma sœur, en l'obligeant à réfléchir au bonheur, aux apparences et en l'effrayant un peu, je m'arrangeais pour qu'elle arrive à la chambre aux chimères avec une longueur d'avance.

Les adolescents lui signalèrent qu'ils comprenaient. Cédric se sentait assez fier que son hypothèse soit confirmée.

Médérick eut subitement l'air chagriné.

— C'est dur de penser que je ne reverrai plus jamais Camille. Ni mes parents. Ni aucun de mes amis de l'époque… Je me sens floué. Que ce Godefroy Poupart soit maudit ! Malgré toutes mes précautions, la chambre aux chimères m'aura piégé, au bout du compte. Quel idiot j'ai été !

— Ne soyez pas trop dur envers vous-même, plaida Cédric. C'est facile après coup de voir ce qu'on aurait pu faire autrement, ou de se dire qu'on a eu peur pour rien, ou d'identifier précisément le moment où l'on a commis une grave erreur. Vous étiez de bonne foi. Vous avez agi au meilleur de votre connaissance.

— Ça ne redonne pas la vie à ma sœur, objecta le jeune ancêtre.

— Non, en effet. Mais, elle n'est pas morte par votre faute. Elle a vécu longtemps et pleinement. Elle avait quatre-vingts ans lorsqu'elle est décédée. Figurez-vous qu'elle a été la première Canadienne admise à la faculté de philosophie de la Sorbonne. Elle a même écrit un livre ! Elle s'en est bien tirée finalement, lui apprit Mégane.

— Camille philosophe ? Écrivaine ? Ça alors ! Qu'est-ce que je n'aurais pas donné pour assister à ses succès en personne…, soupira Médérick, inconsolable.

— Elle aurait peut-être pris un chemin différent si vous aviez été là, suggéra l'adolescente.

— Pourquoi ?

— Selon notre grand-oncle Charlemagne, c'est votre supposé décès qui a amené Camille à s'intéresser aux dangers des passions. Rappelez-vous qu'elle vous croyait brûlé vif dans un incendie provoqué par une expérience de chimie ratée. Pour elle, vous aviez trouvé la mort en vous adonnant à ce qui vous tenait le plus à cœur au monde. Cela l'a amenée à se questionner sur le sujet. Selon Charlemagne, cet événement malheureux a façonné toute sa pensée.

Médérick fit signe qu'il saisissait. Cependant, il conserva une mine chiffonnée. Mégane et Cédric compatissaient à son désarroi. Après une minute de silence, convaincue qu'il ne servait à rien de laisser le jeune homme se morfondre ainsi, l'adolescente tenta une diversion.

— S'il vous plaît, expliquez-nous pour quelle raison vous avez aménagé deux laboratoires : celui dans le hangar désaffecté et celui au sous-sol de la villa. Pourquoi pas un seul ?

Le miraculé parut heureux du changement de sujet et répondit de bonne grâce :

— Pour donner le change.

Les jumeaux lui lancèrent un regard perplexe. Il précisa sa pensée.

— Il fallait justifier les nombreuses heures que maître Godefroy et moi consacrions à nos travaux. Quand on nous pensait dans le hangar, dans la cour, on nous laissait tranquilles. Nous y accomplissions de véritables expériences de chimie à l'occasion, des expériences bruyantes et nauséabondes de préférence. Ça gardait les curieux à distance. Avec le temps, plus personne n'osait s'en approcher. Il s'avérait dès lors un jeu d'enfant de s'éclipser et de mettre la chambre des chimères au point. Nous nous glissions dans le hall de la villa, disparaissions derrière les lambris. Personne ne le savait…

— Une manière de détourner l'attention, résuma Cédric.

— Absolument.

— Et si on vous avait surpris ? s'enquit Mégane.

— À entrer dans le placard ?

La jeune fille fit signe que oui.

— C'était un placard tout ce qu'il y a de plus ordinaire, vous savez. Par coquetterie, ma mère en avait rendu la porte peu apparente. Pour qu'elle ne jure pas dans notre beau hall. Mais sinon, il s'agissait d'un petit espace de rangement banal. On y gardait des articles de ménage. Si on nous avait vus y entrer, nous aurions prétexté avoir besoin d'un balai ou d'une serpillière. Pour ramasser un dégât dans le hangar. Nous avions la réputation d'être très brouillons ! Ce n'était qu'une fois la clef de maître Poupart dans la serrure que la magie commençait, l'escalier et tout le tralala.

L'adolescente hocha la tête de nouveau.

Un silence recueilli suivit pendant lequel chacun tentait de mettre de l'ordre dans tout ce qui avait été dit. Après un long moment, Cédric le rompit.

— Quelque chose cloche quand même : depuis cette époque, plus de cent ans se sont écoulés. Salle magique ou pas, vous devriez avoir vieilli. Vous devriez être mort ! Au lieu de ça, vous avez été transformé en espèce de *Beau au bois dormant* !

— Très singulier en effet. C'est comme s'il existait un lien entre le temps, Godefroy et cette pièce ensorcelée. Un lien que son trépas aurait brisé.

— Vous ne vous rappelez vraiment rien de toutes ces années passées ici ? s'enquit Mégane.

— Néant. Mes derniers souvenirs remontent au vingt-neuf janvier 1896. Je m'étais rendu ici avec maître Poupart. Après une demi-heure environ, il m'a dit qu'il avait à faire au hangar. Je n'en ai pas fait de cas. Il lui arrivait souvent de me laisser seul dans la salle. Avec mes alambics, mes mortiers et mes cornues, je ne voyais pas le temps passer. Et puis tout à coup, vous êtes apparus ! Une première fois pour quelques secondes à peine, et puis une deuxième. Entre le vingt-neuf janvier 1896 et aujourd'hui, c'est le noir total.

— Vingt-neuf janvier 1896, reprit Cédric, songeur. C'est le jour de l'incendie qui a coûté la vie à votre professeur.

— Tout s'emboîte à la perfection, commenta Médérick Grandmaison. Je sais maintenant pourquoi maître Poupart n'est pas venu me chercher comme prévu…

— Il n'est quand même pas mort exactement au moment où il vous a laissé seul. Dans son journal, votre sœur écrit que l'incendie a été causé par une expérience de chimie qui a mal tourné. Il lui a fallu un peu de temps, à votre professeur, pour la mettre en route, cette malheureuse expérience. Alors, pendant l'intervalle, pourquoi n'en avez-vous pas profité pour sortir par vous-même? l'interrogea l'adolescent.

— Je vous le répète, je ne voyais pas vraiment le temps passer quand j'étais là. Et puis, je ne pouvais pas m'en aller. Quand il me laissait seul en bas, Godefroy enlevait la clef de la serrure du placard. Ce qui fait instantanément disparaître l'escalier magique.

— Vous le laissiez vous enfermer dans la chambre aux chimères? s'étonna Cédric, terrorisé par procuration.

— Il le fallait bien si on ne voulait pas que n'importe qui me tombe dessus pendant mes expériences.

— Elles comptaient tant que ça? Au point de faire aveuglément confiance à quelqu'un qui vous tenait à sa merci? demanda Mégane.

— Oh que oui! J'avais juré que je découvrirais le moyen de prévenir la maladie qui avait rendu Camille infirme. Et grâce à la magie de Godefroy

Poupart, ce laboratoire clandestin contenait tous les produits et appareillages dont je rêvais. Je progressais à une vitesse inouïe. Je pouvais rester ici des heures sans m'en apercevoir.

— Et un jour, vous avez même complètement cessé de percevoir le fil du temps…, déclara l'adolescente.

Le jeune ancêtre acquiesça.

— Comment c'était quand le temps s'est arrêté ? voulut savoir Cédric.

— Comme lorsqu'on souffle sur une bougie. Tout s'est éteint. Simplement. Une sorte de long sommeil dépourvu de rêves.

— Il ne persistait même pas une petite étincelle ? s'informa l'adolescent.

Médérick secoua la tête.

— Ça n'était jamais arrivé avant ? Je veux dire quand maître Godefroy vous laissait seul dans la salle ?

— Non, jamais, Cédric. Mais…

— Mais quoi ?

— Oh, rien d'important…

— Dites toujours, l'encouragea Mégane.

— Maintenant qu'on parle de ça, j'avais déjà ressenti de curieuses impressions quand je me trouvais fin seul dans la chambre aux chimères.

— Curieuses comment ?

— Comme si le temps y était perturbé. Parfois, je croyais n'y avoir passé qu'une heure ou deux, et, à ma grande surprise, je me rendais compte à ma sortie que j'y étais demeuré un jour entier. Vous n'imaginez pas à quel point ces séances prolongées me laissaient épuisé. C'était comme si on me siphonnait littéralement mon énergie.

— C'était Godefroy Poupart qui vous libérait ?

— Libérer ! Libérer ! Que voilà un grand mot, Mégane. Allons, mon professeur ne m'enfermait pas contre mon gré. Je voulais accéder à ce merveilleux laboratoire. Quelquefois même, je le suppliais de ne pas revenir me chercher trop vite.

— Il se comportait comment, maître Poupart, à votre sortie ? insista la jeune fille.

– – Normalement…

— Je m'exprime mal. En fait, j'aimerais savoir si vous le trouviez changé.

Médérick Grandmaison sourcilla.

— Si, Mégane, à bien y penser, il n'était plus tout à fait pareil. Autant j'étais fatigué, autant Godefroy Poupart semblait ragaillardi. Plus je bâillais, plus il paraissait frais et dispos.

Le jeune homme dirigea sur Mégane un regard interrogateur.

— Pourquoi toutes ces questions ?

— Ça ne sent pas très bon, cette histoire. Je ne parviens pas à épingler exactement ce qui me dérange, sauf que je suis certaine qu'il y a quelque chose de louche là-dessous.

Mégane pencha la tête sur le côté, en proie à une grave cogitation. Subitement, l'adolescente échappa un cri épouvanté.

— Qu'est-ce qu'il y a ? s'écrièrent Cédric et Médérick.

— Et si Godefroy Poupart était une sorte de vampire ?

À cette simple évocation, le sang de Cédric ne fit qu'un tour et il cria lui aussi.

— Shhh…, tenta de les calmer l'arrière-arrière-grand-oncle. Maître Poupart n'avait rien d'un buveur de sang.

— Peut-être pas au sens propre. Pourtant, qui sait s'il ne vous volait pas votre énergie en vous enfermant ici ? Il aurait été une espèce de vampire du temps.

— Tu ne vas pas chercher ça un peu loin ? protesta Médérick.

Se tournant vers Cédric, Mégane expliqua :

— Tu te rappelles les fleurs carnivores de Charlemagne ?

— Évidemment. Tu parles d'une drôle d'affaire à garder chez soi… J'avais toujours peur qu'elles me croquent le bout d'un doigt. Chaque fois que je me rendais dans la serre, j'essayais de rester loin de ces ogresses. Je suis bien content qu'il s'en soit débarrassé. Mais quel rapport avec Godefroy Poupart ou les vampires ?

— Te souviens-tu des leçons que nous a données notre grand-oncle au sujet de ces plantes étranges ?

— Pas vraiment, reconnut l'adolescent. J'étais plus occupé à garder mes distances avec ces dévoreuses de chair qu'à écouter ce que racontait Charlemagne.

— Dommage pour toi. Eh bien, moi, j'ai écouté et j'ai retenu que ces plantes sont passées maîtres dans l'art d'attirer leurs proies. Elles ont appris à imiter d'autres végétaux inoffensifs, dans lesquels les insectes dont elles se nourrissent vont chercher le nectar. Elles ont développé des odeurs qui allèchent leurs victimes. Elles sont colorées, séduisantes, apparemment charmantes… Les pauvres insectes n'y voient que du feu et se lancent tête première dans le traquenard : une fois captifs, ils ne servent plus qu'à alimenter la fleur. Elle les a trompés par ses beaux atours. Elle les digère ensuite lentement. Elle se nourrit de leur substance, jusqu'à ce qu'il n'en reste plus rien.

— Tu compares maître Poupart à une fleur carnivore?

Mégane acquiesça et pivota vers Médérick qui paraissait fasciné par ses explications. Elle poursuivit :

— Il y a un proverbe qui dit qu'on n'attire pas les mouches avec du vinaigre. Je pense que Godefroy Poupart l'avait deviné. Il avait conçu cette chambre ensorcelée pour vous charmer, comme la plante carnivore le fait pour se nourrir. Ce vieux professeur voulait obtenir quelque chose de vous. Je ne sais pas quoi exactement. Je me trompe peut-être avec mon histoire de temps. C'est possiblement plus terre à terre que ça. Cependant, ça demeure extrêmement suspect. Toujours est-il qu'une fois Godefroy Poupart mort, vous êtes demeuré coincé dans son piège, entre la vie et la mort, vous-même.

Le jeune aïeul hocha la tête. L'adolescente conclut :

— Je crois que vous vous trompez en soupçonnant que votre professeur aurait été fâché que vous ayez préparé un parcours d'énigmes à l'intention de Camille. En fait, je pense qu'il aurait été ravi. Vous lui ameniez votre sœur sur un plateau d'argent. Ça ne me surprendrait pas qu'il vous ait fait jurer le secret tout en sachant très bien que vous ne parviendriez pas à tenir votre promesse.

— Ah! le mécréant! Ce serait vraiment trop affreux. Deux victimes pour le prix d'une. Godefroy Poupart, tu ne connais pas ta chance d'être déjà trépassé! hurla l'ancêtre, indigné au-delà de toute expression.

240

Il sembla éprouver beaucoup de soulagement à exprimer haut et fort toute sa frustration. Il vociféra derechef. Une cascade de jurons à l'ancienne rebondirent sur les parois de la salle aux chimères. Enfin, Médérick se tut, se contentant de gronder entre ses dents. Il était furieux devant sa naïveté et devant les horribles possibilités que les propos de Mégane venaient de faire naître en son esprit.

○

Mademoiselle Juliette commença par cogner à la porte de la villa. Sans succès. Elle tourna la poignée, que par bonheur personne n'avait songé à verrouiller, et se glissa à l'intérieur de la maison. Elle appela. Sa voix se répercuta en écho dans le vaste hall d'entrée ; pas de réponse. Elle nota alors que le meuble servant à recueillir le courrier et les clefs de Charlemagne se trouvait bizarrement de guingois. Elle s'en approcha. La vieille dame rajusta ses lunettes sur son nez et aperçut le contour d'une petite porte se découpant dans la tapisserie et les boiseries. Pliant les genoux, elle découvrit un minuscule trou de serrure. Elle y colla l'oreille et crut distinguer des voix, dans le lointain. Voix qui se transformèrent tout à coup en cris. De colère ? De douleur ? Elle n'aurait su le dire avec certitude.

L'amie de Charlemagne sentit son cœur palpiter. Pour Juliette, grande amatrice de romans policiers, ces hurlements ne pouvaient signifier qu'un drame effroyable : des malfaiteurs avaient enfermé les petits-neveux de son cher voisin dans le placard. Dieu seul savait les outrages auxquels on soumettait les pauvres adolescents. N'écoutant que son esprit chevaleresque, mademoiselle Juliette chercha un moyen de pénétrer dans le cagibi. Hélas! Elle eut beau pousser sur le panneau, le tirer, le secouer, rien ne bougea. Tout laissait croire que cette petite porte était verrouillée de l'intérieur. Rusée, elle tira une épingle à cheveux de son chignon et entreprit de forcer la serrure. Nicolas ne tenait sans doute pas ses gènes de serrurier du voisin...

○

— On reviendra aux vampires et aux fleurs carnivores plus tard, si vous le voulez bien, décréta Cédric, la gorge sèche, mais surpris de s'entendre prononcer ces mots affreux sans trop de difficulté. De toute façon, Godefroy Poupart est mort et enterré, pas vrai?

Médérick et Mégane opinèrent du chef. Cédric enchaîna :

— Vous allez m'expliquer quelque chose, monsieur Grandmaison : si nous avons pu remonter jusqu'à vous, ou plutôt descendre jusqu'à vous, nuança l'adolescent en souriant, c'est qu'il y avait une clef cachée dans le mur de briques du placard, avec une lettre adressée à votre sœur, n'est-ce pas? Comment s'est-elle retrouvée là? Godefroy Poupart ne peut pas à la fois avoir verrouillé la porte et avoir laissé la clef dans le mur...

— Je voulais que Camille et moi disposions d'un moyen bien à nous d'accéder à la salle magique. Alors, un jour, j'ai prétendu avoir perdu la clef. Poupart a été furieux, mais je me suis ancré dans mon mensonge. Que pouvait-il faire ? Le lendemain, il avait une nouvelle clef, qu'il ne m'a plus jamais laissé toucher. Sauf que ma supercherie n'a pas servi à grand-chose. Comment pouvais-je prévoir que s'il arrivait malheur à son concepteur, cette pièce maléfique se refermerait sur moi ? Et que Camille ne me retrouverait jamais ? Non, je le répète : finalement, ça ne m'a pas servi à grand-chose…

— « Pas servi à grand-chose » ? protesta Cédric, incrédule. Au contraire, Médérick Grandmaison. Vous ne vous rendez pas compte que sans votre présence d'esprit, nous n'aurions jamais pu ouvrir cette salle ensorcelée ? Vous auriez continué à dormir ici pour l'éternité…

À cette pensée, l'aïeul et Mégane échappèrent une exclamation d'effroi.

○

Le bout de sa langue pointant entre ses lèvres, Juliette farfouillait dans la serrure avec son épingle à cheveux. Un nouveau cri lui parvint, remplissant son âme d'angoisse. La secourable voisine s'appliqua avec encore plus d'énergie.

○

— J'en frémis, arrière-arrière-petit-neveu ! s'exclama Médérick, le visage congestionné par la peur. Si cette clef se perdait, le pays des chimères nous tiendrait dans ses griffes.

— Et nous n'en aurions même pas conscience, ajouta Mégane d'une voix blanche. Ce serait comme être mort...

— Ce n'est pas possible, s'objecta Cédric. Pas maintenant que nous avons rouvert le passage...

— J'ai bien peur que ce ne soit pas aussi simple, frangin. Le fonctionnement de cette salle semble avoir complètement changé depuis le décès de Poupart. Avant que ce sorcier meure, Médérick pouvait être seul dans la chambre aux chimères et se rendre compte que le temps s'écoulait. Peut-être à une drôle de vitesse, mais il demeurait éveillé, n'est-ce pas ? fit-elle en s'adressant à leur jeune aïeul.

— Exactement. Je me fatiguais, mais je restais en pleine possession de mes moyens.

— Le jour de l'incendie, le professeur verrouille la porte, part avec la clef et s'en va au hangar. Tant que Poupart est vivant, notre ancêtre se souvient de ses faits et gestes.

Du coin de l'œil, l'adolescente vérifia si Médérick approuvait ses dires. Le rouquin opina du chef. Mégane reprit :

— Puisque la clef n'était plus dans la serrure, l'escalier avait disparu. Normal, ça se passait toujours comme ça. Et puis le filou meurt, la chambre aux chimères et son occupant s'évanouissent... Tout s'arrête. Jusqu'à ce que nous redémarrions le processus.

— Diantre, murmura Médérick. Notre sort dépend entièrement de cette petite clef...

○

*J'y arriverai, foi de Juliette! J'y arriverai*, se disait la brave dame tout en continuant de se battre en duel avec le verrou. *Prenez courage, Mégane et Cédric! J'accours…*

○

— … surtout maintenant que vous avez récolté tous les indices menant à cette chambre, continuait Médérick, que Godefroy Poupart n'est plus là et que le lien vital entre cette salle et lui n'existe plus… Sortons d'ici au plus vi…

○

Juliette geignit de frustration : un faible bruit métallique venait de se faire entendre de l'autre côté de la paroi. La clef devait être tombée sur le plancher du réduit. Suivit un grondement extrêmement bizarre, comme si des cailloux glissaient les uns sur les autres. Cela fut très bref. La bonne Samaritaine poussa la porte de toutes ses forces : celle-ci demeura close, encore verrouillée.

○

Subitement, ce fut comme si quelqu'un avait soufflé sur un chandelier, éteignant trois bougies. La chambre aux chimères n'était plus que noirceur et silence absolu. Le néant avait repris possession des lieux, comme si la brève incursion de Mégane et Cédric ne s'était jamais produite. L'existence de Médérick et de ses arrière-arrière-petits-neveux était suspendue entre deux mondes.

○

Dans le hall de *La villa des Brumes,* mademoiselle Juliette se redressa, complètement paniquée par le silence soudain. Elle imaginait les neveux de son cher Charlemagne en train d'agoniser, mourant au bout de leur sang, désormais trop faibles pour émettre le moindre son. Elle courut au téléphone et appela chez elle. À son neveu qui répondit de fort méchante humeur, elle réclama qu'il se précipite pour lui prêter assistance. De mauvaise grâce, celui-ci interrompit le film qu'il regardait, bien allongé sur le canapé, souliers aux pieds. En jurant à travers ses dents, Nicolas se déplia lentement pour aller rejoindre sa tante.

Juliette composa ensuite le numéro que lui avait laissé Charlemagne et lui expliqua ce qui se passait. Au grand dam de monsieur Desmarteaux, le grand-oncle laissa là les orchidées maladives et regagna sa voiture au pas de course.

○

*À peu près au même moment,*
*au royaume de Maärval.*

— Cette fois, ça y est ! se réjouit Brianna. Mes amis, vite, venez voir.

246

Diogan, Khan et Türken se précipitèrent vers la boule de cristal. Du bout du doigt, la sorcière suivit le contour du Québec puis plaça son index sur un point situé au sud-ouest. Un point rouge vif qui palpitait.

— C'est le village où se trouvent le cimetière et *La villa des Brumes* : Sainte-Perpétue-de-Toutes-les-Grâces. C'est écrit là, ajouta-t-elle pour le bénéfice de ses compagnons.

Brianna désignait les lettres défilant au bas de la carte géographique.

Dans un coin du petit bureau, Calixte, que Dioggan avait effectivement ramené *manu militari* au château, croisa ses bras sur son torse et gratifia son tourmenteur d'un regard condescendant.

— Ça valait bien la peine de me malmener comme vous l'avez fait, messire l'impatient, maugréa-t-il en décroisant les bras et en effleurant son front marqué par une vilaine ecchymose. Qu'est-ce que je vous avais dit ? On ne peut pas arracher les réponses au cristal comme on le ferait à un prisonnier récalcitrant. Il les donne quand il est prêt, voilà tout.

Dioggan prit un air un peu penaud.

— Je suis vraiment désolé, mon cher Calixte. Vous avez mille fois raison de me reprocher mon inconduite… Sachez pourtant que je n'avais nullement l'intention de vous infliger la moindre blessure. Mais comment pouvais-je deviner que vous vous prépariez à sortir de votre maison au moment précis où j'en enfonçais la porte… ?

— On ne vous a jamais appris à cogner ? Tout simplement ? Aux portes, s'entend. Pas sur les gens.

La mine piteuse de Dioggan s'accentua.

— Je suis impardonnable.

— Comme vous le dites.

Le régent toussota.

— Messieurs, cela vous importunerait-il beaucoup de mettre votre chicane sur la glace ? Il y a urgence, ici, les tança-t-il, l'index sur le globe de cristal.

Se sentant pris en faute comme des écoliers dissipés, Calixte et Dioggan interrompirent leur dispute et portèrent leur attention sur la boule de verre.

— L'activité magique est très forte à cet endroit, reprit alors Türken. Il est l'heure que vous partiez. Khan, Dioggan, Brianna, ramenez-moi cet odieux personnage.

Baissant le ton, il précisa :

— Mais s'il devait lui arriver un funeste accident, pendant son transfert par exemple, sachez que je ne vous en tiendrais aucunement rigueur. J'ai bien dit funeste, comme dans « extrêmement mortel », soyons clairs…

Brianna, Khan et Dioggan prirent des mines de conspirateurs. Puis, ils s'emparèrent de leurs tenues de camouflage et de leurs sacs de voyage. La magicienne se retira derrière un paravent pendant que les deux autres traqueurs enfilaient leurs nouveaux vêtements devant la cheminée. L'opération complétée, Khan et Dioggan se trouvèrent fort habilement déguisés et échangèrent un clin d'œil complice. Lorsque Brianna les rejoignit, ils l'accueillirent avec des sifflements guillerets. Bonne joueuse, la prophétesse s'inclina, une main sur le cœur.

Ils retrouvèrent leur sérieux quand Türken leur adressa gravement la parole :

— Sur vos épaules repose désormais le sort de Maärval. Capturez ce fourbe avant qu'il ne signe l'anéantissement de notre royaume. Vous avez toute ma confiance.

Puis, le mage en chef les enlaça l'un après l'autre.

Brianna fourra sa boule de cristal dans son sac de voyage. Dioggan se débattit quelques instants avec de longs piquets et une toile roulée, avant de leur faire subir un sort de rapetissement et de caser le tout dans son propre baluchon. Ensuite, les traqueurs virevoltèrent. Trois explosions retentirent. Les justiciers avaient disparu.

# 11

# Serrurier nouveau genre
# à la rescousse

Avant de squatter la paisible demeure de sa tante, Nicolas avait travaillé quelques années comme serrurier. C'était un emploi pour lequel il avait démontré des aptitudes remarquables : les verrous qu'il installait résistaient aux assauts des malfaiteurs les plus déterminés. Avec le temps toutefois, Nicolas avait commencé à trouver qu'on ne le payait pas à sa juste valeur. En parallèle de ses activités chez Lupin et fils, serruriers, il s'était donc mis à utiliser son immense talent à des fins moins avouables. Au fil des années, le neveu de mademoiselle Juliette avait délaissé sa salopette d'honnête travailleur et l'avait remplacée par une cagoule de cambrioleur. Les affaires étaient très bonnes.

Au cours des derniers mois toutefois, divers indices avaient fait comprendre à la petite crapule que la police se rapprochait dangereusement de lui. D'où cette idée de retraite à la campagne, le temps de se faire oublier des services de l'ordre. Un poignet faussement cassé et un sourire charmeur avaient suffi à attendrir sa tante. Jusqu'à ce jour, tout s'était fort bien déroulé : la naïve demoiselle avait respecté scrupuleusement sa convalescence imaginaire. Nicolas espérait que la chance ne venait pas de tourner : cet appel de Juliette le convoquant de toute urgence chez son voisin l'indisposait au plus haut point. Il ne souhaitait surtout pas se transformer en homme à tout faire ; il devrait peut-être prétendre une complication de sa fracture ? La vieille dame n'oserait plus le déranger et risquer de nuire à son « rétablissement »… Le filou mijotait ces mesquines pensées quand il entra chez monsieur Grandmaison.

Avisant la porte dérobée devant laquelle s'agenouillait Juliette, le voleur sentit son cœur palpiter. Il avait cambriolé assez de maisons pour reconnaître une bonne cachette quand il en voyait une. Nicolas eut l'intuition que ce panneau le mènerait vers la fortune. Des images de coffres-forts, de piles de billets de banque et de lingots d'or lui envahirent la tête. Son humeur se modifia aussitôt.

— Juliette, demanda-t-il d'un ton faussement protecteur, tu vas bien ?

Sa tante leva vers lui un visage défait.

— Pas du tout. Cédric et Mégane sont coincés dans ce placard. Je ne les entends plus, mais tout à l'heure, ils hurlaient. Ils courent un grave danger, je le sens. Il faut ouvrir cette porte.

Nicolas s'accroupit à ses côtés. De la main gauche, il tira un outil de métal de sa poche, le transféra dans sa main droite et crocheta la serrure en un clin d'œil. La vieille dame considéra son neveu d'un air suspicieux. Qu'advenait-il donc de son bras fracturé ? Tout d'un coup, il semblait guéri. Son étonnement à voir Nicolas forcer aussi aisément le verrou ne fut pas moindre. D'où tenait-il ce rossignol[7] et pourquoi en usait-il avec une dextérité ne pouvant résulter que d'une longue expérience ? Néanmoins, le moment lui parut mal choisi pour interroger le jeune homme. Elle ravala donc ses questions, se promettant d'investiguer la chose un peu plus tard.

La porte du placard s'ouvrit. Ils entrèrent. Le maître serrurier tira une torche électrique de son autre poche. Juliette allait de surprise en surprise : Nicolas transportait décidément tout un bazar ! Le neveu éclaira l'intérieur du réduit. Aucune trace des jumeaux. Une brique était tombée du mur. Curieux, il se pencha pour la ramasser, c'est alors qu'il aperçut une petite clef au milieu des morceaux de ciment cassé. Il la recueillit. Sa tante songea que ce devait être la clef qu'elle avait fait tomber tout à l'heure. Ne sachant que penser de tout cela, elle se mit à tourner sur elle-même comme une toupie affolée, ne cessant de marmonner :

— Je suis certaine de les avoir entendus. Ils criaient. Ils semblaient effrayés. Il y a certainement un passage secret. Cherchons mieux !

— Tu lis trop de contes de fées, tante Juliette, commenta d'abord Nicolas. Je ne te pensais pas si naïve. Un passage secret ! Et un chausson avec ça ?

Juliette lui donna un petit coup sec sur les doigts :

— Cela suffit, jeune homme ! Un peu de politesse, je te prie. D'ailleurs, si j'étais à ta place, je ne me plaindrais pas trop de cette naïveté. Au fond, elle t'a bien servi. Sans ma crédulité, il t'aurait fallu emberlificoter quelqu'un d'autre que moi. Un

---

7. Rossignol : instrument pour crocheter les portes.

bras cassé ? Pffittt ! Il me semble étonnamment souple et fonctionnel, ce bras, grommela la dame en désignant le membre en question. Neveu, nous aurons à causer, tous les deux.

Soudain plus prudent, Nicolas reprit, d'un ton aimable :

— Pardon, tante Juliette. L'émotion m'égare. Savoir tes jeunes amis en danger me met dans tous mes états et me fait oublier jusqu'à ma blessure.

Déclaration que Juliette accueillit avec un froncement de sourcils dubitatif. On aurait juré que toute sa candeur venait de s'évaporer pour ne plus jamais revenir. Nicolas aurait fort à faire pour la reconquérir. Le filou se fustigea intérieurement de sa maladresse. Pour démontrer sa bonne volonté, il scruta derechef l'intérieur du cagibi.

— Ma tante, dis-moi, demanda-t-il d'un ton doucereux, comment procéderaient les héros de tes contes de fées pour se sortir de cette impasse ? À quoi peut bien servir cette clef ?

Par souci pour les adolescents au secours desquels elle s'était lancée, la vieille demoiselle ravala les sarcasmes qui lui montaient à la bouche. Elle suggéra plutôt d'essayer de refermer la porte et de voir si quelque chose surviendrait.

— Il y a peut-être un mécanisme quelconque qui s'active une fois la clef dans la serrure ? Qui sait ?

Nicolas haussa les épaules. Se sentant franchement ridicule, mais résolu à regagner l'affection de sa parente, il s'apprêta à obéir. Il commença à refermer la porte. Au même instant, un crissement de pneus annonça l'arrivée d'une automobile devant la villa. Une fraction de seconde plus tard, monsieur Grandmaison débarquait dans le vestibule, en proie à une grande agitation. En un coup d'œil, il embrassa la scène : la commode déplacée, le panneau secret encore entrouvert et il se précipita dans le placard. Nicolas tenait toujours la clef à la main.

— Morbleu ! Que se passe-t-il ici ? Que fabriquez-vous dans ce vieux réduit condamné ? s'écria le grand-oncle stupéfait.

— Vous connaissez cet endroit ? s'étonna Juliette.

Charlemagne commença par hausser les épaules, avant de préciser :

— Il ne s'agit que d'un ancien placard à balai ! Vide depuis belle lurette. Comme vous le constatez vous-même, ajouta-t-il en désignant l'intérieur que Nicolas éclairait de sa lampe de poche. Où sont Mégane et Cédric ?

— C'est une histoire pour le moins étrange, je vous préviens, l'avertit mademoiselle Juliette. Par un mystère qui m'échappe entièrement, vos petits-neveux semblent avoir été emportés derrière ce mur de briques. Tout à l'heure, je les ai entendus crier. Ils paraissaient en mauvaise posture. Puis soudain, plus rien. Je suis très inquiète. Croyez-vous qu'il puisse y avoir un espace derrière cette paroi ? Une ancienne salle tombée dans l'oubli ? Un endroit sinistre où vos petits-neveux seraient retenus prisonniers ?

Nicolas fit la moue, découragé par les élucubrations délirantes de sa tante. Le regard de Charlemagne valsait de l'un à l'autre.

— Je ne comprends rien à cette histoire, répliqua monsieur Grandmaison, ahuri, et semblant partager l'avis du neveu quant au trop-plein d'imagination de sa charmante voisine. Les oubliettes de *La villa des Brumes*. On aurait tout vu !

Durant ce temps, Juliette s'impatientait. *Des vies sont peut-être en jeu et nous voilà à tergiverser. Ça suffit!* songea-t-elle. De surcroît, le cagibi n'avait pas été construit pour accommoder confortablement trois personnes. On se marchait sur les orteils, on se donnait des coups de coude. Tout cela devenait insupportable. Sans crier gare, mademoiselle Juliette ferma la porte, s'empara de la clef que détenait toujours Nicolas et la tourna dans le verrou. Tout se passa alors très vite: la vieille dame perdit pied et commença à débouler les marches d'un escalier de pierres qui venait d'apparaître sous elle. Charlemagne tenta de la retenir et dégringola lui aussi. Le fourbe neveu se lança à leur suite, les sens en alerte. Dans toute sa carrière de cambrioleur, il n'avait jamais rien rencontré de tel. Si des gens cachaient leurs bijoux dans des coffres-forts, Dieu seul savait ce qu'une cave secrète recelait de trésors. Le jeune gredin n'allait pas laisser s'échapper une si belle occasion. Il dévala l'escalier quatre marches à la fois. Le carambolage humain s'acheva dans la salle aux chimères où tout avait repris vie dès que la clef avait été replacée dans la serrure.

— Mégane! Cédric! Le ciel soit loué! s'exclama Juliette. Vous êtes sains et saufs.

Cédric avait la vague impression de s'éveiller d'un petit somme. Cependant, à la vue de la vieille demoiselle étendue sur le sol, il chassa cette pensée saugrenue et se précipita pour aider la brave dame à se remettre debout. Juliette l'étreignit avant d'embrasser Mégane de la même manière. Apercevant Médérick, la voisine de Charlemagne se rembrunit:

— Qui êtes-vous? s'enquit-elle d'un ton sévère. C'est vous qui avez enfermé les petits-neveux de mon ami ici?

Médérick resta coi, ne sachant par quel bout commencer le récit de sa prodigieuse aventure. De son côté, Charlemagne ouvrait et refermait la bouche tel un poisson hors de l'eau, sidéré par l'apparition de ce personnage habillé comme pour un bal costumé. Un jeune homme qui ressemblait comme deux gouttes d'eau au sujet du portrait décorant sa bibliothèque.

Cédric intervint :

— Il ne nous a fait aucun mal, mademoiselle Juliette. Ne vous inquiétez pas ! Nous allons tout vous expliquer.

— J'y compte bien, dit la vieille dame, qui dirigea ensuite son regard vers la pièce où ils venaient d'atterrir.

Elle rougit inexplicablement, d'abord incapable de prononcer une parole. Puis, elle se pencha sur Charlemagne et murmura :

— Mon bon ami, voyez-vous la même chose que moi ?

Monsieur Grandmaison détacha enfin les yeux de l'improbable jeune homme et examina la salle qui paraissait tant étonner Juliette. Il s'étouffa d'émotion. Rouge comme un coq, il lui chuchota à l'oreille :

— Qu'est-ce que c'est que cette diablerie ? Comment se peut-il que vous soyez ici, à un pas de moi, et qu'en même temps vous vous teniez à mes côtés dans mon orangerie, à prendre le café ?

*Et en peignoir élégant et chemise de nuit, de surcroît*, eût-il pu ajouter s'il avait souhaité décrire fidèlement la vision surprenante que lui renvoyait la chambre aux chimères. Embarrassé, il garda pour lui cette portion de son hallucination.

— Comment ça, dans votre orangerie ? répéta Juliette le plus bas qu'elle le pouvait. Ce n'est pas du tout ce que *je* vois.

— Ah non ? Et qu'apercevez-vous donc ? s'enquit Charlemagne, au comble de l'étonnement.

— Nous sommes chez moi à jouer du piano, lui répondit la vieille dame.

En réalité, à son tour, elle camouflait à son ami une partie de sa vision : pour être complètement honnête, il aurait fallu qu'elle lui avoue qu'ils se tenaient par la main, lui laissant à elle la main gauche pour jouer les accords, pendant que monsieur Grandmaison pianotait la mélodie de sa main droite.

Ces apparitions chauffèrent si bien le cœur des patients amoureux qu'ils se prirent par le bras. Puis, d'un geste très doux, mademoiselle Juliette appuya sa tête contre l'épaule de Charlemagne. Le vieux monsieur sentit qu'une lancinante solitude venait de le quitter. Il soupira d'aise.

Assistant à ce discret conciliabule, Mégane sourit avec affection. Elle ne pouvait pas savoir exactement ce que la salle aux chimères stimulait comme image chez les deux vieux voisins. Cependant, juste à contempler leurs expressions attendries, elle s'en doutait un peu. Pour ne pas rompre le charme, elle mit un index sur ses lèvres et se tourna vers Cédric, l'intimant à retenir ses commentaires. Son jumeau cligna de l'œil. Puis, d'un petit coup de menton, il lui désigna Nicolas. Manifestement, Cédric luttait contre le fou rire. Médérick faisait de même.

Mâchoire pendante, les bras ballants le long du corps, les épaules affaissées, le neveu de Juliette paraissait renversé. S'ils avaient pu entrer en lui, les adolescents et leur jeune arrière-arrière-grand-oncle auraient mieux compris l'expression béate du détestable malfaiteur : car, sous les yeux éberlués de la crapule s'étendait une caverne auprès de laquelle la grotte d'Ali Baba et des quarante voleurs aurait fait piètre figure. La salle que la fripouille découvrait dépassait ses rêves les plus fous : des piles et des piles de billets de banque, des montagnes d'or, des coffres débordant de pierres précieuses... Dans un coin, des appareils électroniques à faire saliver tous les cambrioleurs : téléviseurs à écran plasma, ordinateurs portables, iPods, *iPhones* et autres merveilles technologiques pour lesquelles il obtiendrait une fortune chez quelques marchands de sa connaissance, pas trop regardants sur la provenance de leur marchandise.

Cédric et Mégane, qui ne quittaient pas Nicolas des yeux, auraient payé cher pour savoir de quelle vision le détestable neveu se trouvait victime. Trop obnubilé par cet étalage de richesse pour s'apercevoir qu'il était observé, Nicolas plongea la main dans un coffret rempli de montres haut de gamme et en fourra une poignée au fond de sa poche. Les deux adolescents se mordillèrent la joue pour retenir leur fous rires : peu importe ce que le bandit pensait s'être approprié, il serait fort déçu lorsqu'il se rendrait compte qu'aucun objet ne pouvait quitter l'extraordinaire caveau.

S'arrachant à contrecœur à la scène de tranquille bonheur domestique mijotée à son intention par la chambre aux chimères, Charlemagne s'adressa à ses compagnons :

— C'est bien joli, tout cela, mais je suggère que nous regagnions le rez-de-chaussée et que nous

nous offrions une bonne tasse de thé. Je sens que nous avons d'étonnantes nouvelles à échanger.

*Et d'intéressantes personnes à rencontrer officiellement,* ajouta-t-il pour lui-même en dévisageant le surprenant jouvenceau qui se tenait à la droite de Cédric et de Mégane.

Médérick et les jumeaux gravirent les marches de l'escalier en colimaçon en sautillant. Se soutenant mutuellement, Juliette et Charlemagne leur emboîtèrent le pas. Nicolas jeta un ultime regard derrière lui. Dans son esprit retors s'échafaudèrent mille plans pour s'approprier les richesses mirobolantes qui croupissaient dans ce sous-sol.

Parvenus au cagibi, ils se trouvèrent serrés comme des sardines et monsieur Grandmaison tourna la clef dans la serrure. La porte s'ouvrit sur le hall de la villa. Quant à l'escalier magique, il s'effaça d'un coup. Le vieil homme enfila la clef sur la chaîne de la montre de gousset qu'il portait en toute occasion. Il tapota la petite poche destinée à accueillir la montre :

— Voilà, à cet endroit, tu seras en sécurité.

Très désappointé, Nicolas songea qu'il aurait bien du mal à s'emparer de la clef remisée là. Cependant, il savait qu'il ne parviendrait pas non plus à renoncer au trésor enfoui sous ses pieds. Coûte que coûte, il lui faudrait réussir à y retourner. Il mit la main dans sa poche pour se consoler temporairement avec les montres luxueuses qu'il venait de subtiliser. Ses doigts ne rencontrèrent que le vide. *Ah non !* geignit-il intérieurement. *Où sont-elles passées ?* Furieux, il ne s'attarda pas à la villa. Il salua les autres et regagna la demeure de sa tante. *Je dois me rendre indispensable,* raisonna la petite fripouille. *Il ne faut surtout pas que tante Juliette me chasse de chez elle. D'ici, je trouverai bien le moyen d'accéder à la cave de son cher Charlemagne. Et alors, je serai riche! Fini les soucis!*

○

*Tout près de Sainte-Perpétue-de-Toutes-les-Grâces, au même instant.*

Trois personnages bizarrement accoutrés apparurent soudain au cœur d'une clairière. Ils portaient des vêtements modernes désassortis. En eux-mêmes, les pantalons, jupes, manteaux, écharpes et bonnets n'avaient rien d'extravagant. Toutefois, la manière dont les visiteurs avaient assemblé leurs tenues laissait deviner qu'ils n'avaient pas l'habitude de revêtir de tels habits. L'un arborait fièrement une jupe à motifs écossais par-dessus un pantalon de tweed, un autre avait un manteau très chic, mais des bottes de caoutchouc noires à bordure orangée. La troisième, une femme, avait enfilé une robe tailleur élégante. Cependant, elle avait choisi des socquettes blanches à pompons et des baskets de *rappeur* au lieu des bas de nylon et des escarpins qui auraient mieux convenu à son allure de femme d'affaires. Heureusement, personne ne se trouvait dans la forêt pour les accueillir et s'étonner de ces coquetteries vestimentaires.

La dame, dont les cheveux argentés étaient remontés en un savant chignon, tira une grosse boule de verre de son sac. Elle la tint précautionneusement entre ses mains et la fit rouler jusqu'à ce que des motifs ressemblant à une carte géographique du Québec apparaissent. Elle poussa un soupir de dépit et s'écria :

— Salmigondis de souris pourries ! La flamme a disparu…

— Comment ! Impossible, voyons ! Elle était d'une telle intensité tout à l'heure. La magie noire avait bel et bien repris dans le secteur.

— Je sais, Khan. J'étais là. J'ai vu la même chose que toi. N'empêche, il n'y a plus rien.

— Ce Godefroy Poupart joue avec mes nerfs ! grommela Dioggan.

Juste d'évoquer le nom de l'exécrable sorcier fit frissonner les trois traqueurs lancés à ses trousses. Brianna consulta une ultime fois son globe de cristal. Elle expira longuement.

— Attendons. Il finira bien par se manifester de nouveau.

○

Pendant que Juliette et la famille Grandmaison faisaient le point dans le salon de *La villa des Brumes,* Nicolas ne chôma pas. L'escroc de bas étage passa le reste de l'après-midi à débarrasser le salon de Juliette de tout le matériel hétéroclite qu'il y avait outrageusement accumulé depuis son arrivée : téléviseur, lecteur DVD et enceintes acoustiques se retrouvèrent dans la chambre généreusement mise à sa disposition par la vieille demoiselle. Il ramassa ses vêtements sales qui gisaient un peu partout, balaya, cira les tables et alluma même quelques bougies aromatisées à la vanille et au jasmin. Puis, Nicolas se rendit chez le fleuriste du village. Il acheta une dizaine de bouquets de fleurs qu'il répartit joliment à travers toute la maisonnée. Finalement, il assaisonna un poulet de Cornouailles de romarin et de sauge, prépara un gratin dauphinois ainsi qu'un renversé aux poires et mit tout cela au four. Des arômes délicieux se répandirent dans la maison de Juliette.

*Ma chère tante sera ravie,* songea le jeune bandit en voyant la demeure aussi coquette et agréablement parfumée. *Jamais elle ne voudra se séparer de moi.* Il se frotta les mains, se trouvant absolument génial. *Et maintenant, dessinons quelques plans.* Réfugié dans sa chambre, il couvrit plusieurs feuilles d'un tas de gribouillis et de flèches. Les mots *tunnel, salle au trésor, maison de Juliette* et *villa des Brumes* revenaient à plusieurs reprises.

Après un travail acharné, il se déclara enfin satisfait. Il empoigna son cellulaire et composa un numéro. Il accéda à une boîte vocale où un certain Ricky Gravel offrait sèchement de laisser un message après le *bip*. La voix frémissante d'excitation, Nicolas résuma la situation : « Ricky, c'est Nic. Tiens le camion de déménagement prêt : tu ne peux pas imaginer le gros lot sur lequel je suis tombé ! Je te rappelle bientôt. »

○

— Pardon ? s'exclamèrent Juliette et Charlemagne à l'unisson, après que Mégane eut brièvement relaté les faits saillants de l'épopée qui avait débuté avec la découverte du journal de Camille Grandmaison et que Médérick venait de compléter.

— Incroyable, n'est-ce pas ? commenta l'adolescente.

— Incroyable ? Tout un euphémisme, bredouilla monsieur Grandmaison.

— Euphé… quoi ? s'enquit Mégane, toujours intéressée à apprendre de nouveaux mots.

— Euphémisme, le contraire d'exagération, lui précisa Juliette, avant de recommencer à rouler des yeux apeurés en direction de Médérick.

— Jeune homme ! Envisagez-vous une seule seconde que j'adhère à cette fable extravagante ? demanda le grand-oncle d'un ton autoritaire à son supposé ancêtre. Pourquoi ne pas nous révéler tout simplement votre véritable identité ? Si vous êtes dans le pétrin et que nous puissions vous porter assistance, nous le ferons. Soyez-en assuré. Nul besoin d'inventer des contes à dormir debout !

— Oncle Charlemagne, plaida Cédric, Médérick ne nous raconte pas d'histoires. Je sais que ça paraît absolument cinglé. Mais tout ce qu'il vient de nous dire est vrai. Mégane et moi avons retrouvé sa trace grâce à un parcours d'énigmes qu'il avait préparé pour sa sœur Camille.

— Levez-vous, intima le grand-oncle à l'improbable nouveau venu. Et suivez-moi.

L'agrippant par le bras, Charlemagne entraîna le jeune homme aux côtés du tableau représentant le seul, vrai et unique Médérick Grandmaison. Il positionna le curieux arrivant de manière à pouvoir examiner les deux visages à la fois : celui qui avait été peint plus de cent ans auparavant et celui de l'intrus. Un seul regard suffit pour faire s'écrouler ses doutes. Même si cela défiait toutes les lois de la logique, Charlemagne fut bien obligé de se rendre à l'évidence : devant lui se tenait Médérick

Grandmaison, un homme que l'histoire familiale considérait comme mort et enterré après avoir été brûlé vif dans un terrible incendie, et ce, plus d'un siècle auparavant. Le grand-oncle confondu s'effondra dans le fauteuil le plus près, tirant sur son nœud papillon pour se donner de l'air.

— S'il vous plaît, reprenez votre récit, manda-t-il ses petits-neveux et son jeune aïeul. Depuis le début, et lentement. Parce que si vous allez trop vite, je risque de perdre ce qu'il me reste de raison.

Se relayant, Cédric, Mégane et Médérick répétèrent le récit de leur folle équipée. S'écoulèrent bien deux ou trois heures. Pourtant personne ne songea à les interrompre.

○

*Dans le boisé à proximité de Sainte-Perpétue-de-Toutes-les-Grâces.*

Les trois traqueurs surveillaient intensément le globe de verre, évitant même de cligner des paupières, dans la mesure du possible, pour ne pas laisser filer par inadvertance une manifestation de l'infâme Godefroy Poupart. Mais le cristal magique aurait aussi bien pu n'être qu'une vulgaire roche inanimée. Il avait pris une teinte grise, un peu mouchetée, et s'ils ne l'avaient pas vu de leurs propres yeux, jamais les enchanteurs n'auraient cru qu'il pouvait avoir un autre aspect. Indigné par la malchance qui paraissait s'acharner sur eux, Dioggan envoya valser quelques cailloux du pied avant de déclarer qu'il allait monter la tente.

— Parce que de toute évidence, nous en avons pour un bout à attendre, ronchonna-t-il. Inutile de nous arracher les yeux tous les trois...

Khan et Brianna connaissaient bien leur ami. Ils savaient que s'activer ainsi lui permettrait d'évacuer un peu de tension. Sans mot dire, ils le regardèrent donc s'échiner sur la grande toile à rayures et sur les piquets auxquels Dioggan avait redonné leur taille normale en une fraction de seconde.

— Peut-être devrions-nous aller rendre visite aux occupants de *La villa des Brumes,* finit par proposer Khan, lui aussi gagné par le découragement. Histoire de les mettre en garde et de découvrir ce qui se passe de maléfique chez eux.

— Et on procède comment ? s'enquit Brianna, excédée. On frappe à la porte, ils ouvrent et on dit quoi ? «Bonjour monsieur, bonjour madame. Nous nous présentons : Dioggan, Khan et Brianna, magiciens de profession et habitants du royaume de Maärval, un lieu invisible qui n'est répertorié dans aucun de vos atlas géographiques. Nous sommes ici parce que notre boule de cristal, oui ! oui ! nous avons une vraie de vraie boule de cristal, nous indique qu'il y a récemment eu de la magie noire près de chez vous. Qu'avez-vous à dire à ce sujet ? »

À ces mots, malgré le sérieux de la situation, Khan et Dioggan ne purent s'empêcher de sourire.

— Dit ainsi, il y a effectivement un problème, admit le plus vieux des trois.

— En moins de deux, je t'assure qu'on se retrouve à l'asile.

Avisant la mine inquisitrice de ses compagnons, Brianna expliqua :

— Un triste lieu où l'on enferme les fous, des gens dont la caractéristique première est d'ailleurs de clamer haut et fort que tous les autres sont peut-être cinglés, mais qu'eux ne le sont pas. Nous aurions beau protester de notre excellente santé mentale, nous serions faits comme des rats. On nous bourrerait de pilules qui nous abrutiraient au point où il ne nous viendrait même pas à l'idée de nous évader…

Les deux autres enchanteurs eurent une moue abattue avant que Dioggan ne conclue :

— D'accord, message reçu : pas de contact direct avec les humains. Il ne nous reste plus qu'à prier pour que cette sphère de verre daigne nous donner quelques renseignements.

— On dirait qu'il y a épisodiquement de la magie noire, déclara Brianna en tortillant une mèche de ses cheveux argentés autour de son index. D'abord à la villa, puis, peu après, au cimetière. Comme si la première nourrissait la seconde… C'est très mystérieux… Si on se divisait la surveillance ? Moi, je guette le cristal, l'un de vous, la vieille maison et l'autre, le cimetière.

Ravi de se mettre en action, Dioggan donna illico son accord.

— Enfin un plan ! fit-il, enthousiaste.

Avec Khan, il décida de leurs tours de garde respectifs.

○

Cédric avait ajouté des bûches dans le feu qui pétillait à qui mieux mieux. Les flammes réchauffaient agréablement la bibliothèque. Bien installé

266

au creux d'une bergère moelleuse, Médérick Grandmaison feuilletait le journal de Camille que lui avait remis Mégane. L'ancêtre paraissait très ému. Juliette et Charlemagne s'appliquaient à digérer ce qu'ils venaient d'apprendre, s'efforçant de ne pas fixer sans relâche le miraculé.

— Un ancêtre ressuscité, un passage secret, une salle ensorcelée... Ça fait beaucoup pour une seule et même journée, résuma Charlemagne.

Puis, s'adressant à Médérick, il poursuivit :

— Considérez-vous désormais comme un invité permanent de *La villa des Brumes*. Je partagerai volontiers cette immense demeure avec vous. Ou peut-être devrais-je procéder à l'inverse ? Et vous demander si vous voulez bien de moi chez vous ?

Le jeune aïeul pouffa de rire. Charlemagne reprit :

— Il faudra que nous vous concoctions une nouvelle identité. Vous présenter pour ce que vous êtes réellement entraînerait d'épouvantables complications. Tous les journalistes et scientifiques du monde entier voudraient vous rencontrer, vous étudier et tout, et tout... Sans compter l'acharnement dont feraient preuve les insupportables paparazzis... Vous n'auriez plus une minute à vous. Revenir à la vie pour tomber dans les griffes de ces enragés serait un affreux gâchis.

Médérick ne connaissait pas les fameux paparazzis ; n'empêche, il saisissait fort bien la menace générale qui planait sur lui. Il opina gravement du bonnet et suggéra :

— Quant à la chambre aux chimères, je crois plus sage de ne pas en ébruiter l'existence. Vous conviendrez avec moi qu'elle recèle des pouvoirs effarants.

— Et comment! s'écrièrent Juliette, Charlemagne, Mégane et Cédric.

— Ce jeune homme qui est reparti tout à l'heure, est-il digne de confiance? s'informa Médérick, en repensant à l'expression extasiée de Nicolas dans la chambre aux chimères.

La mine courroucée de mademoiselle Juliette aurait pu la dispenser de répondre avec des mots. Elle le fit quand même :

— Pas du tout. C'est un filou.

— Complications à l'horizon, grommela le jeune aïeul.

Charlemagne toussota pour attirer leur attention.

— Je vous ferai remarquer que c'est moi qui ai la clef. Et, si j'ai bien suivi vos explications, sans elle, impossible d'accéder à la chambre magique. Faites-moi confiance : je la mettrai à l'abri. J'ai déjà une petite idée pour une cachette du tonnerre. Un simple coup de téléphone et ce sera arrangé. Vous seuls saurez où cette clef se trouvera. Je vous promets que Nicolas ne la découvrira jamais.

Des murmures approbateurs accueillirent cette proposition.

— Et maintenant, Juliette, dit le vieux monsieur en couvant sa charmante voisine d'un regard affectueux, accepteriez-vous de m'accompagner à l'orangerie quelques instants? Dans cette salle aux chimères, j'ai vu quelque chose qui m'a fait grandement réfléchir. Je crois que j'ai assez tardé à vous parler.

— Ça tombe bien, Charlemagne, acquiesça Juliette en se remémorant sa propre vision, moi aussi j'ai un aveu à vous faire.

— Cela ne devrait pas nous prendre trop de temps, annonça sérieusement celui à qui il avait fallu cinquante ans et une chambre magique pour oser inviter celle qu'il aimait à une petite conversation privée. Et, si tout se déroule comme je l'espère, souffla-t-il à l'oreille de Cédric, nous aurons de quoi célébrer. Je vous inviterai au restaurant.

Pendant que les tourtereaux s'éloignaient, tendrement enlacés, Mégane, Médérick et Cédric allongèrent leurs jambes vers la cheminée, savourant la chaleur du brasier. Les adolescents attaquèrent l'éducation de leur arrière-arrière-grand-oncle : cent ans à rattraper s'avérait un défi de taille. Médérick était trop content de cette vie qu'on lui redonnait pour songer à se plaindre. Il roula ses manches et s'attela à cette tâche monumentale.

— Tutoyons-nous, suggéra-t-il aux jumeaux. J'ai à peine quatre ans de plus que vous.

Strictement parlant, c'était la pure vérité. Les adolescents furent d'abord un peu embarrassés, mais ils se prirent rapidement au jeu. Bientôt, les trois jeunes gens s'amusaient comme larrons en foire. Trains à grande vitesse, automobiles, avions, fusées et voyages sur la Lune avaient commencé par conquérir le jeune arrière-arrière-grand-oncle. Puis les jumeaux lui avaient parlé du cinéma, de la télévision, de la radio et des ordinateurs. Sans oublier l'électricité, l'énergie éolienne, l'eau courante, les progrès médicaux, le pétrole et la pollution. Sentant bien qu'ils n'avaient qu'effleuré l'infinité de sujets sur lesquels il fallait renseigner le jeune homme, les jumeaux avaient quand même suggéré une pause. Mégane avait prêté son fameux iPod à Médérick. Au moment où Charlemagne et Juliette revinrent de l'orangerie, le jeune aïeul écoutait avec enthousiasme les airs du groupe de rap de l'heure, marquant la cadence du bout du pied.

— Allez, à la soupe! scanda Charlemagne, d'excellente humeur. Tous à la *trattoria* de mon vieil ami Marco San Angelo. Nous allons nous régaler.

Visiblement, la discussion du grand-oncle et de sa charmante dulcinée s'était fort bien déroulée.

# Épilogue

*Dans un petit bois, tout près de
Sainte-Perpétue-de-Toutes-les-Grâces,
quelques semaines plus tard.*

Le soleil se levait à peine. Toujours vêtu de son manteau chic et de ses bottes de caoutchouc noires à bordure orangée, Khan s'en revenait du village de Sainte-Perpétue, la mine basse. Il avait encore passé une nuit au cimetière à attendre vainement des signes de magie noire. Au cours du dernier mois, il avait tant arpenté les allées de pierres tombales qu'il aurait pu fermer les yeux et réciter tous les noms inscrits sur les stèles, les dates de naissance et de trépas des défunts et même les citations gravées sur certains monuments funéraires. Il était fourbu, frustré, affamé et, en conséquence, de fort méchante humeur.

Il parvint à la clairière où Brianna, Dioggan et lui avaient planté leur tente le jour de leur arrivée. Ses compagnons étaient occupés à faire bouillir de l'eau dans laquelle ils jetteraient ensuite quelques feuilles de thé. Avec un morceau de pain sec, ce serait leur déjeuner. Les traits tirés, le corps tout courbaturé d'avoir dormi à la dure, aux rares moments où ils s'étaient accordés du repos, la prophétesse et le sorcier n'avaient pas l'air dans de meilleures dispositions que Khan. Ils levèrent à peine les yeux quand la silhouette du vieux mage se profila entre deux gros sapins : s'il avait eu une bonne nouvelle, il l'aurait criée… Son silence était éloquent.

D'ailleurs, Brianna avait elle-même consacré les dernières heures à guetter sa boule de cristal et elle savait que Khan ne rapporterait rien d'insolite. Le point rouge qui palpitait si fort le jour où ils étaient venus de Maärval s'était éteint et ne s'était pas rallumé depuis. Le globe demeurait opaque. Bien sûr, si elle le voulait, l'enchanteresse pouvait lui redonner un semblant de magie. Au prix de quelques incantations toutes simples, le cristal reprenait vie. Il devenait d'abord translucide, puis il laissait graduellement apparaître des scènes qui finissaient par être d'une étonnante clarté, juste sous sa surface. Des images parfois si limpides que Brianna avait l'impression qu'il lui suffirait de se pencher un peu pour y entrer, tête première. Mais ces visions qu'elle parvenait à ressusciter venaient du passé. Elles ne l'instruisaient que sur l'histoire de la magie noire. Comme rien de maléfique ne se déroulait au moment même, Brianna ne voyait rien d'utile à leur mission actuelle.

— On jurerait qu'il n'y a plus la moindre magie dans le secteur, finit par marmonner Khan en s'assoyant auprès des deux autres traqueurs. Ce cimetière est d'un ennui…

Dioggan grimaça.

272

— On échange ? Tu veux surveiller *La villa des Brumes* à ma place ? C'est tellement excitant…, dit-il sur un ton qui signifiait exactement le contraire.

Car au cours des quatre dernières semaines, Dioggan avait gaspillé toutes ses nuits à déambuler aux abords de la vieille maison victorienne. Il n'avait récolté qu'un désagréable affrontement verbal avec un damoiseau très impoli et à l'allure patibulaire qui avait ri de sa jupe écossaise. Le rustre lui avait tenu des propos d'une telle indécence que le sorcier outré en avait encore le feu aux joues.

Imperméable aux sarcasmes, Khan se contenta de hausser les épaules. Il saisit une branche sur le sol et en donna quelques coups dans le feu de cuisson, faisant jaillir une haute flamme qui lécha les bords de la casserole d'eau.

— Si c'était aussi simple d'activer ce satané cristal, ronchonna Brianna.

— On perd notre temps, ici, déclara tristement Dioggan. Et puis, on va finir par être repérés, continua-t-il en songeant à la fâcheuse rencontre dont il n'avait soufflé mot à personne. On sera bien avancés si on se fait capturer… Honte sur nous si, par notre faute, l'existence de Maärval était dévoilé aux hommes !

Khan et Brianna frémirent. La magicienne se mit subitement debout.

— Dioggan a raison. On rentre au pays. Je peux garder l'œil sur ce cristal n'importe où. Et pour l'heure, ni *La villa des Brumes* ni le cimetière ne semblent disposés à nous livrer leurs secrets. Partons.

— Türken sera furieux, souffla Khan.

— Pas autant que nous, le corrigea Brianna, ce qui arracha un sourire au vieux mage.

Dioggan achevait déjà de démonter la tente. Khan lança de la terre sur les braises pour bien les éteindre. Les traqueurs ramassèrent leurs maigres possessions, firent trois tours sur eux-mêmes et disparurent dans un craquement de feu d'artifice.

○

*Sainte-Perpétue-de-Toutes-les-Grâces, quatre mois plus tard.*

Mégane, Cédric et leurs parents revinrent passer quelques jours à *La villa des Brumes* au début du mois de juillet, à l'occasion du mariage de Juliette et Charlemagne. À tous les visiteurs, on présenta Médérick comme un lointain cousin, hébergé temporairement chez monsieur Grandmaison. Personne n'y trouva à redire, les airs de famille étant incontestables. Par mesure de précaution, Charlemagne s'était résigné à retirer le portrait du jeune aïeul de la bibliothèque. «N'en prenez pas ombrage, mon bon ami. S'il n'en tenait qu'à moi, je le laisserais ici avec grande joie. Toutefois, s'il fallait qu'un petit futé fasse le rapprochement!» avait-il expliqué pour se justifier auprès du principal intéressé, qui ne se sentit aucunement offusqué. La tableau dormait dorénavant au grenier, au fond d'un coffre cassé, sous une pile de vieux journaux jaunis.

Le jour de la noce, ceux qui méritaient certainement le titre des plus patients amoureux du comté furent comblés. Il faisait un temps radieux et la cinquantaine d'invités put déambuler dans le jardin manucuré de Charlemagne, s'enivrant d'un délicieux mousseux et du parfum des roses ainsi que des pivoines. Les mines réjouies des nouveaux mariés jetaient du soleil sur tout ce qui les entourait. On se pressait autour d'eux, on les félicitait. Dans un coin, quelques parieurs réglaient leurs gageures en douce. Ceux qui avaient misé sur la date exacte de la cérémonie empochaient des gains considérables.

Nicolas le filou se montra charmant, même s'il s'éclipsa plutôt rapidement de la réception, prétextant un travail urgent à effectuer dans le jardin de sa tante. Jardin pourtant déjà impeccable, étant donné les bons soins dont le jeune brigand l'entourait quotidiennement. Fidèle à sa promesse, il avait su se rendre indispensable et tante Juliette, à présent traitée aux petits oignons, ne jurait plus que par lui.

La fête se prolongea tard dans la nuit. Nicolas ne reparut pas. À un moment, Cédric et Mégane prirent leur grand-oncle à part et lui chuchotèrent quelques mots à l'oreille. Celui-ci acquiesça et leur murmura en réponse :

— La troisième à partir du début de la rangée.

Les adolescents opinèrent du chef et s'en furent quérir Médérick à toutes jambes.

Les trois amis se glissèrent dans la villa en catimini, où ils prirent immédiatement la direction de l'orangerie. Comme à l'habitude, les hauts-parleurs diffusaient les notes d'une jolie sonate de Mozart, enveloppant les plantes dans une paisible atmosphère.

— La troisième, c'est bien ce que Charlemagne a dit, n'est-ce pas ? s'enquit Cédric alors qu'il atteignait un assortiment de plantes aux formes vaguement inquiétantes.

Mégane hocha la tête. L'adolescent creusa délicatement dans le sol autour d'une magnifique collection de dionées. Ces fleurs ressemblaient à des palourdes entrouvertes, posées sur de courtes tiges. Des coquillages végétaux dont le pourtour était orné de longs cils. Pour qui regardait rapidement, ces excroissances offraient l'aspect de dents effilées et tranchantes. Tant et si bien qu'on aurait juré que les mains de Cédric étaient entourées d'une forêt de mâchoires prêtes à fondre sur elles et à n'en faire qu'une bouchée. Tout en farfouillant dans la terre, Cédric souriait avec indulgence :

— Il n'y a vraiment qu'oncle Charlemagne pour avoir l'idée de cacher une clef dans un pot contenant une plante carnivore. Qui songerait à chercher ici ?

— Qui oserait, tu veux dire, le corrigea Médérick qui se tenait à distance respectueuse des dionées, tout en admirant sincèrement le courage de son descendant.

— Charlemagne s'est remis à la culture des plantes carnivores exprès pour confondre Nicolas, gloussa Mégane. Jamais le vaurien ne s'aventurerait seul dans cette serre : il a ces plantes en horreur. Vous vous rappelez ce que notre grand-oncle nous a raconté ? Le jour où il a invité cette fripouille pour lui présenter ses nouvelles protégées, Nicolas a failli vomir. Puis, il s'est sauvé en criant que c'était la dernière fois qu'il mettait les pieds ici. Qu'il fallait être fou pour perdre son temps avec de telles monstruosités !

— Il faut admettre qu'elles ont une allure inquiétante, pouffa Cédric à son tour. Regarde un peu ces *darlingtonia californica,* ajouta-t-il en lisant la petite étiquette fichée en terre et annonçant le nom d'un autre assortiment de plantes en pot. On jurerait des cobras dressés et prêts à t'attaquer.

Même s'ils savaient que ces plantes étaient inoffensives pour les humains et qu'elles se contentaient de piéger les insectes s'approchant trop d'elles, Mégane et Médérick ne purent retenir un frisson. De son côté, Cédric était sorti transformé de leur récent parcours aux énigmes. Il avait dû effectuer tant de manœuvres effrayantes que plusieurs de ses peurs s'étaient tout bonnement effacées. Chercher une clef dans une forêt de plantes carnivores ne lui occasionnait désormais pas le moindre frémissement.

Enfin, après de salissantes recherches, il dénicha la clef tant désirée. Direction hall d'entrée, à toute vapeur.

Dans le grand vestibule, le miroir portemanteau avait repris du service. Monsieur Lavigueur avait fait du bon travail. L'ébéniste avait été un peu surpris par la demande de son client qui, en plus de l'installation d'une nouvelle glace, avait réclamé la pose de roulettes sous le meuble imposant. Toutefois, le menuisier avait brillamment relevé le défi. Dorénavant, le portemanteau massif dissimulait parfaitement la porte dérobée, tout en autorisant un accès facile à qui connaissait le secret du placard. Pendant que Mégane montait la garde, Cédric et Médérick firent pivoter le grand portemanteau. Puis, rassurés que personne ne les espionnait, ils ouvrirent la porte de la petite pièce cachée derrière et se faufilèrent dans l'embrasure. Mégane les rejoignit. Au moyen d'une cordelette qui partait du cagibi et se fixait à l'arrière du grand miroir, ils roulèrent celui-ci à sa place. Grâce à cette astuce, quiconque pénétrait dans le vestibule ne remarquait rien d'insolite : le portemanteau se trouvait exactement à son emplacement habituel. Aucun signe d'un placard caché.

Les jeunes aventuriers tournèrent la clef dans le verrou, faisant apparaître l'escalier en colimaçon, et descendirent dans la salle magique. De très loin, ils entendirent des bruits sourds.

— Ça ressemble à des coups de pioche, s'étonna Médérick, plaquant son oreille contre la paroi de pierres.

— Bizarre, commenta Mégane. Je me demande bien de quoi il s'agit.

— J'ai lu quelque part que le sol transmet des sons sur de longues distances, la renseigna Cédric qui avait imité son aïeul et collé sa tête contre le mur. Peut-être construit-on quelque chose dans le secteur. Il n'y a sûrement pas lieu de s'inquiéter.

Sans accorder davantage d'attention à ce phénomène, les jeunes gens profitèrent des trésors de la cave. Mégane étudia un livre superbe sur la Mongolie, Cédric continua la restauration d'un buffet à deux corps, quant à Médérick, il se livra à une expérience de chimie.

— La noce bat son plein là-haut. Ce n'est pas très poli de s'esquiver comme ça, fit remarquer Médérick après quelques instants.

— Tu as de la chance, toi, protesta Cédric. Tu peux venir ici aussi souvent que tu le veux. De notre côté, ça fait quatre mois que nous n'avons pas mis les pieds dans la salle aux chimères. Alors, laisse-nous en profiter un peu.

— Ne te fâche pas ! Je disais juste que par égard pour Juliette et Charlemagne, il ne faudrait pas rester ici trop longtemps. Et puis, tu sauras que je ne suis pas redescendu dans ces oubliettes depuis le mois de mars moi non plus. Il y a tellement à voir au dehors… Pour l'instant, je suis comblé. Aucun besoin de cet endroit.

— J'oubliais que tu as plus d'un siècle à rattraper, vieille branche ! le taquina Cédric. Je répare ce tiroir et on remonte, d'accord ?

Médérick et Mégane acquiescèrent.

— Finalement, dit soudain l'adolescente en levant les yeux de son bouquin et en regardant Médérick officier au-dessus d'éprouvettes invisibles pour elle, je ne comprends toujours pas pourquoi Godefroy Poupart t'a fait don d'un endroit aussi prodigieux. Je persiste à croire qu'il avait des intentions pas très louables.

— Tu me fais penser à Camille. Elle aussi se méfiait de mon professeur.

— Elle avait probablement d'excellentes raisons, affirma Cédric. Avoue qu'il y a de quoi : un étrange personnage qui arrive de nulle part te prend sous son aile, te promet monts et merveilles en exigeant que tu gardes le secret sur vos intrigues…

— Eh bien, présenté comme ça, en effet, ça semble louche. Malgré tout, ce n'est pas facile pour moi de remettre en question cet homme en qui j'ai longtemps eu une confiance absolue. Mais je ne peux pas m'empêcher de réfléchir à ce que tu as suggéré, Mégane, le jour où vous m'avez sauvé de la chambre aux chimères. Tu t'en souviens ?

— Bien sûr : j'ai dit que Godefroy Poupart était peut-être une sorte de vampire, répondit l'adolescente qui ajouta, avant que Cédric ne le fasse pour elle, qu'elle lisait sans doute trop de littérature fantastique et que cela nourrissait probablement sa déjà grande imagination.

— Plus j'y songe, plus je me dis que ton hypothèse n'était pas si farfelue que ça, continua Médérick. La fatigue qui m'accablait quand je passais trop de temps dans cette pièce n'était pas naturelle.

— Ne l'était pas non plus le fait que cette énergie dont la chambre te vidait paraissait mystérieusement être transférée à ton professeur, s'indigna Cédric. Un vampire, comme dit Mégane !

— Je crois que ma sœur sentait qu'il y avait anguille sous roche, se remémora Médérick. Camille avait un très bon instinct. Elle jugeait vite le caractère des gens. Trop vite parfois. Ce qui m'irritait. Néanmoins, il faut admettre la possibilité qu'elle ait eu raison par rapport à Godefroy Poupart. Elle trouvait qu'il me prenait trop de temps. Si ce que nous suspectons est la vérité, et que Godefroy possédait la magie nécessaire pour s'approprier les heures que je passais dans la chambre aux chimères, alors ce sont des pans entiers de ma vie qu'il me dérobait. Imaginez un peu ce qui serait arrivé s'il n'était pas mort dans cet incendie. Il aurait fini par s'emparer totalement de mon existence... Un jour, j'aurais oublié de sortir de cette salle.

— Camille t'aurait peut-être retrouvé, grâce aux indices que tu avais disséminés dans la villa, tenta de le rassurer Cédric.

— Possible. D'un autre côté, qui peut dire si nous n'aurions pas alors été piégés tous les deux ?

— Je me demande si vous auriez été les premières victimes de Poupart, ou s'il s'agissait pour lui d'une méthode éprouvée, s'interrogea Cédric.

— Malheureusement, nous ne connaîtrons jamais le fond de l'histoire, soupira Médérick. Godefroy Poupart est mort et enterré.

— C'est affreux ce que je vais dire là, intervint Mégane, mais je suis bien contente de savoir que cet homme est au cimetière.

— Je partage tout à fait ton opinion, soutint Cédric.

— Moi aussi. Même si ce n'est pas très charitable de notre part, conclut Médérick, songeur. Six pieds sous terre, il ne peut plus nuire à personne.

Secouant ses boucles cuivrées, comme pour chasser des soucis encombrants, le jeune homme déclara :

— Maintenant qu'il est mort, cette salle est inoffensive. Alors, assez parlé de ces mystères. Si vous repreniez plutôt vos explications sur le monde moderne ? Pour ce qui est de la généalogie des Grandmaison et de l'horticulture, Charlemagne se révèle une source inépuisable d'informations. Si vous saviez la patience dont il a fait preuve pour répondre à toutes mes questions sur Camille, Barthélémy, mes parents… Avec lui, j'ai eu l'occasion de renouer des fils importants de mon histoire, dit le jeune aïeul avec un sourire nostalgique. Il m'a fait beaucoup de bien.

Cédric et Mégane essayèrent de se glisser un instant dans la peau de Médérick. Ils frémirent à la pensée de son incroyable déracinement et ils l'admirèrent. Car, décidément, le rescapé du temps faisait preuve d'une grande détermination et d'une impressionnante capacité d'adaptation.

— Hélas, poursuivit Médérick, pour tout le reste, force est de constater que Charlemagne est un incorrigible poète. Mettez-moi un peu au parfum de ce que vivent les jeunes d'aujourd'hui. Tout à l'heure, j'ai entendu des gens mentionner qu'il leur fallait absolument s'échanger leurs adresses *courriel*. De quoi s'agit-il ?

— On n'avait pas dit qu'on ne resterait pas ici longtemps ? rappela Cédric.

— Juste une minute encore, supplia Médérick.

— Alors d'accord. Juste une minute…

Côté technologie, les jumeaux se montraient intarissables. Les minutes s'étirèrent et se multiplièrent. Malgré les désagréables coups de pioche qui continuaient de résonner dans le lointain, et dont l'origine persistait à les mystifier, ils instruisirent leur arrière-arrière-grand-oncle des plus récentes avancées informatiques. Ravi, Médérick les écouta religieusement. Aucun d'entre eux n'accorda bientôt d'attention aux sourds échos qui ponctuaient la nuit. En sortant de la chambre aux chimères, les trois amis furent bien étonnés de constater que le jour se levait. Un rapide coup d'œil à leurs montres leur signala qu'ils avaient bavardé pendant plus de six heures. Six heures ! *Bizarre quand même, ça n'a pas paru durer si longtemps,* se dirent-ils. *Pas surprenant que nous soyons si fatigués.* Bâillant à s'en décrocher la mâchoire, ils raisonnèrent qu'ils avaient été emportés par leur passionnante discussion et qu'ils n'avaient tout simplement pas vu le temps passer. Ils se traînèrent jusqu'à leurs lits et s'y effondrèrent, épuisés comme s'ils avaient dansé toute la nuit.

○

Les couleurs de l'aurore étaient magnifiques. Cependant, de là où il se trouvait, Nicolas n'en voyait rien. Quelque part entre la maison de Juliette

282

et *La villa des Brumes,* à trois mètres sous terre, le cambrioleur continuait de s'échiner sur sa pelle à bout pointu. *Quelle malchance que je ne sois pas parvenu à récupérer la clef de ce placard... Et quelle guigne aussi que je puisse crocheter la serrure pour entrer, mais que mon passe-partout ne fasse pas apparaître l'escalier. Bizarre... On dirait que ça prend la clef originale... Heureusement que je ne me laisse pas facilement abattre! Creuse, creuse!* se disait-il à lui-même. *Je vais y arriver. Un jour, je vais y arriver. Et toutes ces richesses m'appartiendront,* se répétait-il pour se donner du courage. En sueur, couvert de terre, le gredin creusait un interminable tunnel.

○

Pendant ce temps, au cimetière du village, tout paraissait calme. En surface. Toutefois, à quatre coudées de profondeur, sous la pierre tombale identifiée au nom de Médérick Grandmaison, se déroulait un macabre remue-ménage. Les restes carbonisés que l'on avait identifiés par erreur comme ceux du jeune apprenti chimiste, ces pitoyables ossements demeurés froids et inertes pendant plus de cent ans, s'agitaient de sinistres soubresauts. On eût dit qu'un serpent rampait sous les os en poussière, leur conférant un lugubre simulacre de vie. Un embryon de conscience maléfique commença à se reformer au sein de cette masse grouillante. L'idée de sa prochaine renaissance obsédait ce germe d'esprit mauvais. *On a rouvert la chambre aux chimères. Ça s'était produit, il y a un certain*

*temps, puis plus rien et voilà que ça reprend.*
*Chaque visite me nourrit un peu plus... Je reviens*
*à la vie. Arrivera enfin le jour où je sortirai d'ici.*
*Patience. Rien ne peut plus m'arrêter.* Les cendres
se soulevaient à intervalles irréguliers. On pouvait
croire qu'elles recommençaient à respirer après
avoir été privées d'air pendant une éternité.

Un petit rouge-gorge qui picorait quelques
graines tombées au pied de la stèle parut percevoir
cette inquiétante activité souterraine. Il s'immobilisa une fraction de seconde, puis s'envola à tire-
d'aile, piaillant comme s'il avait la mort, ou le mal
en personne, à ses trousses.

○

Aux grilles du cimetière se profilèrent trois
hautes silhouettes apparues soudainement, comme
de nulle part. L'une d'elles tira un globe de cristal
de son baluchon et, les sourcils froncés, l'examina
avec grande attention. Un étrange phénomène se
déroulait à la surface de cette boule de verre. On
aurait dit qu'elle était le siège d'un incendie.
Résolument, les trois magiciens sillonnèrent les
allées bordées de vétustes pierres tombales. Bientôt,
ils furent à la hauteur du tombeau qu'un petit rouge-
gorge effrayé venait de quitter à toute allure. La
sphère mystérieuse devint incandescente. Brianna,
Khan et Dioggan s'entreregardèrent, la mine à la
fois réjouie et tendue. Ils posèrent leurs sacoches
de cuir usé sur le sol, croisèrent leurs bras et
attendirent.

# TABLE DES MATIÈRES

## LYNE
## VANIER

**L**yne Vanier est auteure et psychiatre. Avec *Les oubliettes de* La villa des Brumes, son neuvième roman aux Éditions Pierre Tisseyre, elle répond à une demande de son plus jeune fils, Sébastien. Trouvant peut-être qu'elle consacrait trop de temps à écrire des livres et pas assez à s'occuper de lui, un jour il lui a lancé un défi : « Je veux que tu m'écrives une histoire de chasse au trésor. » *Autant qu'une maman écrivaine serve vraiment à quelque chose,* devait-il penser. Sous le couvert d'exaucer son vœu, sa mère en a profité pour laisser libre cours à son imagination et s'est amusée des jours durant. Elle a concocté une aventure alliant réalité, fantastique, parfums du passé et éléments contemporains.

Son fils a été enchanté du résultat et, plein de générosité, il a accepté que le manuscrit lui échappe un peu et soit soumis à un éditeur pour être éventuellement lu par d'autres lecteurs. C'est une version mille fois retravaillée que vous tenez entre vos mains aujourd'hui. N'empêche, c'est en grande partie grâce à Sébastien que vous pouvez lire ces pages. Cédric, Mégane, Juliette, Charlemagne, Camille et Médérick, attachants protagonistes de ce récit, n'existeraient pas sans lui.

Sébastien et sa mère espèrent que vous ferez un merveilleux voyage sur les ailes de la magie et du temps. *Tempus fugit !* Amusez-vous…

## Collection Conquêtes